Roderich Benedix

Doctor Wespe

Lustspiel in fünf Aufzügen

Roderich Benedix

Doctor Wespe
Lustspiel in fünf Aufzügen

ISBN/EAN: 9783743408760

Manufactured in Europe, USA, Canada, Australia, Japa

Cover: Foto ©Andreas Hilbeck / pixelio.de

Manufactured and distributed by brebook publishing software (www.brebook.com)

Roderich Benedix

Doctor Wespe

DOCTOR WESPE.

LUSTSPIEL IN FÜNF AUFZÜGEN.

London: C. J. CLAY and SONS,
CAMBRIDGE UNIVERSITY PRESS WAREHOUSE,
AVE MARIA LANE.

Cambridge: DEIGHTON, BELL, AND CO.
Leipzig: F. A. BROCKHAUS.

𝔓𝔦𝔱𝔱 𝔓𝔯𝔢𝔰𝔰 𝔖𝔢𝔯𝔦𝔢𝔰

DOCTOR WESPE.

LUSTSPIEL IN FÜNF AUFZÜGEN

VON

RODERICH BENEDIX.

EDITED

(WITH AN INTRODUCTION, ENGLISH NOTES, ETC.

BY

KARL BREUL, M.A., Ph.D.
UNIVERSITY LECTURER IN GERMAN.

EDITED FOR THE SYNDICS OF THE UNIVERSITY PRESS.

CAMBRIDGE
AT THE UNIVERSITY PRESS.
1888

Cambridge:
PRINTED BY C. J. CLAY, M.A. AND SONS,
AT THE UNIVERSITY PRESS.

PREFACE.

Dr Wespe is one of the most popular German comedies, and an attempt is here made to publish it in adequate form. The German editions of the works of Benedix[1] are all of them marred by bad misprints or great inconsistencies in spelling[2].

The principles according to which the present edition has been prepared are the same as were explained in the

[1] The chief German editions are (1) Gefammelte tramatifdje Werfe, 27 vols. Leipzig, 1846 –74. *Dr Wespe* in vol. II., pages 151 seqq. A reprint of this is the second edition. Leipzig, 1857. Our play in vol. II., pages 163 seqq. (2) Volfstheater. Ausgewählte größere Luftspiele, 20 vols. Leipzig, 1882. They can be bought separately. *Doctor Wespe* is No. 2 of the series printed in Modern German orthography. (3) Haustheater. Sammlung fleiner Luftspiele für gefellige Kreife. 2 vols. 8th ed. Leipzig, 1880. (It does not contain *Doctor Wespe*.)

[2] Some bad misprints occurring in *Doctor Wespe* (collected works) are for inst. Augenblice for Augen blice 23, 4; tennoch instead of tenn noch 23, 25; frage instead of fragen 71, 16; Er instead of Es 77, 8; Die Epheu=Umrantung instead of Des Epheu Umrantung 78, 12; zu for zur 83, 12; etc. All editions print toftet instead of toftet' 5, 29; disregarding Goethe's own orthography as well as the sense of the passage. The collected works are very inconsistent with regard to spelling, cf. the spellings wol and wohl; Retacteur and Redatteur etc., but always Doctor. The *Volkstheater* prints wohl, Redatteur, Doftor.

preface to the edition of *Fables* by Lessing and Gellert, which formed the last volume of the Pitt Press German Series. In the notes mere translation has, on the whole, been avoided; such words as are to be found in every ordinary dictionary, and about the meaning of which there can be no doubt, have not been given. Whitney's Dictionary has been mostly taken as a standard. Ordinary constructions, which are explained in all German grammars, have also, as a rule, not been discussed at any length. Students should learn as soon as possible the use of their grammar and dictionary, and they should not expect to be relieved of this part of their work by special glossaries, or long extracts from grammars in the notes. References to grammars have been omitted, as there exist so many different grammars that it would be impossible to quote all. The indexes in most of the English grammars of the German language (e.g. Whitney, Eve, Aue, etc.), will enable the student to find his way and to obtain the necessary information.

The space thus saved in the notes has been devoted to some points in which neither grammar nor dictionary afford sufficient help. In many notes the composition or derivation of words has been fully explained and illustrated by similar word-formations. The homonyms as well as synonymous words and phrases have been carefully discussed. Our acquaintance with a foreign language consists, to no small extent, in a familiarity with the synonyms and the various ways of saying the same thing. This

acquaintance cannot be obtained from the ordinary dictionaries, and it is therefore hoped that the notes which
explain the different meanings of words and phrases and
trace their history will not be unwelcome to earnest
students of the German language.

The chapter on Etymological Comparison of German
and English Sounds has been carefully revised and con-
siderably enlarged. Many of the instances given in the
edition of Lessing's *Fables* have not been repeated, it being
intended that the one list should supplement the other to
a certain extent. It may be well to add that the chapter
deals only with root-syllables and not, as a rule, with derivative syllables and prefixes. It does not enumerate words
which are of comparatively recent importation into either
language. Old loan-words have been mentioned in many
cases, as they often possess special interest. Since the first
publication of the chapter on Etymological Comparison in
my edition of Lessing's *Fables* similar chapters have appeared in two books of different purpose, namely in Prof.
Skeat's *Principles of English Etymology* (Oxford, 1887),
Appendix A, pages 503—508, and in Mr Näf's *Conversational
Grammar of the German Language* (London, 1887), Appendix B, pages 150—159. Both give the German equi-
valents to English sounds. Some few instances of false
analogy or popular etymology occurring in the text have
been pointed out in the notes. Whoever learns a language,
taking interest in the origin and use of words, cannot too
early become accustomed to observe carefully each single

word, and he may be certain that each has something worth knowing to tell him.

By the help of the notes, with their many cross-references, and the use of the ordinary grammars and dictionaries, a student, it is believed, will be able to work through the whole of the book without much difficulty.

My warmest thanks are due to the Rev. J. W. Cartmell, Fellow and Tutor of Christ's College, for valuable assistance in seeing the proofs through the press.

K. B.

CAMBRIDGE,
    December, 1887.

INTRODUCTION.

RODERICH JULIUS BENEDIX,

BORN 1811, DIED 1873.

RODERICH JULIUS BENEDIX was born at Leipzig, Jan. 21st,
1811. He received a good education at a grammar
school or *Gymnasium* ('Thomasschule') in his native   LIFE.
town. But instead of continuing his studies at the university
and becoming a clergyman, as was the wish of his family,
his natural tastes inclined him to the life of an actor. In 1831
he joined the theatrical profession, and during the following
ten years he played in many German towns, chiefly in
Westphalia and the Rhine-country. In the meantime he had
begun the life of a journalist and author, and when in 1841 his
comedy *Das bemooste Haupt oder der lange Israel* met with a
great success he gave up acting altogether and devoted himself
to literary work, principally to writing plays and books relating
to the stage, the requirements of which he knew from a long experience. In 1842 he went to Cologne, where he delivered a course
of lectures on Goethe's *Faust*, which were very much appreciated.
In 1844 he undertook the post of stage-manager of the Elberfeld
theatre, but returned in 1845 to Cologne, where he not only became for some time the stage-manager of the 'Stadttheater' but
also lectured on the most recent German lyric and dramatic
poets. When the Rhenish school of music was established in
Cologne by F. Hiller, Benedix became a teacher at it in
German literature and elocution. From 1855—59 he managed
the 'Stadttheater' at Frankfurt on the Main, returned again to
Cologne for two years, and finally settled down in Leipzig in 1861.
Here he lived and worked uninterruptedly in very straitened
circumstances until his death, the 26th of September 1873[1].

[1] Benedix has himself given a short account of his life and work

Benedix began his literary career as a writer of popular works.

WORKS. POPULAR WRITINGS. His first publication was *Der niederrheinische Volkskalender* for 1836, which he continued till 1842. For a short time he edited the popular periodical called *Der Sprecher* at Wesel. He collected and published the popular legends of Germany in six volumes, under the title *Deutsche Volkssagen* (1839—41), and gave an historical yet popular account of the great wars against Napoleon I in his *Volksbuch*, 1813, 1814, 1815 (published in 1841). Another popular book was his *Gedenkbuch für das Leben* (1841). After he had left Wesel and the stage and given himself up entirely to the interests of the theatre he abandoned this kind of periodical literature. He had found out what his true vocation was.

By far the most important writings of Benedix deal with THEATRICAL WRITINGS. the theatre. They are either original productions, plays, comedies and farces, or they treat of the theory of German rhythm, elocution and versification, or again scenes from theatrical life are sketched with great skill. To the latter class belongs his novelistic book entitled *Bilder aus dem Schauspielerleben* (1841) drawn from the author's long personal experience in which the manifold vicissitudes of an actor's life are vividly depicted.

Several of his books which are still of much use and interest *Theory.* deal with the proper way of reciting prose and poetry. They are the outgrowth of his experience as an actor and a teacher of actors and singers. These books are *Das Wesen des deutschen Rhythmus* (1862); *Der mündliche Vortrag* (1852, 3rd ed. in 3 vols. 1871)[1]; *Katechismus der*

under the title Ein bemoostes Haupt in the German magazine called Die Gartenlaube. Illustrirtes Familienblatt. Leipzig, 1871, No. 1 pages 4—6, where a good portrait of the poet is given as well.—Cf. also Paul Lintau's Necrology in his book Gesammelte Aufsätze. Berlin, 1880, pages 1—14.

[1] „Dieses Werk hat mich sechs Jahre lang in Anspruch genommen, es enthält eine Lehre, die fast unbeachtet geblieben ist, die Betonung der Sprache, unabhängig von der grammatischen Satzbildung. So mühsam dieses Werk war, hat es mir doch große Freude gemacht, denn in den Betonungsgesetzen der Sprache liegen die größten, fast unbekannten Feinheiten, welche zu erforschen einen hohen Genuß gewährte." Autobiography page 6.

deutschen Verskunst (2nd ed. 1879); *Katechismus der Redekunst* (3rd ed. 1881).

None of these writings however have made the name of Benedix so well-known and popular throughout the whole of Germany as his dramatic compositions. It is on these alone that his reputation as an author *Practice. Original Plays.* must depend. He wrote a novel, *Die Landstreicher* (1867), and in 1870 he published his *Soldatenlieder,* but these are of no great literary merit. Benedix wrote about a hundred plays, some of which, it must be owned, are of but trifling importance. Most of his plays are comedies or farces, only a few, e.g. *Mathilde* (1852) belong to a more serious kind, which is called in German Schauspiel. He did not write tragedies, his aim being the genial representation of modern life free from all bitterness or severity of criticism[1].

Most of his plays are written in prose, e.g. *Das bemooste Haupt, Doctor Wespe, der alte Magister, der Vetter, Eigensinn* etc. His style is easy but by no means elegant. It is not elevated in thought or expression *Language and Style of his Plays.* above the ordinary prose of every-day life, nor is it witty and full of points in the dialogue. But his German is pure and correct throughout. He entertained a special dislike for the great mass of foreign words which abound in Modern German, and in later years of his life he took great pains to eliminate such words, as far as possible, in new editions of older works. In the Preface to his collected works (1846) he says expressly that his chief aim has been to get rid of the foreign words[2]. And

---

[1] „Wer über die Menschen lachen will, muß sie lieben. Darum habe ich nie Menschen gezeichnet, die man verlachen kann: man darf über ihre Schwächen und Thorheiten lächeln, es dürfen ihnen aber die Züge nicht fehlen, die sie liebenswerth machen. Es ist ein feiner Unterschied zwischen lächerlich und komisch. Über Ersteres lacht man auch, aber es gehört nicht in die Kunst. Darum habe ich meine komischen Wirkungen nie in Carricaturen, in sogenannten komischen Rollen oder in bitterem Wortwitze gesucht, sondern in den Verwickelungen, die aus den Eigenthümlichkeiten der Charaktere hervorgehen. Man hat dies Situationskomik genannt, ich nehme gern diesen Namen an." Autobiography page 6.

[2] „...das Hauptsächlichste, was ich gethan habe, war: Fremdwörter, gegen deren Gebrauch sich nach und nach ein bis zum Ekel gesteigerter Widerwille in mir entwickelt hat, auszumerzen und Längen zu kürzen." Preface page ix.

again a close comparison of the collected edition of his works with a later selection made by himself and called *Volkstheater* shows that he went through his works with the same purpose once more[1]. (Cf. also this edition, 14, 3 sqq.). Yet it cannot be said that in any of the present German editions the text is in a good state; it is full of misprints, and the spelling and punctuation are by no means consistent[2]. In a few cases Benedix has introduced some slight modifications in the *Volks-theater*[3], but on the whole the text remained unaltered and in an unsatisfactory state.

The great mass of modern comedies may be ranged in two
Different kinds of comedies. Benedix' 'Intriguen-lustspiele'. classes, viz. (1) those the chief interest of which lies in the development of the characters, the complications arising mainly out of the idiosyn-crasies of the hero, and exhibiting his character from every side. These are called in German Sharacterlufts ſpiele. The other kind is amusing on account of the complica-tions brought about by accident or intrigue. The characters are as a rule less carefully delineated, but one comical situation leads continually to another still more amusing. These are called Intriguenluftſpiele. The plays of Benedix belong almost all to this latter kind. His situations are cleverly invented and skilfully worked out, so as never to fail to amuse, however familiar some of his artifices may be, e.g. letters being confused, persons being mistaken one for the other, all persons of the play meeting unawares at the same place, etc. Benedix has been

---

[1] Cf. for inst. in *Doctor Wespe* tie Intriguen, tie Kabalen of the original edition (O) with tie Umtriebe, tie Räute of the 'Volkstheater' and the present edition 19, 10—11; Meelles(O), Drtentlichees 20, 13; Intrigue (O), Liebesgeſchichte 58, 4; Situation (O), Lage 58, 4; tie Sourage (O), ten Muth 92, 19; Billet (O), Brieſchen 98, 12 and 15; Rentez-vous (O), Beſuche 98, 29.
[2] Cf. the Preface, page v.
[3] Cf. for inst. in the first two acts of *Doctor Wespe* wechſelsweiſe (O) with wechſelweiſe 11, 30; urtheilen (O), beurtheilen 15, 11; nöthig (O), nicht nöthig 19, 23; ter ſollte (O), ſollte 20, 18; Grille (O), Grillen 21, 21; Sie (O), Sie ſich 22, 24; letzten (O), letztern 24, 2; aufbürret (O), aufbürten 37, 16; gebot (O), gebietet 49, 21; tas iſt (O), iſt 49, 29; ſie hat (O), hat 50, 10 etc. In some cases it is doubtful whether the older reading was intended or must be regarded as a misprint.

called the German Molière. From the preceding account it will
be apparent that this is not an accurate description. There is
indeed a curious similarity in the circumstances of the two
poets in early life (the early part of Lessing's life presents also
some remarkable points of resemblance). Both poets received
a good education; both were intended by their parents for a
settled life, Molière as a lawyer, Benedix as a clergyman; both
abandoned the vocation marked out for them, and took to the
stage. For a long time both led a very restless and varied life.
At last, after a lapse of, in the one case, eight, or in the other,
ten years, each had the satisfaction of seeing a play of his own
represented on the stage. In each case the success was decisive.
But while Molière remained on the stage all his life, Benedix
retired from it and became an author. Both, however, spent their
lives in incessant labour. Yet striking as the parallel may appear,
Benedix as an author is in reality widely different from Molière.
The latter is the acknowledged master of the 'character-
comedy'; he portrays in vivid colours and with keen satire
a miser, a hypocrite, a man-hater, a parvenu, blue-stockings[1],
etc. Benedix, on the other hand, had no intention of making
comedy a scourge for the follies of the age[2]. He is a poet of
the 'bourgeoisie' and of domestic life[3], and as such he continues

---

[1] In his plays called *L'avare; Tartuffe; Le misanthrope; Le
bourgeois gentilhomme; Les femmes savantes.*

[2] „Ich bin immer nur Genremaler gewesen. Auch scheint es mir ein, aller-
tings sehr verbreiteter, Irrthum zu sein, daß das Luftspiel die Aufgabe habe die
Thorheiten der Zeit zu geißeln. Das ist immer Sache der Satire, diese aber
gehört nur sehr beringt in die Poesie. Die Satire kann daher ein Mittel für
das Luftspiel sein, nicht aber dessen Zweck, dessen Hauptzweck. Irgend einen
sittlichen, socialen Gedanken, eine Lebenswahrheit soll ein Stück haben, aber er
muß nicht immer geradezu satirisch sein. Einen solchen Gedanken werden Sie
aber in allen meinen Stücken finden." Autobiography page 6.

[3] „Meine Stücke nehmen ihre Stoffe meistens aus dem Bürgerthum, weil mir
in diesem der Kern unseres Volkes zu ruhen scheint. Die vielgeschilderte
geistreiche Salonwelt, uniformirt in Frack und Glacéhandschuhen, existirt wenig
und ist ebenso eine Fiction, wie auf der andern Seite die gemüthliche Biederkeit der
Bauern in der Idylle. Im Bürgerthum wurzelt der Fortschritt, der Fortschritt
der ganzen Menschheit in Einsicht und Sittlichkeit und darum, glaube ich, sei im
Bürgerthume der Volksgeist am klarsten ausgesprochen. Dabei meine ich nicht
eine besondere Klasse des Volkes aufzustellen, denn zum Bürgerthum sind alle zu
rechnen, wes Standes sie seien, welche im Schaffen und Arbeiten ihre Aufgabe

the style of Lessing, Iffland and Kotzebue. He is a realistic poet, and all his characters are taken from real life. The situations in which he introduces them are simple[1] and yet highly amusing. The poet himself has given an account of his plays in the Introduction to his collected works, and has clearly indicated the aim which he had in view. He claims for all his plays the special merit of being carefully adapted to the requirements of the stage[2].

Doctor Wespe is one of B.'s first comedies; it was composed

Doctor Wespe. as early as 1841. It is an original creation of the poet[3], and belongs to those few plays of his in which a character is sketched with especial care. Dr Wespe is a self-conceited writer, without any original power, whose vanity is the cause of all the amusing scenes of the play. The other figures are skilfully grouped round him, and their characters are brought out in their main features with great clearness.

erkennen. Unt ich habe nur aus tem teutschen Bürgerthum meine Stoffe genommen, weil ter Tichter national sein soll..." etc.   Autobiography page 6.

[1] „Ich habe an tem Gruntsatze festgehalten, nur turch tie größte Einfachheit zu wirken. Alle Bühnenmittel, welche nur tie Schaulust anregen, Pomp in Tecorationen unt Gostumen, Wirkung turch Glanz unt Feste etc. habe ich niemals angewantt. Auch habe ich niemals übersetzt oter frembe Stoffe benutzt." Autobiography page 6.

[2] „Es gab eine Zeit, wo es Mode war, tie Anforterungen ter Bühne zu verachten, wo man Stücke schrieb, welche über tie Möglichkeit ter Aufführung hinaus gingen unt sich hernach bitter über tie Jämmerlichkeit ter Bühne beklagte, tie tiese unausführbaren Sachen nicht tarnach ausführte. Im Witerspruch mit tieser Art unt Weise bekenne ich offen, taß meine Stücke alle in Berechnung für teren Ausführbarkeit geschrieben sint....Mit ter Erklärung: ich habe meine Stücke für tie Bühne geschrieben, habe ich im Allgemeinen tie Gruntsätze angeteutet, nach welchen ich beurtheilt zu werten wünsche. Nur tas sei mir noch zu bemerken erlaubt, taß tie Rücksicht für tie Bühne tie Anforterungen, tie man an gute, t. h. nach allen Seiten hin gute Stücke zu machen berechtigt ist, nicht ausschließt Wenn nun tas Drama überhaupt abgeruntete, sich folgerecht entwickelnte Hantlung, leichte, ungezwungene Verwickelung unt natürliche Auflösung terselben unt scharfgezeichnete Gharaktere bringen, wenn tas Lustspiel in ter Zeit wurzeln unt tie Zeit zur Anschauung bringen soll, so muß ich es tem Urtheil ter Leser überlassen, wie weit es mir gelungen, tiesen Anforterungen zu genügen." Preface vi—vii.

[3] „Die Sonntagsjäger, Die Mote, Dr. Wespe sint rein erfunten, unt liegt tiesen Stücken turchaus keine äußere Beranlassung zum Grunte " Preface viii.

Doctor Wespe.

Luſtſpiel in fünf Aufzügen.

Personen.

Herr von Zündorf, ein reicher Wechsler.

Elisabeth, seine Tochter.

Thekla, seine Nichte.

Theudelinde, seine Schwester.

Doctor Alfred Wespe, lyrischer Dichter, Redacteur eines
     Localblattes und Dramaturg.

Ludwig Honau, Maler.

Wellstein, ein junger Kaufmann.

Schreier, ein Renommist.

Christoph, Zündorfs alter Diener.

Adam, Wespes Aufwärter.

Friederike, Elisabeths Kammermädchen.

Johanne, Theudelindens Kammermädchen.

Ort der Handlung: ein deutsches Bad.

ARGUMENT TO ACT I.

Dr Wespe, a lyric poet and the editor of a local paper in a German watering-place, is about to write a comedy, but cannot think of a suitable plot. When he is complaining of this to the painter Honau, a fellow-lodger, a letter is delivered, in which a rich young lady, Elisabeth von Zündorf, the daughter of a great banker, proposes to him an interview and offers him her friendship because he has advocated the theory of emancipation of the female sex which she is striving to realise. Wespe is vain enough to think that he can easily win the rich girl's affection merely by his personal qualities and asks Honau to adopt for a while his own name. Consequently Honau calls himself Dr Wespe, and Wespe, making use of his Christian name only, Alfred, determines to go and see Elisabeth under the name of Herr Alfred, artist. After Wespe has left, Honau is called upon by Herr von Zündorf, the father of Elisabeth, and Herr Wellstein, whom he intends Elisabeth to marry. They ask Honau, whom they mistake for Wespe, to dissuade Elisabeth from her ideas, and even offer him a considerable sum if he will show himself to her in a very unfavourable manner. On his refusal to act in accordance with their wishes Zündorf retires and leaves Wellstein alone with Honau. Wellstein at first adopts a haughty tone, but at last is told by Honau that only his—Wellstein's—own personal amiability can win Elisabeth's heart and cure her of her whims, especially of her aversion to marriage. Honau asks him to stay in the room and receive Elisabeth, who does not yet know him as Dr Wespe, and he consents. While they are talking a Fräulein Zündorf is announced. This is Thekla Zündorf, the banker's niece, who comes to tell Wespe of her intention to go on the stage and to ask for his advice. Wellstein is quite amazed and struck by her beauty and her enthusiasm for poetry. He cannot readily find a

W.   I

good answer and asks permission to come and see her in the hotel.
After this conversation his character is entirely changed, and his cold
and calculating conception of life disappears. He asks for Honau's
friendship and permission to go on calling himself Dr Wespe. Before
leaving the house, they tell Adam, Wespe's servant, to take good
care of the room. Scarcely is Adam left alone when a lady enters,
addresses him as Dr Wespe and declares her admiration for him.
She is Theudelinde Zündorf, the sister of the banker, and is anxious
to read to him her poetry which consists entirely of 'tragedies'. Without allowing Adam to utter more than one or two words and to tell
her he is not Wespe, she begins the recital of her great work.

Erster Aufzug.

Zimmer bei Wespe. Mittel= und Seitenthüre.

Erster Auftritt.

Wespe (allein, geht nachdenkend auf und nieder). Die Verwick=
5 lung! Die Verwicklung! Es ist alles schon dagewesen, ich
kann nichts Neues finden!—Daß man nichts entlehnen darf
—keine fremde Erfindung benutzen!

Zweiter Auftritt.

Wespe. Honau.

10 Honau. Haben Sie Zahnschmerzen?
Wespe. Wie so?
Honau. Sie laufen so verzweiflungsvoll hin und her.
Wespe. Ich sinne über ein Lustspiel nach.

Honau. Das ist etwas Anderes. Ich merke schon, Sie wollen sich um den Preis bewerben?

Wespe. Natürlich will ich das. Der Preis ist gut, die Bedingungen prächtig—aber mir fehlt der Stoff, die Handlung, die Verwicklung!   5

Honau. Das kann Ihnen nicht schwer fallen.

Wespe. Freund, das verstehen Sie nicht. Ich bin Lyriker, habe mich nie mit dem Dramatischen abgegeben. Verlangen Sie von mir Verse—ich darf ohne Eitelkeit sagen: mein lyrisches Talent verläßt mich nie, und ich darf 10 mich ohne Eitelkeit zu den ersten Lyrikern der Jetztwelt rechnen. Aber im Drama muß ich eben die Lyrik verleugnen, da will man nichts Lyrisches.

Honau. Das ist freilich schlimm!

Wespe. Hätte ich nur erst einen Stoff, eine Verwick= 15 lung; für die Ausführung verlasse ich mich auf mein Talent, das verläßt mich nie—Sie sehen, Witz und Wortspiel stehen mir zu Gebote.

Honau. Gehen Sie bei Scribe in die Schule.

Wespe. Sie meinen übersetzen? Das ist verboten und 20 man kann nicht einmal eine Schmuggelei treiben. Ein Franzose kann immer etwas aus dem Deutschen übersetzen und es für seine Originalarbeit ausgeben—das merkt in Frankreich niemand—aber umgekehrt geht das nicht.

Honau. Freilich, es wird in Frankreich kein Komödien= 25 zettel gedruckt, den wir nicht kennen, litterarisch beleuchten, kritisiren und am Ende übersetzen.

Wespe. Sehen Sie! Wollte man Schmuggelei treiben, man würde erwischt—

Honau. Und hätte sich lächerlich gemacht! Versuchen 30 Sie es aus dem Spanischen.

Wespe. Das verstehe ich nicht—und dann ist das einerlei! Die Deutschen sind außerhalb Deutschland überall zu Hause; auch aus dem Spanischen wird übersetzt, was irgend geht, es kommt einem ordentlich spanisch vor—wieder ein
5 Witz. Gott, hätte ich einen Stoff, eine Verwicklung, ich bin überzeugt, ich lieferte etwas Treffliches. Ich fühle es lebhaft, ich würde einen Dialog schreiben, der übersprudelte von Witz. Sie kennen meine Recensionen; die Schauspieler zittern und zagen, wenn sie eine neue Nummer meines Blattes zu
10 Gesicht bekommen.

Honau. Das ist wahr, Sie sind unbarmherzig.

Wespe. Ist nothwendig, Freund; das Publicum will etwas Pikantes,—die Schauspieler sind für uns Recensenten ein unerschöpfliches Thema. Da können wir recensiren,
15 kritisiren, witzeln, und haben von keiner Seite etwas zu fürchten. Zuweilen giebt es eine Antikritik, einen pikanten Federkrieg; solcher Scandal wird am liebsten gelesen—wenn wir das unerschöpfliche Thema des Theaters nicht hätten, ich wüßte oft nicht, wie ich meine Spalten füllen sollte.
20 Honau. Ein offenes Geständniß.

Wespe. Diese Dreistigkeit, lieber Freund, ist das erste Erforderniß eines Redacteurs für ein Localblatt, wie das Meinige—nun, Sie kennen meine Art, meinen dreisten Stil, mein keckes Auftreten. Mein scharfer Witz, gepaart mit
25 meiner trefflichen Lyrik—gestehen Sie selbst, ich müßte ein herrliches Lustspiel schreiben—nur die Erfindung.

Honau. Schicken Sie einen armen Mann nach Ostindien und lassen Sie ihn reich wiederkommen.

Wespe. Dagewesen, Freundchen, das ist eine ausgedrückte
30 Citrone! Und dann ist der Termin zu kurz; ehe der von Ostindien wieder kommt, muß das Stück fertig sein. Sie

sehen, wie mir der Witz sprudelt—nur eine Verwicklung!
Ein Königreich für eine Verwicklung!

Honau.   Nehmen Sie einen Stoff aus Ihrem Leben!

Wespe.   Freund, da müßte ich ein Trauerspiel schreiben
wollen!   5

Honau.   Oho!

Wespe.   Was begegnet einem Redacteur? Nichts als
Unangenehmes! Da kommen die Jungen aus der Druckerei
und wollen Manuscript; ein Brief von einem Buchhändler,
der über schlechten Absatz klagt; ein Schauspieler, der sich zur 10
Nachsicht empfiehlt; und hie und da ein Wechsel, den man
nicht bezahlen kann.

Honau.   Ich will Ihnen helfen.

Wespe.   Göttlicher, haben Sie etwas gehört, gelesen,
erlebt?   15

Honau.   Das nicht—da liegt der Faust, wenden wir
die Beschwörung des Erdgeistes an und, geben Sie Acht, es
kommt etwas, das zu einer Verwicklung Stoff giebt.

Wespe.   Possen!

Honau.   Die gehören zum Lustspiel. (Ergreift rasch ein Buch 20
und liest mit großem Pathos).

„Ich fühl's, du schwebst um mich, erflehter Geist—"
(Hingeworfen).   Nämlich gute Gedanken!

„Enthülle dich!

„Ha, wie's in meinem Herzen reißt!   25

„Zu neuen Gefühlen

„All meine Sinnen sich erwühlen!

„Ich fühle ganz mein Herz dir hingegeben!

„Du mußt, du mußt, und kostet' es mein Leben!"

(Mit den letzten Worten wendet er sich nach der Mittelthür, in dem Augen- 30
blicke tritt Aram herein).   Nun, hatte ich nicht Recht?

Dritter Auftritt.

Vorige.   Adam (mit einem Briefe).

Adam.   Hier ist ein Brief abgegeben worden.   (Ab).

Honau.   Sehen Sie, es wirkt.

5   Wespe (besieht den Brief). Rothes Papier, eine Damen=
hand.—(Liest) „Mein Herr, Sie haben für die Emancipation
der Frauen geschrieben. Ihre Gedanken sind herrlich, ich
strebe darnach, sie zu verwirklichen. . Während der Badezeit
werde ich hier verweilen und trage Ihnen hiermit meine
10 Freundschaft an. Verstehen wir uns, wie ich hoffe, so soll
ein dauerndes Freundschaftsband, merken Sie wohl, ein
Freundschaftsband, uns vereinigen. Entweder besuche
ich Sie selbst noch heute morgen oder erwarte Sie nach=
mittags bei mir — im Stern, Nr. 11. Elisabeth von
15 Zündorf." (Sieht Honau verwundert an). Sie will mich besuchen?
Das ist ja unschicklich.

Honau.   Das ist der Anfang der Emancipation. Also
Sie haben auch für diese geschrieben?

Wespe.   Ich glaube; ich habe hie und da etwas gegen
20 die Ehe fallen lassen—es war ja einmal Modethema.

Honau.   Und ist das Ihre Meinung?

Wespe.   Mein Gott, wie können Sie von mir eine
Meinung verlangen? Mein Blatt muß sich nach der Meinung
richten, die eben Mode ist.

25   Honau.   Sie Schalk; Sie haben doch über Manches
eine feste Meinung!

Wespe.   Zum Beispiel?

Honau.   Über sich selbst, Ihre Lyrik!

Wespe (selbstgefällig). Und habe ich Unrecht? Doch lassen wir das. Was meinen Sie zu dem Briefe?

Honau. Ich finde ihn unzart, unweiblich.

Wespe. Aber er bringt ein prächtiges Abenteuer! Wissen Sie, daß der Vater dieses Mädchens der reichste 5 Banquier ist? Sie seine einzige Erbin? Sie trägt mir eine Verbindung an. Freundschaft zwischen Mann und Weib? Dummes Zeug! Das soll bald mehr werden! Freundchen, mein Glück ist gemacht!

Honau. Gratulire! Aber das Mädchen ist ehescheu? 10

Wespe (sieht in den Spiegel). Meinen Sie, das Hinderniß wäre nicht zu überwinden?

Honau (bei Seite). Geck!

Wespe. Doch, Sie bringen mich da auf einen Gedanken.

Honau. Nun? 15

Wespe. Das Mädchen ist durch meine Schriften entzückt; gehe ich nun zu ihr, lege ich mein Talent in die Wagschale, so bin ich im Vortheil gegen sie.

Honau. Meinen Sie?

Wespe. Auf jeden Fall. Dem Manne und dem 20 Dichter in einer Person vermag sie nicht zu widerstehen— ich will großmüthig sein, ich will meinen Vortheil aufgeben.

Honau. Wie so?

Wespe. Ich lege den Dichter ab, ich will unter anderm Namen vor sie treten, will meinen Sieg nur meiner Persön- 25 lichkeit verdanken. Ich kann Ihnen gestehen, ich bin etwas eitel auf meine Persönlichkeit und glaube, nicht mit Unrecht. Denken Sie sich die herrliche Überraschung, wenn sie besiegt sich mir in die Arme wirft und erfährt, daß der Liebling ihres Herzens auch der ihres Geschmackes ist! 30

Honau. Sie haben viel Anlage, französische Bulletins

zu schreiben—wir werden den Feind angreifen, werden ihn
schlagen, werden in acht Tagen ihn in seine Grenzen zurück-
gejagt haben!

Wespe. Spotten Sie, spotten Sie! Das Glück ist dem
5 Kühnen hold! Ich bin erst Mann, dann Dichter! Der
Mann soll allein den Sieg erringen. Und alles geht leicht—
wir sind im Bade, wo die gewöhnlichen Fesseln der Gesellschaft nicht bestehen; das Mädchen ist überspannt, also leicht
zugänglich—und mißlänge mein Plan—so trete ich als
10 Dichter vor sie und nichts ist verloren. Die Idee entzückt
mich—warum soll ich bloß über Romane schreiben, ich will
auch einen spielen. Ich führe meinen Plan aus!

Honau. Wenn aber das Mädchen Sie besucht?

Wespe. Das ist wahr—wie mache ich das? Freund,
15 Sie müssen mir helfen. Wir sind Wandnachbarn—spielen
Sie meine Rolle, wenn sie kommt—ich gehe aus.

Honau. Ja, aber—

Wespe. Und ich gebe mich für Sie aus—biete ihr an
sie zu malen, so habe ich gleich Zutritt.

20 Honau. Mein Name muß aus dem Spiele bleiben,
zudem wissen Sie, ich male keine Portraits.

Wespe. Thut nichts, ich werde die Sitzungen auch ohne
Pinsel interessant machen—doch wenn Sie mir nicht Ihren
Namen leihen wollen—so nenne ich mich Alfred—mit meinem
25 Vornamen.

Honau. Nun denn, es sei, ich will auf den Scherz ein-
gehen. Ich bin also Dr. Wespe, und Sie—

Wespe. Der Maler Alfred!

Honau. Aber ich werde das Mädchen besuchen müssen—

30 Wespe. Thun Sie es, Freund, ich fürchte keinen
Nebenbuhler! Doch sie kann kommen, jeden Augenblick! Ich

gehe aus, nach dem Kursaale, Mittag komme ich wieder, höre,
frage, ob sie dagewesen—Nachmittag gehe ich zu ihr! (Sich
verbeugend). Herr Dr. Wespe.

Honau (lachend). Herr Maler Alfred!

Wespe. Bestens empfohlen. (Ab). 5

Honau. Leben Sie wohl.

Vierter Auftritt.

Honau (allein).

O du Geck aller Gecken! Modern vom Scheitel bis
zur Sohle, — der Mensch ist ein personificirter Glacé- 10
handschuh! Und der ist Schriftsteller? Leider nennt sich
jeder so, der am Ende die Fähigkeit hat, einen deutschen Satz
zu schreiben und den Leuten vorzureden, er sei ein Talent.
Doch ist es tröstlich, daß solche Menschen nur Ausnahmen
von der Regel sind. Ich hätte auf seine Tollheit nicht ein- 15
gehen sollen—wenn ich es näher betrachte, ist es mehr als
Schwank und Scherz, es ist eine Falschheit—doch ich kann
ja der Sache ein Ende machen, wann ich will—und ich bin
wirklich neugierig, die emancipirte Dame kennen zu lernen.
(Es pocht). Herein! 20

Fünfter Auftritt.

Honau. Herr von Zündorf, Wellstein.
(Honau steht in der Mitte).

Zündorf. Sie sind Herr Doctor Wespe?

Honau. Ich? Ja so, richtig, ich bin Doctor Wespe. 25
Was steht zu Ihren Diensten?

Zündorf. Ich habe ein Geschäft mit Ihnen.

Honau. Und das ist?

Zündorf. Ich bin der Banquier von Zündorf.

Honau. Gratulire.

5 Zündorf. Wie so?

Honau. Sie sind ein Crösus!

Zündorf. Nun, nun, wenn man einige hundert Tau=
sende hat, machen die Leute gleich ein Aufhebens. Doch zur
Sache. Ich habe eine Tochter.

10 Honau. Elisabeth.

Zündorf. Sie wissen?

Honau. Sie hat mir geschrieben.

Zündorf. Was?

Honau. Bitte, das bleibt mein Geheimniß.

15 Zündorf. Pah, ich kann mir's denken, denn sie hat mir
es selbst gesagt, und eben deshalb komme ich zu Ihnen.

Honau. Deshalb?

Zündorf. Ja. Sie haben da allerhand Zeugs ge=
schrieben—na, lieber Gott, man kann Ihnen das nicht so
20 übelnehmen, Sie schreiben ums liebe Brot—aber meine
Tochter hat sich das in den Kopf gesetzt. Meine Frau ist
frühzeitig gestorben, ich hatte nicht viel Zeit, mich um die Er=
ziehung zu bekümmern, da mag denn Manches nicht so sein,
wie es sollte—genug, meine Tochter will jetzt nicht heirathen,
25 will mit Ihnen ein Freundschaftsbündniß schließen.

Honau. Nun?

Zündorf. Sie begreifen doch, daß das nicht geht?
Hier steht der Bräutigam meiner Tochter, das Geschäft ist
in Ordnung, wir verbinden uns, der Vertrag ist geschlossen—
30 jetzt sitze ich in der Klemme, das Mädchen will nicht. Sie
begreifen—

Honau. Ihre Verlegenheit, ja—aber was kann ich—?

Zündorf. Sie sollen ihr das dumme Zeug wieder aus dem Kopfe bringen, sollen ihr sagen: Sie hätten sich geirrt, hätten Unrecht gehabt—

Honau. Herr—   5

Zündorf. Na, na, es kommt mir auf einige Louisdor nicht an.

Honau. Wie können Sie mir zumuthen, gegen meine Überzeugung—

Zündorf. Sie hören ja, es kommt mir auf einige 10 Louisdor nicht an—

Wellstein. Auch ich werde mich generös zeigen.

Zündorf. Das Mädchen wird Sie rufen lassen—ich habe nichts dagegen, daß Sie uns besuchen—sie hat so ihren eignen Willen!   15

Wellstein (immer steif und gleichgültig). Setzen Sie ihr da den Kopf zurecht—

Zündorf. Besonders zeigen Sie sich ihr unausstehlich—

Wellstein. Unleiblich!

Zündorf. Widerwärtig!   20

Wellstein. Daß sie einen Widerwillen gegen Sie bekommt.

Zündorf. Es soll mir auf zwanzig Louisdor nicht ankommen.

Wellstein. Sie begreifen, daß das Geschäft nicht leiden 25 kann unter den Launen eines Mädchens—

Zündorf. Wissen Sie was, wenn sie zum Heirathen sich willig zeigt, mache ich fünf und zwanzig Louisdor voll, versteht sich Hannöversche, keine Friedrichsdor.

Honau (der sie wechselweise angesehen hat, lachend). Meine Herren, 30 Sie sind von einer liebenswürdigen Unverschämtheit.

Beide. Was?

Honau. Sie sagen mir auf meinem Zimmer Dinge—

Zündorf. Wozu die Umstände—sagen Sie, was Sie verlangen, es kommt mir auf einige Louisdor mehr nicht an.

Honau (ernst). Herr von Zündorf, Sie beleidigen mich!

Zündorf (erstaunt). Wenn ich Ihnen eine hübsche Summe biete?

Honau. Eben deshalb. Wofür halten Sie einen deutschen Schriftsteller?

Zündorf. Für einen armen Schlucker!

Honau (lachend). Da haben Sie Recht—(sehr ernst) aber doch für einen Ehrenmann!

Zündorf. Ganz gut, aber—

Honau. Anerbietungen der Art macht man einem Halunken—suchen Sie einen solchen, wo Sie wollen, unter deutschen Dichtern, die diesen Namen verdienen, suchen Sie vergebens.

Zündorf. Ich bin ganz—

Wellstein. Liebster Freund, lassen Sie mich die Sache mit dem Herrn allein abmachen—ich werde schneller zum Ziele kommen.

Zündorf. Ja, aber—

Wellstein. Verlassen Sie sich auf mich!

Zündorf. Nun denn, in Gottes Namen, so will ich gehen. Empfehle mich, Herr Doctor.

Honau. Leben Sie wohl, Herr von Zündorf (Geht wenige Schritte mit ihm kehrt dann um).

Sechster Auftritt.

Honau. Wellstein.

Honau. Nun— Herr —?

Wellstein. Ich heiße Wellstein.

Honau. Also Herr Wellstein. Sie wollen das junge 5
Mädchen heirathen.

Wellstein. Der Vertrag ist unterschrieben.

Honau. Auch von dem Mädchen?

Wellstein. Wir haben uns nie gesehen; ich bin erst
seit vier Wochen aus London zurück, wo ich erzogen wurde; 10
mit Herrn von Zündorf ist das Geschäft schriftlich abgemacht,
hier im Bade sind wir zusammengetroffen, jetzt wissen Sie alles.

Honau. Sie sind in England erzogen worden?

Wellstein. So ist's.

Honau. Und ein geborner Deutscher?   15

Wellstein. Ja.

Honau. Sonderbar.

Wellstein. Sonderbar? Alle unsre jungen Leute von
Stande sollten in Paris oder London erzogen werden, wie es
denn von vielen verständigen Familien auch veranstaltet wird, 20
damit sie an den Hauptsitzen der Civilisation und des Handels
eine Bildung erlangen, die man in Deutschland nicht haben
kann.

Honau. Herr, Sie sprechen mir aus der Seele. Es
wäre am besten, Deutschland würde ganz abgeschafft. Es ist 25
ein dummes Volk, die Deutschen. Napoleon meinte es so
gut mit ihnen. Hätten sie ihn gewähren lassen, so wären
wir jetzt ein Theil der großen Nation und könnten in französischen Renten speculiren.

Wellstein. Ich meine nur —   30

Honau. Verstehe schon — es ist eine ungeheure An=
maßung von uns, daß wir uns unterstehen, noch deutsch zu
sprechen! Doch sein Sie außer Sorge; wir geben uns
neuerdings wieder so viel Mühe, unsre Sprache mit fremden
5 Wörtern zu vermengen, daß das Restchen Deutsch bald zum
Teufel sein wird, und wir ein englisches Sammelsurium
sprechen werden. Wir streben auch sonst ernstlich darnach
uns zu französiren, denn jeder französische Schriftsteller hat
in Deutschland zehn Übersetzer, und bald wird es wahr sein,
10 was neulich jemand in der französischen Akademie behauptete:
überall wo es etwas Großes und Schönes gebe, sei es durch
ein französisches Buch hervorgerufen. Wir suchen unser
staatliches, unser schönwissenschaftliches, unser gewerbliches
Heil in England und Frankreich, und nächstens werden
15 Berlin, Wien, Hamburg, Dresden u. s. w. sich schämen, daß
sie die Dreistigkeit gehabt haben, auf der Welt zu sein.

Wellstein. Sie übertreiben.

Honau. Wollte Gott! Doch von Ihnen zu sprechen,
wie kommt es, daß ein in London erzogener Mann bei mir,
20 der vom Englischen nichts als yes versteht, Rath und
Hülfe sucht?

Wellstein. Sie haben durch Ihre Schriften das Unheil
angerichtet. Elisabeth will Männerkleidung tragen und gar
nicht heirathen.

25 Honau. Dagegen giebt es nur ein Mittel, und das
liegt in Ihrer Hand. Sie müssen durch Ihre persönliche
Liebenswürdigkeit dem Fräulein die Grillen aus dem Kopfe
bringen.

Wellstein. Allein sie weiß, daß sie mich heirathen soll,
30 sie hat also schon einen Widerwillen gegen mich, ehe sie mich
sieht. Das wird schwer halten.

Honau. So stellen Sie sich unter fremdem Namen ihr vor.

Wellstein. Wie?

Honau (lacht). Da fällt mir etwas ein. Sie wird heute morgen hierher kommen, um mich zu besuchen. 5 Empfangen Sie sie in meinem Namen, als Doctor Wespe.

Wellstein. Das wäre bizarr.

Honau. Und das Bizarre lieben die Engländer. Ich will Ihnen mein Zimmer und meinen Namen für heute morgen abtreten. Haben Sie dann die Dame gesprochen, 10 so können Sie selbst beurtheilen, was ferner zu thun ist. (Für sich). Die Sache fängt an, mir Spaß zu machen.

Wellstein. Aber —

Honau. Was?

Wellstein. Ich kann Ihre Gefälligkeit so nicht an= 15 nehmen, ohne mich —

Honau. Lassen Sie es gut sein, wenn ich einmal einen Wechsel habe, so discontiren Sie mir ihn ein Drittel Procent billiger.

Wellstein. Rechnen Sie darauf. 20

Siebenter Auftritt.

Vorige. Adam, später Thekla.

Adam. Wo ist der Herr Doctor?

Honau (winkt ihm). Was giebt's?

Adam. Ein Fräulein Zündorf fragt nach ihm. 25

Honau. Bitte sie einzutreten, und sage nur, der Herr Doctor sei zu Hause.

Adam. Aber —

Honau. Thue, was ich dir sage.

Adam. Meinetwegen — (Kopfschüttelnd ab).

Honau. Da ist sie schon. Ich gehe so lange ins Nebenzimmer, machen Sie Ihre Sache gut. (ab).

5 **Wellstein** (geht bis an die Thüre).

Thekla (tritt ein). Sie sind Herr Doctor Wespe?

Wellstein (starrt sie an, ohne zu antworten).

Thekla. Ich habe das Vergnügen Herrn Doctor Wespe zu sprechen?

10 **Wellstein** (sich besinnend). Wespe? Ja, ohne Zweifel bin ich Wespe.

Thekla. Mein Name ist Thekla Zündorf, ich komme um Ihren Rath zu bitten.

Wellstein (plump). Wegen der Emancipation?

15 **Thekla.** Wie?

Wellstein. Sie wollen nicht heirathen?

Thekla. Mein Herr —

Wellstein (aufrichtig). Nicht wahr, es ist nur eine Grille — Sie sind so schön und —

20 **Thekla** (betroffen). Erlauben Sie mir, mich zu entfernen.

Wellstein (faßt sie bei der Hand). Bleiben Sie, ich bitte recht sehr.

Thekla. Ihre sonderbaren Reden —

25 **Wellstein.** Aber Sie haben ja selbst geschrieben —

Thekla. Das muß ein Irrthum sein; sollte meine Base Elisabeth —?

Wellstein. Recht, sind Sie nicht Elisabeth?

Thekla. Ich sagte Ihnen, daß ich Thekla heiße, — Sie 30 haben es überhört. Elisabeth ist meine Base, ihr Vater mein Oheim.

Wellstein (mit langem Gesicht). Sie sind nicht Elisabeth?
So schön und nicht Elisabeth?

Thekla (befremdet). Ich muß bitten —

Wellstein (sich besinnend). Verzeihen Sie, ich bin etwas
zerstreut — nehmen Sie Platz. Was verschafft mir das 5
Vergnügen?

Thekla (verlegen). Ich weiß nicht — ich glaubte in Ihnen
einen älteren, verheiratheten Mann zu finden —

Wellstein. Nun?

Thekla. Wohlan, ich habe den Schritt einmal gethan — 10
ich will Ihnen doch mein Vertrauen schenken, Sie werden
es nicht mißbrauchen.

Wellstein. Sicher nicht, sprechen Sie.

Thekla. Sie sind Dramaturg des hiesigen Theaters?

Wellstein. Ja, ja, das werde ich wohl sein. 15

Thekla. Ich komme, um Ihren Rath zu bitten, ich will
mich der Bühne widmen.

Wellstein (springt erschrocken auf). Sie wollen!? Das ist
nicht Ihr Ernst! So schön und —?

Thekla (lächelnd). Sollte meine Schönheit, die Sie zu 20
bemerken belieben, ein Hinderniß sein?

Wellstein. Ach nein, das nicht, ich meine nur —

Thekla. Hören Sie meine Gründe. Mein Vater war
arm. Er starb ohne mir etwas zu hinterlassen. Ich kam in
das Haus meines reichen Oheims. Die Stellung einer 25
armen Verwandten in einem reichen Hause ist nicht angenehm. Man behandelt mich gut, ich hätte Unrecht zu
klagen — aber ich fühle meine Abhängigkeit von fremder
Gnade und mit dem Gedanken: ich fühle sie, wird sie
drückend, wird sie unerträglich. Also Unabhängigkeit ist 30
mein Wunsch, mein Streben. (Fährt nach einer Pause, in welcher sie

W.   2

auf Antwort wartete, wärmer fort). Soll ich eine Stelle suchen? Soll ich mich mit Handarbeit ernähren, wo mir die Laufbahn einer Künstlerin offen steht? Ich gestehe es, der Gedanke an diese Laufbahn begeistert mich. O, es muß herrlich sein, die
5 Gestalten zu verwirklichen, sie ins Leben zu führen, die dem reichen Gemüthe des Dichters entsprungen sind; herrlich, der versammelten Menge die Worte begeistert zuzurufen, die dem warmen Herzen des Dichters entflossen; es muß herzerhebend sein, wenn stiller und stiller die Menge wird, wenn sie
10 athemlos den Worten lauscht, die der Künstler spricht, wenn er fühlt, daß seine Worte die Herzen treffen — es muß himmlisch sein, solchen Eindruck hervorzubringen und tagelang in der Erinnerung daran zu schwelgen. Ich denke mir es herrlich, wenn ich als Thekla das Ideal der Jungfräulichkeit
15 verwirklichen kann, das ich im Busen trage; wenn ich als Klärchen alle die Empfindungen eines Herzens male, „einer Seele, die liebt"; wenn ich als Maria Stuart die Schmerzen aushauche, die ein Weib im Busen trägt! Ja, gewiß ist es himmlisch, die Gebilde des Dichters in sich
20 aufzunehmen, mit ihnen in eins zu verschmelzen und sie zur klaren Anschauung zu bringen. — Sie verzeihen, mein Gegenstand reißt mich hin. Vielleicht beweist diese Wärme, diese Begeisterung, wenn ich so sagen darf, meinen Beruf für die Kunst. Sie schweigen? Sie erwidern mir
25 nichts?

    Wellstein (hat Thekla mit steigender Wärme angesehen). Was soll ich Ihnen erwidern?

    Thekla. Sie sollen mir sagen, ob Sie wirklich Beruf zur Kunst in mir finden, sollen mir rathen, mich über die
30 Mittel und Wege unterrichten —

    Wellstein. Wie könnte ich das?

Thekla (befremdet). Sie, als Dramaturg des hiesigen
Theaters?

Wellstein. Ja so — allerdings — das ist ja wahr.
Sie wollen sich dem Theater widmen; giebt es keine edlere
Beschäftigung für Sie? 5

Thekla. Edler als die Kunst?

Wellstein. Die Kunst ist nichts Reelles.

Thekla. Das sagen Sie — ein Dichter?

Wellstein (der sich nicht in seine Rolle zu finden weiß). Ich
meine die Schauspielkunst, verstehen Sie mich recht, die 10
Umtriebe, die Ränke —

Thekla. Sollte nicht das Vorurtheil zu lieblos über
diese Dinge absprechen?

Wellstein. Vielleicht — möglich — wahrscheinlich —
Sie vergeben, ich bin sehr zerstreut — eine Nachricht, die ich 15
eben erhielt — wollen Sie mir erlauben, daß ich Sie besuchen
darf, so will ich dann weiter mit Ihnen darüber sprechen,
mich erkundigen, Ihnen dann alles sagen —

Thekla. Sie werden mich durch Ihren Besuch ver=
binden — mein Zimmer hat die Nummer 13 im Stern — 20

Wellstein. Wann darf ich kommen?

Thekla. Nachmittags treffen Sie mich stets allein.
Es ist nicht nöthig, daß ich Sie vor der Hand um Ver=
schwiegenheit bitte?

Wellstein. O nein, o nein, verlassen Sie sich auf mich, 25
ganz auf mich.

Thekla. So leben Sie wohl —

Wellstein. Auf Wiedersehen — ich komme bald —
heute noch —

Thekla. Adieu. (Ab). 30

Wellstein (begleitet sie bis zur Thür hinaus).

Achter Auftritt.

Honau. Wellstein.

Honau (tritt aus dem Nebenzimmer). Nun, sind sie beide fort?

Wellstein (kommt wieder herein, sein ganzes Wesen ist verändert, er
5 ist jetzt rasch und entschieden). Liebster Herr Doctor, das war nicht
Elisabeth, die wir erwarteten, es war Thekla, ihre Base —
aber ein herrliches Mädchen!

Honau. Sie sind ja ganz außer sich!

Wellstein. Bin ich? Hören Sie, ich weiß nicht, wie
10 mir zu Muthe ist! Was hat sie alles gesprochen! Von
Kunst — ich hielt das immer für dummes Zeug, habe immer
gehört, nur ein Geschäft, nur ein Gewerbe sei etwas Ordent-
liches — aber wie sie das alles sagte, es klang so überzeugend,
so wahr — und wie sprach sie — mit welchem Feuer, wie leuch-
15 teten ihre Augen, wie verklärten sich ihre Züge—Doctor, das
Mädchen ist ein Engel.

Honau. Wer Sie jetzt sieht — und Sie vorhin gesehen
hat, sollte meinen —

Wellstein. Ich sei ein hölzerner Pinsel gewesen —
20 o, Sie haben Recht — es ist mir, als wäre ein Schleier von
meinen Augen gefallen, als habe alles um mich eine andere
Gestalt gewonnen — (faßt seine Hand) am Ende giebt es doch
noch etwas mehr, als Geschäft und Gold, am Ende ist es doch
kein dummes Zeug mit Kunst — und —

25 Honau. Lieber Herr, nicht die Worte des liebenswürdigen Mädchens allein haben in Ihnen die Veränderung
hervorgebracht — ihre Augen haben wohl den meisten Theil
daran.

Wellstein. Sie meinen, ein plötzlicher Eindruck? Man

sagt, das sei möglich — ich weiß es nicht, ich bin mir selbst
nicht klar, kann mir keine Rechenschaft geben — (herzlich) sind
wir vorhin unartig gegen Sie gewesen, vergeben Sie mir.

Honau (lächelnd). Denken wir nicht mehr daran. Doch
jetzt überlegen Sie, geben Sie sich keinem Eindrucke hin, so 5
lange andere Verhältnisse Sie fesseln.

Wellstein. Ja so — die Ehescheue, der Vertrag mit
ihrem Vater, meine Unterschrift — das kommt mir jetzt auf
einmal so abgeschmackt, so widerwärtig vor —

Honau. Ihre Aufregung wird sich legen. 10

Wellstein. Und ich werde die Ehescheue am Ende
heirathen — laut meiner Unterschrift, (seufzt) ja, so wird es
kommen. Aber das sage ich Ihnen, auf das Theater darf das
herrliche Mädchen nicht, das muß ich ihr ausreden. Ich
konnte mich vorhin in meine Rolle nicht finden, war so ver= 15
legen, so überrascht, wenn ich mich gesammelt habe, gehe ich
zu ihr. Liebster Doctor, leihen Sie mir Ihren Namen noch
einige Tage, sie soll mich nicht anders kennen lernen — und
thun Sie mir den Gefallen, und gehen Sie hin zu der Ehe=
scheuen, damit dem Vater der Wille geschieht. Ich werde 20
ihm sagen, Sie hätten versprochen, ihr die Grillen aus dem
Kopfe zu bringen, er möchte Ihnen Zeit lassen, und so lange
würde ich mich seiner Tochter noch nicht zeigen — da habe
ich Zeit —

Honau. Zur liebenswürdigen Thekla zu gehen? 25

Wellstein. Nein, ja — ach, ich weiß selbst nicht was
ich will — doch kommen Sie mit mir, wir wollen fahren,
reiten, gehen, zu Mittag essen, thun Sie mir den Gefallen,
begleiten Sie mich.

Honau. Aber — 30

Wellstein. Ich habe Sie liebgewonnen, Sie werden

auch finden, daß ich nicht so tölpelhaft bin, wie ich anfangs
schien — wir müssen uns kennen lernen — mein Gott, ich
brauche ja einen Freund jetzt so nöthig!

Honau. Nun denn! (Ruft). Adam! (Reicht Wellstein die
5 Hand). Topp, wir wollen uns kennen lernen! Kommen Sie.

Adam (tritt ein).

Honau (im Vorbeigehen). Wir gehen aus, gieb auf das
Zimmer Acht. (Ab mit Wellstein).

Neunter Auftritt.

10 Adam, dann Theudelinde.

Adam. Wir gehen aus — gieb auf das Zimmer Acht!
Was das für ein Ton ist! Thut er doch gerade, als ob er
mein Herr wäre! Das Jüngferchen, das vorhin zu meinem
Herrn wollte, hat er auch gesprochen — wer weiß, am Ende
15 schnappt er ihm die vor der Nase weg! Das ist heute ein
Gelaufe und Gerenne — (es pocht) herein! Schon wieder.

Theudelinde (tritt ein). Bin ich hier recht beim Herrn
Doctor Wespe?

Adam. Zu dienen, ja!

20 Theudelinde. Sie sind's, Sie sind es selbst, mir sagt's
mein ahnungsvoller Geist.

Adam. Ich —?

Theudelinde (spricht immer sehr geläufig ohne Adam zu Worte kommen
zu lassen). Keine Antwort, ersparen Sie sich dieselbe. O, mir
25 genügt ein Blick, eine Bewegung der Hand, um die Gedanken
Anderer zu errathen — ich hasse alle überflüssigen Worte —
wie könnte ich mich täuschen! Auf Ihrer hohen Stirn ist die
Kühnheit zu lesen, mit welcher Sie die Geißel der Satire

schwingen und gegen die Gewöhnlichkeit zu Felde ziehen, —
die Bläſſe Ihrer Wangen ſpricht für die durchwachten Nächte,
das ſanfte Feuer Ihrer Augen verräth den Lyriker, mir iſt,
wenn ich in Ihre Augen blicke, als läſe ich Sonette.

Adam (der vergeblich verſucht zu ſprechen, am Ende von dem Strom der 5
Worte eingeſchüchtert).   Aber —

Theudelinde.   Was ich will, wollen Sie fragen; o, ich
verſtehe Sie, ich kann Ihre Gedanken in Ihren Augen
leſen — ich will Sie kennen lernen, einen Bund der Seelen
mit Ihnen ſchließen; — erblicken Sie in mir eine Geiſtes= 10
verwandte; auch ich führe die Feder, auch ich zähle mich der
heiligen Schaar zu, die im Tempel des Apollo dient.

Adam.   Gott, du Gerechter!

Theudelinde.   O, ich verſtehe Sie, faſſe ganz, was
dieſer Ausruf ſagen will; doch Sie irren ſich, ich gehöre nicht 15
zu jenen Schriftſtellerinnen, die ihr Männer mit Recht nicht
liebt — ich darf mich rühmen, die echte Weihe einer Prieſterin
der Muſen empfangen zu haben, nur Melpomenen iſt mein
Dienſt geweiht, nur die hohe Tragödie beſchäftigt meinen
Geiſt, ich ſchreibe nur Trauerſpiele — ſehen Sie hier den 20
erſten Act meiner neueſten Tragödie.   (Zieht ein möglichſt großes
Heft hervor).

Adam.   Fräulein oder Frau —!

Theudelinde.   Noch kommt der Name mir nicht zu,
noch bin ich unverheirathet, denn noch fand ich den Mann 25
nicht, der verſtanden hätte, was in der Tiefe meines Innern
ſich regt, der, gleichgeſtimmt mit mir, im Stande geweſen wäre,
einen Bund zu ſchließen, welcher alles Entzücken in ſich trägt,
deſſen eine Menſchenbruſt fähig iſt.   Sie wollen meinen
Namen wiſſen, ich leſe die Frage in Ihren Augen — ich 30
führe zwei Namen, einen irdiſchen, den ich meinem Vater

verdanke, einen geweihten, den ich als Priesterin der Musen
trage; den letztern müssen Sie kennen — Dido Abendröthe —
Sie haben ihn gefunden, meinen Dichternamen, ich sehe es
an Ihrem beifälligen Kopfnicken, Sie haben ihn gefunden
5 unter manchem zarten Gedichte, das die Empfindungen einer
schönen Seele aushauchte. Sonst heiße ich Theudelinde Zün=
dorf, bin die Schwester des reichen Banquiers Herrn von
Zündorf, der in Folge seiner glänzenden Unternehmungen
geadelt wurde; ich lebe von meinem Vermögen und bin mit
10 meinem Bruder hierher gekommen, um das Bad zu besuchen,
und, warum soll ich es leugnen, mich trieb das Verlangen,
Sie kennen zu lernen.

    Adam. Gehorsamer Diener.

    Theudelinde. O, weg mit diesen kalten Formen der
15 Höflichkeit, die sich beengend zwischen zwei Gemüther drängen,
welche für einander geschaffen sind — ja, ich verehre, ich
bewundere Sie, — Ihr treffender Witz, Ihre himmlische Lyrik
— vergönnen Sie mir, einen Beweis meiner Achtung Ihnen
zu geben, — diesen Ring, — ich trug ihn an meinem Zeige=
20 finger, da, wo die Feder anliegt, wenn man schreibt —

    Adam. O, ich bitte —

    Theudelinde. Keinen Dank, wir werden uns näher
kennen lernen. Jetzt erlauben Sie, daß ich Ihnen den ersten
Aufzug meines Trauerspiels vorlese. (Drückt ihn ins Sopha, legt
25 Hut und Shawl ab, holt sich einen Stuhl und setzt sich in die Mitte der Bühne).

    Adam (während dessen für sich). Sapperment, für solch ein
Ringelchen kann man sich schon etwas gefallen lassen und ein
Stündchen Doctor spielen.

    Theudelinde. Ich habe alle die bisherigen Mittel der
30 tragischen Muse verschmäht, sie reichen nicht mehr aus, unser
verwöhntes Publicum zu rühren. Sie werden finden, daß

meine Einfälle genial sind. (Ist während dessen zum Sitzen gekommen und fängt an zu lesen. Der Vorhang fällt langsam). Die Bühne stellt ein Schlachtfeld vor. Im Hintergrunde Cavallerieangriffe, mehr vorn Tirailleurfeuer, im Vorgrunde ein Haufen Verwundeter. Chirurgen sind mit Verbinden beschäftigt. Dem 5 Hauptmann Mohrtanz wird eben die Hand abgenommen— er raucht gelassen seine Pfeife dabei.

Der Vorhang fällt.

ARGUMENT TO ACT II.

ELISABETH dressed as a man is setting forth her ideas on the emancipation of women to Thekla, without, however, being able to persuade
her to follow her example. Thekla on the other hand fails to convince
Elisabeth that her own aims and art-aspirations are in any way superior
to hers. Zündorf's remarks as to his daughter's dress and man-
hating whims are ironically answered by her, to Thekla's great dis-
comfort. Zündorf announces that a painter named Alfred has called
and desires Elisabeth to give him a sitting. Wespe enters, but, instead
of proceeding to accomplish the alleged object of his visit, he begins to
praise in the most extravagant way her beauty, and also Thekla's, and
indulges in the vainest remarks concerning himself and his art. The
ladies are relieved when Honau is announced as Dr Wespe. Elisabeth
is glad to see him, but the real Wespe stays in the room, declaring
himself to be one of the doctor's acquaintances. Honau does not spare
Elisabeth; he earnestly blames what he calls her disguise, and when
she defends herself by saying that she has only followed the path he
himself has pointed out in his writings he calls these writings errors of
his youth. He then proceeds to bitterly criticise the careless way in
which Dr Wespe has written his articles and to point out his motives,
without allowing Alfred (the real Wespe) an opportunity of making a
single remark. He tells Elisabeth that the emancipation of women is
inadmissible so long as women cannot do exactly the same as men,
and when Elisabeth expresses a different opinion, he offers to prove the
truth of his saying by teaching her the manly art of fencing. When
she wishes him to accompany her for a walk he refuses unless she will
change her dress. After he has left, Alfred offers to go with her, but
she desires to be left alone, and, on her father asking her opinion of
Wespe, tells him, that for the first time in her life she has met a man.

Zündorf becomes rather excited about Elisabeth's unwillingness to marry Wellstein and her preference for Wespe. He takes counsel with his old servant Christoph, who advises him to send Wespe a letter calling him away for a few days on urgent business. Theudelinde reproaches Thekla for having fallen asleep while she was reading her tragedy to her. She is, however, appeased by her niece and is about to continue her reading, when Thekla sees Wellstein coming towards the house. Theudelinde, who does not wish to meet Wespe, retires. Wellstein comes to urge her again and in the most impressive manner to give up her intention of going on the stage, and points out what the real vocation of a woman is. He protects her from the impoliteness of an obtrusive student, Schreier. She fears that Wellstein will be obliged for her sake to fight a duel, and resolves to write to him. Wespe tells Honau he is certain he has made a great impression on Elisabeth and even on Thekla, and that, in a very short time, he will have won the former's affection. He is insensible to Honau's raillery. Adam brings in four letters—a challenge from Schreier; a letter from Thekla, beseeching him not to fight ; verses from Theudelinde with an invitation to an evening-recital of her poetry ; and the forged letter sent in the name of a bookseller by Zündorf. Wespe is asked to proceed to a neighbouring town to meet some gentlemen with whom he is urged to edit a new literary magazine. He resolves to leave at once, and tells Adam he will be away for two days. Adam is glad to be able to see Theudelinde who, after reading part of her play, has given him a valuable ring, and determines to dress himself in Wespe's best suit.

Zweiter Aufzug.

Elisabeths Zimmer.

Erster Auftritt.

Elisabeth (in Männertracht, ein Mützchen auf dem Kopfe, eine Cigarre im
Munde, steht vor dem Spiegel und mustert ihren Anzug).
Thekla (sitzt rechts und liest).

Elisabeth. Wie steht mir die Mütze? Wie gefalle ich
dir?

Thekla. Für eine Maskerade recht artig.

Elisabeth. Was Maskerade! Du weißt, daß ich diese
Kleidung jetzt immer tragen werde.

Thekla. Es ist dein Ernst nicht.

Elisabeth. Es ist mein Ernst. Ich fühle Muth und
Kraft in mir, die Emancipation unseres Geschlechts, von der
man schreibt und spricht, auch in der That auszuführen, und
ich fange damit an, die unbequeme, hindernde Kleidung, die
wir bisher trugen, wegzuwerfen und mich nach Männerart
zu kleiden.

Thekla. Meinst du, damit sei die Emancipation
vollendet?

Elisabeth. Das nicht, aber es ist der Anfang, es zeigt
den Männern, was wir wollen.

Thekla. Wir? Wir? Hoffst du, daß alle Frauen dir
nachahmen werden?

Elisabeth. Gewiß! So gewiß sie alle der gleiche
Wunsch beseelt, der Gewaltherrschaft der Männer nicht mehr
unterworfen zu sein. Es kommt nur darauf an, daß eine den
Anfang macht, sie wird schon Nachahmerinnen finden —
und endlich wird das ganze Geschlecht seine Fesseln zerbrechen. 5
Ich will die Eine sein, ich fühle, es ist mein Beruf, und ich
will ihn erfüllen, will meinen Namen unsterblich machen.
Begeistert dich der Gedanke nicht?

Thekla. Nein.

Elisabeth. Gefühllose! 10

Thekla (wie immer, etwas schwärmerisch überspannt). Wer darf
mich gefühllos schelten, die ich in stillen Nächten die Werke
der Dichter las und zu meinem Eigenthume machte; die ich,
erfüllt von der unendlichen Größe der Kunst, mich von der
Sinnenwelt losgesagt habe und nach der höchsten Befreiung 15
von Fesseln strebe, nach dem Ewigen, dem Überirdischen!

Elisabeth. Hm, der Weg dahin ist weit, wenn du ihn
nur zu finden weißt.

Thekla. Ich trage den Führer in meiner Brust — er
zeigt mir das hohe Ziel, er verheißt mir Kunde des Weges 20
und Unterstützung.

Elisabeth. Jeder nach seinem Geschmack, du liebst die
Dichter, ich hasse sie.

Thekla. Unglückliche, warum?

Elisabeth. Weil sie Männer sind. 25

Thekla. Wo findet Haß in eines Weibes Busen Raum?
Doch du scherzest — zu lieben gebot die Natur dem Herzen
der Frauen, wer lehnt sich auf gegen die Gesetze der ewigen
Mutter?

Elisabeth. Ich, noch einmal ich, ich will die Männer 30
nicht lieben, will sie hassen!

Thekla. Und schriebst an Wespe, wie du mir selbst gesagt, fordertest ihn auf zu dir zu kommen, bietest ihm deine Freundschaft an?

Elisabeth. Er ist der Einzige, der gerecht war gegen
5 unser Geschlecht, der selbst für uns in die Schranken trat und der ganzen Männerwelt den Fehdehandschuh hinwarf, für uns zu streiten.

Thekla. Das haben noch andere gethan.

Elisabeth. Die kenne ich nicht — ich halte mich an
10 Wespe, der in seinem Blatte unsere Rechte verfocht. Darum wollte ich in dieses Bad, wo er lebt und wirkt; helfen will ich ihm, das große Werk zu vollenden, indem ich thue, was er schreibt. Nichts gehört dazu, als der Muth einer großen Seele, — ich habe ihn. Und du willst mir nicht helfen!?
15 Thekla. Mein Ziel ist ein höheres — unsere Pfade laufen aus einander.

Elisabeth. So fahre hin, Verblendete!

Zweiter Auftritt.

Vorige. Zündorf (durch die Mitte).

20 Zündorf (lacht laut auf).

Elisabeth (die Lippen aufwerfend). Nun?

Zündorf. Du siehst ganz possierlich aus!

Elisabeth (heftig). Was für ein Ausdruck — possierlich — ich habe Ihnen schon oft gesagt, daß Sie gar keinen
25 Geschmack haben, daß Ihre Urtheile immer schief ausfallen!

Zündorf. Nun, nun, nicht gleich so heftig!

Elisabeth. Wenn mein eigener Vater so herabsetzend urtheilt, was kann ich von der Welt erwarten?

Zündorf (erschrocken). Also willst du wirklich —?

Elisabeth. Was?

Zündorf. In dieser Kleidung ausgehen?

Elisabeth. Habe ich es Ihnen nicht längst gesagt?

Zündorf. Ich hielt es für eine Grille.　　5

Elisabeth. Das ist ewig Ihre Redensart; wenn ich von erhabenen Dingen, von großen Plänen spreche, so kommen Sie mit Ihren Grillen.

Zündorf. Aber Elisabeth —

Elisabeth. Streiten wir nicht weiter! Ich will Ihre 10 Ansichten nicht bessern, lassen Sie mich thun, was mir gefällt.

Zündorf. Ja, ja, ich schränke dich ja auch nicht ein. Und wie steht es mit deiner Antwort auf meinen Heiraths= vorschlag?　　15

Elisabeth. Sie haben meine Antwort ein für alle Mal — ich heirathe nie. Die Ehe ist die erste Fessel, welche ihr Männer uns angelegt habt — ist einmal diese zerbrochen, dann wird die Emancipation nicht mehr fern sein.

Zündorf. Das sind —　　20

Elisabeth. Grillen — ich weiß — Sie haben mir es tausend Mal gesagt. Ich will nun diese Grillen haben, will sie ausführen! (Kehrt sich ab).

Zündorf. Gut, gut, mein Kind! (Für sich). Ich ver= lasse mich auf den Doctor Wespe. Wellstein sagt, er würde 25 kommen und sie bekehren. (Laut). Höre Kind, ich hätte es fast vergessen, warum ich kam; es hat sich ein Maler bei mir gemeldet, du wolltest dich schon längst malen lassen.

Elisabeth. Er ist willkommen, er soll mich gleich jetzt, in dieser Kleidung malen.　　30

Zündorf. Gut, meine Tochter, es ist mir recht. Der

Mann wartet in meinem Zimmer auf Antwort, ich werde
ihn herschicken. Er scheint mir ein billiger Mann zu sein,
der nicht gleich in die Louisdor hinein fordert. (Im Vorbeigehen
zu Thekla). Was liesest du?

5 T h e k l a (die während der ganzen Scene ruhig sitzen bleibt).
Wallenstein.

Zündorf (brummend). Ein Kochbuch wäre auch besser. (Ab).

Dritter Auftritt.

Elisabeth. Thekla.

10 E l i s a b e t h. Was schütteltest du fortwährend den Kopf,
als ich mit meinem Vater sprach?

T h e k l a. Dein Ton, dein Benehmen schien mir nicht
richtig, nicht einer Tochter geziemend zu sein.

E l i s a b e t h. Mein Vater ist ein Mann, bei ihm beginne
15 ich die Emancipation. — Du siehst, es geht, du siehst, daß er
immer nachgiebt.

T h e k l a. Weil er zu nachsichtig, weil er zu schwach
gegen dich ist.

E l i s a b e t h. Weil er — weil er — immer kommt ihr
20 mit weil und darum und allerhand Gründen. Ich will,
das ist der einzige Grund, den ich gelten lasse. Doch still, ich
höre kommen. (Lehnt sich an den Tisch).

Vierter Auftritt.

Vorige. Zündorf (führt Wespe herein).

25 Z ü n d o r f. Hier ist meine Tochter — sie wird Ihnen
das Weitere sagen. (Ab).

Wespe. Meine Damen, ich lege mich zu Ihren Füßen
in der Hoffnung, daß Sie mich aufheben und mich freundlich
willkommen heißen werden.

Elisabeth. Und wenn wir es nicht thun?

Wespe. Sie wären die erste Dame, die meine Bitten 5
unerfüllt ließe.

Elisabeth. Beinahe könnte ich es mir einfallen lassen,
diese erste sein zu wollen — doch, es mag drum sein, treten
Sie näher und sein Sie willkommen. Sie sind Maler?

Wespe. So ist's. 10

Elisabeth. Und heißen?

Wespe. — — Alfred.

Elisabeth. Sie heißen Alfred?

Wespe. Ich heiße Alfred.

Elisabeth. Gut, dieser Name ist am besten geeignet, 15
Sie bei mir einzuführen. Kennen Sie Alfred Wespe?

Wespe. Obenhin.

Elisabeth. Er ist der Dichter, den ich allein schätze.
Er unterzeichnet sich stets Alfred, darum ist mir dieser Name
lieb. Sie wollen mich malen? 20

Wespe (immer zuversichtlich, dreist, mit affectirter Galanterie). Jetzt,
nachdem ich Sie gesehen habe, ja.

Elisabeth. Warum erst jetzt?

Wespe. Ich male nur einen Kopf, den ich meines
Pinsels würdig erachte. 25

Elisabeth. Können Sie auch schmeicheln?

Wespe. Ich schmeichle nie; ein freier Künstler läßt sich
dazu nicht herab; er redet stets die Wahrheit. Ich finde Sie
schön, sehr schön, und sage es unverhohlen. Doch erlauben
Sie mir, ich erwartete nur eine Dame zu finden und finde — 30

Elisabeth. Zwei für eine — ich muß Sie denn wohl

mit uns bekannt machen. Ich bin Elisabeth von Zündorf,
die Sie zu malen kamen, dort meine Base Thekla —

Wespe. Die ich auch malen werde.

Thekla. Wenn mir es nämlich beliebt.

5   Wespe. Ich sagte Ihnen schon, mir hat noch keine
Dame etwas verweigert, Sie werden es auch nicht. Auf
Künstlerehre, meine Damen, ich stehe zweifelnd zwischen
Ihnen, ungewiß, welcher ich den Preis der Schönheit zu=
erkennen soll. (Zu Elisabeth) Diese liebenswürdige Keckheit,
10 (zu Thekla) diese sanfte Schwärmerei, (zu Elisabeth) der blitzende
Muth Ihres Auges, (zu Thekla) die stille Würde des Ihrigen —
jetzt erst begreife ich die Qual des Paris, der sogar zwischen
drei Göttinnen wählen sollte.

Elisabeth. Herr Alfred, Sie sollen gar nicht wählen,
15 sondern malen; Sie sollen keinen Preis der Schönheit be=
stimmen, sondern den Preis Ihres Gemäldes.

Wespe. Können Sie glauben, daß ich mit Ihnen um
einen Preis mäkeln werde? Wenn ich Sie treffe, ist das
Gemälde unschätzbar, — und ich werde Sie treffen, denn die
20 Begeisterung wird meinen Pinsel führen, ich werde nicht mit
der Hand, ich werde mit dem Herzen malen.

Elisabeth. Siehst du, Thekla, wie Recht ich habe?
So sind die Männer — einer wie alle — die übertriebensten
Schmeichler gegen die Mädchen, Despoten gegen die Frauen.
25 Und dies Geschlecht soll ich achten, ihm soll ich mich unter=
werfen? Nimmermehr!

Wespe. Wie soll ich Sie überzeugen, daß ich nicht
schmeichle, daß ich fühle, was ich sage? Zweifeln Sie, daß
die Schönheit den Maler mächtig ergreift?

30   Elisabeth. Das nicht, Herr Alfred; die Schönheit
ergreift jeden, der auch nicht Maler ist. Der echte Künstler

aber nimmt das Bild der Schönheit in fein Inneres auf, er
bewundert und schweigt — dies überfließen von Lob und
Worten, Herr Alfred, kommt mir aber etwas fade vor.

Wespe. Sie streben nach Emancipation? Ich begreife
Ihre Worte — Sie erfaffen jede Gelegenheit zum Kampfe 5
gegen die Männer und wollen auch mich die Überlegenheit
Ihres Geistes fühlen laffen.

Elisabeth. Wer sagt Ihnen denn, daß ich Sie zu den
Männern zähle? Es nennt sich mancher fo, der beffer eine
Schürze trüge! 10

Wespe. Wie boshaft witzig! Meinen Sie, ich würde
mich fürchten, mit Ihnen den Kampf einzugehen —?

Elisabeth. Mein Gott, es ist auch von keinem Kampfe
die Rede —

Wespe. Allein ich ziehe es vor, mich Ihnen ohne 15
Kampf zu übergeben — mächtiger als Ihr Geist noch ist
Ihr Auge — es hat mich getroffen — unheilbar — schalten
Sie über Ihren Gefangenen.

Elisabeth (ungeduldig). Herr Alfred, Sie treiben Ihre
Anmaßung zu weit. Sie sind gekommen, um mich zu malen, 20
nicht um mich zu langweilen.

Wespe. Langweilen Sie die Huldigungen, die man
Ihrer Schönheit bringt?

Elisabeth. Ja — wenigstens aus Ihrem Munde.

Wespe. Sie wenden sich zürnend ab — das ist ein gutes 25
Zeichen.

Elisabeth. Mein Herr — ?

Wespe. O, ich verstehe in den Herzen zu lesen, die
feinsten Regungen vermag ich aufzufaffen —

Elisabeth. Genug, genug! Sie wollen mich malen — 30
beginnen Sie, ich will Ihnen gleich sitzen.

Wespe. Nicht doch! Glauben Sie, ich gehöre zu jenen alltäglichen Pinselführern, daß ich Sie mit dem Sitzen quälen sollte? Ich fasse Ihre Züge im Geiste auf und werfe sie aus dem Gedächtniß auf die Leinwand. Es genügt mir
5 Sie zwei, drei Mal zu sehen und mir entgeht auch nicht der leiseste Zug.

Fünfter Auftritt.

Vorige. Friederike, dann Honau.

Friederike (meldet). Herr Doctor Wespe.
10 Elisabeth (rasch). Sehr willkommen!
Friederike (ab).
Thekla (rasch ins Nebenzimmer, rechts, ab).
Wespe. Alle Teufel, wie ungelegen!
Elisabeth. Herr Alfred — Sie entschuldigen —
15 Wespe. Bitte, lassen Sie sich nicht abhalten. Ich kenne den Doctor obenhin, wir werden unter uns sein.
Elisabeth (für sich). Das ist doch unerträglich!
Honau (tritt ein, verbeugt sich und sieht sich um. Wespe giebt ihm Zeichen des Einverständnisses, die er unbeachtet läßt). Verzeihen Sie —
20 Elisabeth. Nun?
Honau. Ich glaubte Fräulein von Zündorf hier zu finden!
Elisabeth. Ich bin's.
Honau (tritt näher). Sie? In der That, das sind die
25 Züge eines Mädchens. Entschuldigen Sie, ich wußte nichts von Ihrer Verkleidung.
Wespe (leise). Was wollen Sie hier?

Elisabeth. Verkleidung? Wer sagt Ihnen, daß dies
eine Verkleidung ist? So werde ich künftig stets mich
kleiden.

Honau. Unmöglich!

Elisabeth. Unmöglich? Und das sagen Sie?   5

Wespe. Wie anmaßend!

Honau. Und warum ich nicht? Das ist Männerkleidung — Sie sind ein Frauenzimmer, das paßt nicht zusammen!

Elisabeth. Ich werde irre an Ihnen.   10

Honau. Und warum?

Elisabeth. Sie haben selbst für die Emancipation der
Frauen geschrieben, haben uns den Weg gezeigt sie zu
erringen — und jetzt, da ich diesen Weg betreten will, da ich
die Fesseln von mir werfe, die Sitte und engherzige Gewohn- 15
heit uns aufbürden — wollen Sie mich tadeln?

Honau. Sie strafen mich hart, mein Fräulein, indem
Sie mich an einen Irrthum meiner Jugend erinnern.

Elisabeth. Irrthum?

Wespe (hustend). Irrthum?   20

Honau. Ja, ein Irrthum! In den Jahren, wo die
Phantasie die Urtheilskraft noch überwiegt, faßt man leicht
allerhand sonderbare Ideen auf und hält für Wahrheit, was
wahr und wahrhaftig Unsinn ist. So ging es mir mit der
Emancipation der Frauen.   25

Elisabeth (zornig). Herr Doctor!

Honau. Lassen Sie mich ausreden.

Wespe (leise). Aber in's Teufels Namen!

Honau (immer ohne sich stören zu lassen). Ich las die bekannten
französischen Schriften über diesen Gegenstand, ich schwärmte 30
für Freiheit und Gleichheit — doch nein, ich will Sie nicht

hintergehen, ich will Ihnen die wahren Gründe meiner da=
maligen Auffätze fagen.   Ich gab ein Localblatt heraus, ich
mußte Lefer, ich mußte Abonnenten haben, und die verlangen
heutzutage Pikantes!   O, das Pikante!   Es ift der Fluch
5 unferer Litteratur!   Nach Wahrheit, Schönheit, Weisheit
wird nicht gefragt, nur nach Pikantem.

Wefpe.   Aber —

Honau (immer in Beziehung auf Wefpe).   Die Emancipation
der Frauen war ein pikantes Thema, war Mode — ich
10 faßte es auf, fchrieb darüber, dafür, ohne eigentliche Über=
zeugung.

Wefpe.   Aber Herr Doctor —

Honau.   Laffen Sie mich ausreden!   Glauben Sie mir
überhaupt, ich habe als Redacteur meines Blattes Vieles
15 gefagt, was ich nicht geglaubt, nicht überlegt habe.

Wefpe.   Aber—

Honau.   Habe getadelt, was fchön war —

Wefpe.   Hm, hm!

Honau.   Gelobt, was erbärmlich war —

20 Wefpe.   Hm, hm!

Honau.   Weil Rückfichten auf litterarifche Verbindungen,
Empfehlungen, weil Häkeleien mit andern Schriftftellern,
felbft mit Buchhändlern im Spiele waren.

Wefpe.   Aber fo hören Sie doch!

25 Honau.   Glauben Sie mir, mein Sündenregifter war
kein kleines.

Elifabeth.   Und das fagen Sie mir alles felbft?

Honau.   Wahrheit ziemt dem Manne!   Ich bin ein
Mann geworden, bin über die Jahre des Leichtfinns hinaus,
30 wo dergleichen noch Entfchuldigung finden kann, ich habe
Grundfätze, habe Überzeugungen gewonnen.

Wespe. Laſſen Sie mich doch auch einmal zu Worte
kommen.

Eliſabeth. Sie können uns Ihre Meinung ein anderes
Mal ſagen. (Zu Honau). Das iſt nichts, Herr Doctor, damit
kommen Sie mir nicht durch. Und hätten Sie auch wirklich 5
Ihre Überzeugung geändert — ich habe es nicht. In mir ſteht
es feſt: die Frauen werden unterdrückt, ſie müſſen dieſe Feſſeln
brechen!

Honau. Sie können es nicht!

Eliſabeth. Das wollen wir ſehen! 10

Honau. Weil nicht die Einrichtungen der Menſchen,
weil die Natur ſelbſt das geordnet hat, was Sie Feſſeln
nennen. So lange Sie nicht alles leiſten können, was der
Mann leiſtet, ſo lange Sie nicht an Körper- und Geiſtes-
kräften mit dem Manne in eine Linie treten können, muß 15
Ihre Stellung eine andere als die des Mannes ſein. Dieſe
Stellung iſt darum noch keine untergeordnete, noch keine
ſclaviſche, weil ſie in mancher Beziehung die zweite iſt.

Eliſabeth. Ich kann alles leiſten, was ein Mann leiſtet.

Honau. Meinen Sie? 20

Eliſabeth. Ich will es können und wette mit Ihnen, daß
Sie mir nichts aufgeben, was ich nicht vollbrächte.

Wespe. Recht, mein Fräulein, ich nehme Ihre Partie!

Eliſabeth. Ich brauche keine Hülfe.

Honau. Alles? Nun denn, es gilt die Probe! (Lächelnd). 25
Ich will keine ſchweren Arbeiten von Ihnen verlangen —
hier kann am Ende Übung die Körperkraft erſetzen — ich will
Ihnen zeigen, daß Sie geiſtig dem Manne nicht gleichſtehen,
daß er Eigenſchaften beſitzt, die Ihnen mangeln. Können Sie
den Degen führen? 30

Eliſabeth. Ich will es lernen.

Honau. Sie können es nicht. Der kalte, besonnene Muth ist ein Erbtheil des Mannes, Sie werden ihn nie erwerben.

Elisabeth. Stellen Sie mich auf die Probe.

Honau. Sie werden nie lernen, mit ruhigem Blicke der
5 Gefahr ins Auge zu schauen.

Elisabeth (heftig). Stellen Sie mich auf die Probe!

Honau. Gut, ich komme mit Waffen zu Ihnen. Wenn Sie nach der ersten Viertelstunde erklären, Sie wollen den Degen führen lernen, so gebe ich mich gefangen.

10 Elisabeth (heftig). Es gilt, es gilt! — Und nun etwas Anderes. Ich bat Sie um Ihren Besuch — wissen Sie auch meine Absicht?

Honau. Nun?

Elisabeth. Ich will ausgehen und wünsche, daß Sie
15 mich begleiten.

Honau. Mit Vergnügen. Kleiden Sie sich um.

Elisabeth. Nicht doch, ich gehe, wie ich bin.

Honau. Sie scherzen.

Elisabeth. Nein, nein, ich dächte doch, Sie könnten von
20 meinem Ernst überzeugt sein.

Honau. Mein Fräulein, Sie sind ein schönes Mädchen — aber diese Kleidung entstellt Sie. Sie ist unpassend für die Frauen, sie ist nach unsern Sitten und Gewohnheiten un= schicklich —

25 Elisabeth. Ich will mich diesen Sitten und Gewohn= heiten nicht unterwerfen.

Honau. Wohl, das thun Sie auf Ihre Gefahr. Ich unterstütze Sie nicht dabei.

Elisabeth. Sie wollen mich nicht begleiten?

30 Honau. Bedarf eine emancipirte Frau noch eines Begleiters?

Elisabeth (schweigt betroffen).

Honau. Ich komme mit den Waffen zu Ihnen, wie verabredet. Sollte es mir gelingen, Sie von der Unrichtigkeit Ihrer Ansichten zu überzeugen, so wird mir das eine Beruhigung für meine früheren Sünden sein. Bis dahin leben 5 Sie wohl. (Verbeugt sich und geht ab).

Sechster Auftritt.

Elisabeth. Wespe.

Elisabeth (stampft mit dem Fuße und wirft die Mütze in eine Ecke).

Wespe. Lassen Sie den Murrkopf laufen! Nur Ihr 10 Gebot legte mir Schweigen auf, sonst hätte ich ihm schon dienen wollen. Sie bedürfen eines männlichen Begleiters — mit Freuden biete ich Ihnen meine Dienste an.

Elisabeth. Gut, gut, Herr Alfred — wenn ich Ihre Dienste brauche, werde ich Sie rufen lassen. Jetzt würden 15 Sie mich verbinden —

Wespe. Schön, ich hoffe, Sie werden mich nicht lange warten lassen. (Küßt ihr die Hand). Leben Sie wohl, und denken Sie bald an mich. (Ab. In der Thür begegnet er Zündorf, verbeugt sich gegen ihn und geht).

20

Elisabeth (zerstreut). Leben Sie wohl.

Siebenter Auftritt.

Elisabeth. Zündorf.

Zündorf. Nun, mein Töchterchen? Nun hast du ja den langersehnten Doctor Wespe gesprochen, wie hat er dir 25 denn gefallen? Er soll ein anmaßender, langweiliger Patron sein, mit dem kein Mensch auskommt; ja, ja, ich habe mir gleich gedacht, das wäre keine Bekanntschaft für dich. Nun, man kann ihm ja das Wiederkommen schwer machen. Du scheinst mir so zerstreut — ich will nicht hoffen —

5   **Elisabeth** (stand nachdenkend, jetzt rasch). Ich habe heute zum ersten Male einen Mann gesehen. (In die Seite ab).

Zündorf. Was, zum ersten Male einen Mann? Sie hat mich doch von Kindesbeinen an gesehen — was das für Grillen sind!

10   **Achter Auftritt.**

Zündorf. Christoph (kommt mit einer Zeitung in der Hand).

Zündorf Ah, du kommst mir eben recht.

Christoph. Fünf und siebenzig und drei Achtel die dreiprocentigen; es ist Zeit, Herr Principal, daß wir ver-
15 kaufen.

Zündorf. Ja, ja, doch jetzt von etwas Anderm.

Christoph. Die Wechsel auf Augsburg —

Zündorf. Ach, laß die Wechsel und höre mir aufmerksam zu.

20   **Christoph** (steckt die Zeitung ein). Wie Sie befehlen.

Zündorf. Ich wollte meine Tochter verheirathen.

Christoph. Weiß.

Zündorf. Der junge Wellstein —

Christoph. Hat den Vorschlag angenommen.

25   **Zündorf.** Wollen uns verbinden —

Christoph. Wellstein und Zündorf — eine gute Firma —

Zündorf. Der Vertrag ist unterschrieben —

Christoph. Alles klar und bündig.

Zündorf. Nun will meine Tochter nicht.

Christoph. Die Mädchen zieren sich.

Zündorf. Nein, im vollen Ernste.

Christoph. So hat sie ihr Auge auf einen Andern 5
geworfen.

Zündorf. Nein, sie will gar nicht heirathen. Der
Ehestand ist ihr ein Greuel — sie nennt das Emancipation.

Christoph. Gott bewahre jeden Christen!

Zündorf. Nun ist hier ein Scriblifax, so ein Vers= 10
macher, nennt sich Doctor Wespe, der hat das dumme Zeug
aufgebracht von der Emancipation!

Christoph. Die Polizei sollte ein Einsehen haben.

Zündorf. Meine Tochter wollte mit ihm reden —
ich mußte herreisen — du weißt, was sie will — 15

Christoph (nickt). Das will sie, und wir müssen es.

Zündorf. Ja, sie ist mir etwas über den Kopf ge=
wachsen.

Christoph. Kann's noch nicht begreifen, hat doch eine
französische Erzieherin gehabt! 20

Zündorf. Nun gehe ich hin zu dem Wespe und ver=
spreche ihm Geld, wenn er der Elisabeth den Kopf wieder
zurecht setzte.

Christoph. Nun?

Zündorf. Denke, er wollte kein Geld. 25

Christoph. Mehr geboten!

Zündorf. Nein, gar nichts wollte er, grob war er
und lachte mich aus.

Christoph (mit Entsetzen). Die ganze Börse zieht den
Hut — 30

Zündorf. Wenn ich komme, doch der nicht. Lasse

also den Wellstein bei ihm, daß der ihn bearbeitet. Well=
stein sagt mir auch, er habe eingewilligt, wolle ihr die
Grillen vertreiben und sich recht unausstehlich machen —

Christoph. Gut überlegt.

5 **Zündorf.** Hat auch Wort gehalten, ist bei ihr
gewesen —

Christoph. Und —?

Zündorf. Elisabeth sagt mir, er sei der erste Mann,
den sie gesehen habe.

10 **Christoph.** Sapperment, was sind wir denn?

Zündorf. Ja, das frage ich auch!

Christoph. So etwas sieht ihr ähnlich.

Zündorf. Nun sitze ich in der Klemme.

Christoph. Wie so?

15 **Zündorf.** Wenn der Versemacher ihr so gefällt —

Christoph. So will sie den am Ende heirathen.

Zündorf. Du bist nicht klug.

Christoph. Wir kennen sie, sie hat ihren Kopf für sich.

Zündorf. Christoph! Jage mir keinen Schrecken ein!
20 So weit wird es nicht kommen — und dann wollte ich ihr
einmal den Vater zeigen!

Christoph. Das hilft nichts.

Zündorf. Oho!

Christoph. Dann weint sie —

25 **Zündorf.** Ja, das ist ihre verdammte Gewohnheit.

Christoph. Da gilt's vorbauen.

Zündorf. Ja, ja! Und wenn's auch so schlimm nicht
wird, so giebt sie doch jedenfalls ihre Einwilligung zur Hoch=
zeit mit Wellstein so bald nicht, wenn ihr der Wespe gefällt.
30 Was machen wir?

Christoph. Wir müssen ihn bei Seite schaffen!

Zündorf (erschrecken). Christoph! Mordanschläge!?

Christoph. So meine ich nicht. War gestern im Theater, da war ihnen auch einer im Wege; den haben sie mit allerhand Foppereien immer bei Seite gebracht. Das hatte auch so ein Versemacher erfunden — wir können es ihnen nachmachen.

Zündorf. Der Einfall ist gut, Christoph! Wenn wir den Wespe nur ein paar Tage wegbringen könnten, da findet sich wohl eine Gelegenheit, sie mit Wellstein unter anderm Namen bekannt zu machen — er ist ein hübscher Bursche, er muß ihr gefallen.

Christoph. Warum ihn nicht geradezu einführen?

Zündorf. Ich habe ihr schon von der Heirath gesagt, nun hat sie einen Widerwillen gegen ihn, ehe sie ihn sieht.

Christoph. Hm, hm, ein paar Tage? Da war gestern der Kerl, dem schrieben sie einen falschen Brief, und darauf reiste er fort — wenn wir das auch probirten?

Zündorf. Gut, gut, aber wie?

Christoph. Z. B. wir schreiben einen Brief, als hätte ihm ein Buchhändler aus Winthausen geschrieben, er wolle ein Buch drucken lassen, und der Wespe solle gleich hinkommen.

Zündorf. Gut, gut, mache es recht eilig.

Christoph. Der Brief kommt mit der Stadtpost, als wäre er eine Einlage gewesen.

Zündorf. Gut, aber gleich auf der Stelle.

Christoph. Soll ich es besorgen?

Zündorf. Ja, komm auf mein Zimmer! (Geht).

Christoph (im Abgehen). Im Ganzen war es schnurrig mit der Komödie — aber am Ende lief alles auf eine Heirath hinaus — ich habe viel gelacht. — (Beide ab).

Verwandlung.

Theklas Zimmer.

Erster Auftritt.

Theudelinde, Thekla.

5   **Theudelinde** (kommt mit ihrem Manuscript aus dem Seitenzimmer). Es ist zu arg.

Thekla (folgt). Aber, liebe Tante!

Theudelinde. Ich habe so viel für dich gethan, habe für dich gesorgt seit deines Vaters Tode —

10   **Thekla.** Das haben Sie —

Theudelinde. Undankbare, wie kannst du bei meinem Trauerspiele einschlafen!

Thekla. Die Sommerhitze.

Theudelinde. Dich müßte frieren vor Schauder bei 15 meinem Trauerspiele.

Thekla. Das war es auch. Bei der gräßlichen Scene, wo sich Hildegard aus Kindesliebe drei Backzähne ausnehmen läßt, überkam mich eine Art Ohnmacht — und da bin ich aus Schwäche in Schlaf gefallen.

20   **Theudelinde.** Nun, diese Erklärung lasse ich gelten. Nicht wahr, die Scene ist erschütternd?

Thekla. Mich schaudert, wenn ich daran denke. Der drohende Tyrann, der Vater auf den Knieen, die Tochter standhaft entschlossen — und der finstere, romantische Zahn- 25 arzt!

Theudelinde. Und die Idee ist neu, noch niemals dagewesen — Staaroperationen haben wir schon auf der

Bühne gehabt — aber diese nicht. Denke dir, von welch
erschütternder Wirkung der Schrei sein muß, den die Arme
ausstößt!

Thekla. Wie der der Fenella in der Stummen!

Theudelinde. O, noch weit erschütternder! Ja, ich 5
fühle es, mein Trauerspiel wird mich unsterblich machen —
ich schreibe auch keines mehr, ich habe alle meine Kraft in
diesem einen großen Werke erschöpft — fortan werde ich
ausruhen auf meinen Lorbeeren, mein Name wird gefeiert
werden durch ganz Deutschland, und dereinst soll man auf 10
meinen Grabstein setzen: ihr Leben war ein Trauerspiel.

Thekla. Brav, Tante!

Theudelinde. Jetzt komm, ich will dir den Rest vorlesen, es dauert höchstens noch drei Stunden!

Thekla. Ach!   15

Theudelinde. Was seufzest du?

Thekla (am Fenster). Es war kein Seufzer, es war ein
Ausruf; der Doctor Wespe kommt auf das Haus zu.

Theudelinde. Wespe?

Thekla. Ich traf ihn gestern im Kursaal, er sprach mit 20
mir, er wird mich doch nicht besuchen — richtig, er geht
ins Haus.

Theudelinde (packt eilig zusammen, für sich). Der soll mich
hier nicht treffen; niemand soll die zarten Bande ahnen —
(laut) dann will ich gehen.   25

Thekla. Aber so bleiben Sie doch.

Theudelinde. Nein, mir fällt eben der Gedanke zu
einem Sonette ein — man muß den Augenblick benutzen; ich
gehe durchs Nebenzimmer, so begegne ich niemandem! (Geht).

Thekla. Gut, daß sie ging. (Horchend). Er kommt, er 30
kommt wahrhaftig — so schnell hätte ich kaum gehofft — aber

ein so junger Mann allein auf meinem Zimmer — ist das schicklich? — (Es pocht). Herein!

Zweiter Auftritt.

Thekla. Wellstein (tritt schnell ein, wird aber verlegen, als er
5   Thekla sieht).

Wellstein. Miß, Mademoiselle — mein Fräulein —
Thekla (lächelnd). Sie reden mich in drei Sprachen an —
Wellstein (rasch). Und doch nicht in der rechten.
Thekla. Und die wäre?
10 Wellstein. Eine ohne Worte.
Thekla. Herr Doctor —
Wellstein. Sie dürfen nicht böse werden, Sie müssen einem Dichter schon etwas zu Gute halten.
Thekla. Sie haben Ihr Versprechen pünktlich gehalten
15 — ich bin Ihnen sehr dankbar dafür. (Setzen sich).
Wellstein. Ja, ich bin rasch gekommen, weil —
Thekla. Nun?
Wellstein. Ich wollte Ihnen sagen —
Thekla. Haben Sie für mich gesprochen, haben Sie
20 etwas gefunden, das mich zum Ziele führen kann?
Wellstein (hastig). Bewahre Gott!
Thekla (verwundert). Wie?
Wellstein (sich zusammennehmend). Ich komme, Ihnen noch=
mals abzurathen —
25 Thekla. Abzurathen? Das ist umsonst. Mein Ent=
schluß ist nicht das Ergebniß einer flüchtigen Minute, er ist langsam gereift in durchwachten Nächten und steht uner=
schütterlich fest —

Wellstein. Laffen Sie mich —

Thekla. Ich gehöre nicht zu jenen leichtsinnigen Cha-
rakteren, die heute ergreifen, was sie gestern verließen, um es
morgen wieder wegzuwerfen. — Was ich einmal mit ganzer
Seele erfaßt habe, das führe ich aus, und wären die Hinder- 5
niffe noch so groß.

Wellstein. Sie haben meinen Rath begehrt — ich will
Ihnen unumwunden die Wahrheit sagen. Ihr Beruf ist
nicht die Bühne —

Thekla. Wie können Sie wissen —? 10

Wellstein. Ich sprach nicht von Ihren Fähigkeiten,
von Ihrem Talente — es mag groß sein, ich zweifle nicht
daran — aber die Kunst überhaupt ist nicht der Beruf Ihres
Geschlechts.

Thekla. Die Kunst ist das Höchste im Leben, soll mein 15
Geschlecht das Höchste nicht erreichen können?

Wellstein. In einzelnen Ausnahmen — ja.

Thekla. Nun also?

Wellstein. Warum wollen Sie eine Ausnahme
machen? Es giebt Frauen, denen ein überwiegendes Talent 20
den Beruf der Kunst gebietet — aber das Talent macht nie
glücklich. Den Mann nicht, noch weniger die Frau. Glücklich können Sie nur werden durch Erfüllung des Berufes,
den die Natur jeder Frau anwies —

Thekla. Und der wäre? 25

Wellstein. Die Liebe!

Thekla (schlägt die Augen nieder).

Wellstein (stellt sich vor sie hin). Eine treue Gattin, eine
sorgende Hausfrau, eine liebende Mutter zu sein, ist der
hohe Beruf, den Ihnen die Natur anweist. Mit tiefer 30
Achtung beugt sich die Welt vor einer Frau, die diesen hohen

W.   4

Beruf erfüllt. Die Frau, die freundlich ihrem Gatten ent-
gegenkommt, ihm die Falten von der Stirn küßt, welche
die Mühen des Lebens darauf gezogen, die sorgend im Hause
waltet und deren Stolz ein wohlgeordnetes Haus ist, die,
5 eine treue Mutter, in ihren Kindern sich wiederfindet, auf
deren Gedeihen achtet, die für durchwachte und durchweinte
Nächte keine Belohnung kennt und verlangt, als die dankbare
Liebe dieser Kinder und das Bewußtsein, wackere Söhne und
Töchter erzogen zu haben — eine Frau, die alles dieses ist
10 und erfüllt, hat den höchsten Beruf erreicht. Und die
Frau kann ihn erreichen, kann alle ihre Pflichten im vollen
Maße erfüllen, denn die Natur gab ihr einen unerschöpflichen
Schatz von Liebe — und Liebe allein ist die Triebfeder alles
Guten, die Liebe ist es, die den Menschen mit der Gottheit
15 verbindet! Wollen Sie das verkennen? Wollen Sie das
wahre Glück der Frauen, die Erfüllung Ihres Berufes,
einem trügerischen Glanze opfern? (Pause).

Thekla. Sie haben —

Wellstein (rasch). Nein, antworten Sie mir nicht, wenig-
20 stens nicht jetzt, nicht heute. — Ich will nun wieder
gehen.

Thekla. Sie wollen gehen?

Wellstein. Ich will Ihnen die Wahrheit sagen, ich
bin sehr aufgeregt. Was ich Ihnen da eben alles gesagt habe,
25 war mir früher selbst nicht klar.

Thekla. Wie?

Wellstein. Das heißt, ich fühlte es, konnte mir aber
selbst nicht Rechenschaft geben — da kamen Sie und be-
gehrten meinen Rath, und ich fühlte gleich, ich müsse Ihren
30 Entschluß zu hindern suchen. Ich sprach mit jemandem darüber, der durch seine Worte alles das hervorrief, was in

meinem Innern schlummerte — das habe ich Ihnen jetzt gesagt, und nun leben Sie wohl!

Thekla. Warum so eilig?

Wellstein. Weil — sehen Sie, ich habe Ihnen noch nicht alles gesagt, was ich meine und fühle; bleibe ich aber 5 länger hier, so möchte ich am Ende herausplatzen und — und —

Thekla. Nun — und —?

Wellstein (sehr wehmüthig). Das geht ja nicht. (Faßt lebhaft ihre Hand, drückt sie, will sie küssen, besinnt sich und läuft fort; indem er hinaus- 10 eilt, stößt er an Schreier).

Dritter Auftritt.

Vorige. Schreier (tritt mit dem Hute auf dem Kopfe ein).

Schreier. Donnerwetter!

Wellstein. Wer sind Sie, was wollen Sie? 15

Schreier. Was machen Sie in meinem Zimmer?

Wellstein (erstaunt). Ihr Zimmer, wie ist das?

Thekla (erhebt sich). Mein Herr!

Schreier. Sapperment, das ist nicht meine Nummer — ich bin falsch gegangen — nehmen Sie es nicht übel. 20

Wellstein (zu Thekla). Kennen Sie den Herrn?

Thekla. Ich sehe ihn zum ersten Male!

Wellstein (nimmt ihm den Hut vom Kopfe).

Schreier. Was soll das?

Wellstein. Sie sind im Zimmer einer Dame, betragen 25 Sie sich anständig.

Schreier. Herr, das ist Beleidigung!

Thekla. Um Gotteswillen, lieber Doctor!

Wellstein. Fürchten Sie nichts!

Schreier. Ich bin der Studiosus Schreier, wer sind
Sie!?

Wellstein. Ich bin der Doctor Wespe. Doch jetzt
kommen Sie hinaus.

5　Thekla. Herr Doctor, ich bitte Sie —

Wellstein. Sein Sie unbesorgt. Ist's gefällig, Herr
Schreier, die Dame wünscht Ihre Gegenwart nicht.

Schreier. Herr, Sie sollen mir Genugthuung geben,
ich werde Sie zu finden wissen —

10　Wellstein. Sagen Sie mir es draußen, jetzt kommen
Sie —

Schreier. Sapperment!

Wellstein (schiebt ihn hinaus, macht die Thüre zu und eilt zurück).
Bedürfen Sie Schutz gegen einen Zudringlichen, so schicken
15 Sie zu mir. (Eilt ab).

Thekla (will ihn halten). Herr Doctor, ich bitte Sie — er
ist fort! Mein Gott, die Leute im Hause sagen: dieser
Schreier sei ein Zänker, ein Raufbold — ich muß den Doctor
warnen — (besinnt sich). doch, könnte er nicht glauben — gleich-
20 viel, sein Leben ist bedroht, er darf sich nicht schlagen, ich
schreibe ihm. (Hält inne). Kann er nicht meinen, dadurch
Rechte zu erhalten? Ich weiß nicht, was in mir vorgeht —
meine Pläne, meine Aussichten erscheinen mir so falsch.
Sind es nur seine Worte, die meinen Gedanken diese verän-
25 derte Richtung gegeben haben, oder sein sonderbares, stür-
misches Wesen? Ich bin mir selbst nicht klar, doch schreiben
muß ich ihm. (Eilt ab).

Verwandlung.

Zimmer bei Wespe.

Erster Auftritt.

Adam (bringt einen blauen Leibrock und hängt ihn über einen Stuhl, zieht dann den Ring, in ein Papier gewickelt, aus der Westentasche und besieht ihn). 5

Zu dem Ringe bin ich gekommen, wie jener zur Ohr-feige! Hält mich die alte Mamsell für meinen Doctor und liest mir ihre Gedichte vor. Sapperment, die waren schön, denn sie hat geschrieen dabei und mit den Händen gefochten, daß es eine Lust war. Sie hat mich gebeten, ich 10 möchte sie heute besuchen, — warum sollte ich nicht? Vielleicht fällt wieder ein Ringelchen ab oder sonst etwas — und ich habe ja nichts dabei zu thun, als zuzuhören.

Zweiter Auftritt.

Adam. Wespe, Honau. 15

Adam (geht ab).

Wespe. Aber Sie durchkreuzen meine Pläne!

Honau. Wie könnte ich das? Ihre Pläne sind auf Ihre persönliche Liebenswürdigkeit gebaut, der kann ich nichts nehmen und nichts geben. 20

Wespe. Es mag sein, nur wäre ich gern allein bei ihr gewesen.

Honau. Ich sage Ihnen, ich konnte dem Drängen des Vaters nicht widerstehen. Daß wir zusammentrafen, ist nicht meine Schuld. 25

Wespe. Gut, gut, es schadet auch nicht. Ich bin meiner Sache zu gewiß — Freund, ich habe Eindruck gemacht!

Honau. Wirklich?

Wespe. O, ich kenne die Weiber. Sie hat mich kalt,
5 beinahe unartig, manchmal mit erheuchelter Gleichgültigkeit behandelt — Maske, nichts als Maske, dahinter verbirgt sie die Wallungen ihres Herzens! O, darin sind die Weiber Meister!

Honau. Nun, so wünsche ich Ihnen Glück.

10 Wespe. Ich habe schon vorher nicht an meinem Siege gezweifelt, aber jetzt, nach der ersten Unterredung, bin ich meiner Sache gewiß. In acht Tagen, in vierundzwanzig Stunden ist sie Feuer und Flamme für mich! Ich werde sie etwas schmachten lassen, und dann—welches Entzücken, wenn
15 ich die Maske abwerfe und als Wespe erscheine. Der Augenblick wird himmlisch, er giebt mir Stoff zu einer Katastrophe in einer Novelle! Übrigens, Freundchen, die Andere ist auch nicht übel.

Honau. Welche Andere?

20 Wespe. Die Schmachtende, Schwärmerische, Thekla heißt sie. Sie hat mir einige Blicke zugeworfen — ich muß mich in Acht nehmen, sonst könnte ich eine Flamme in dem Busen der Armen entzünden, die ich nicht zu löschen gesonnen bin.

25 Honau. Cäsar der Zweite, er kommt, er sieht, er siegt!

Wespe. Ernstlich, Freund, mein Glück bei den Weibern ist ungeheuer! Ich könnte Ihnen Dinge erzählen — doch basta, von so etwas spricht man nicht. Hören Sie einmal, die Seitenhiebe von wegen des Redacteurs hätten Sie sparen
30 können.

Honau. Das gehörte zu meiner Rolle. Spiele ich

sie nicht, Ihnen zum Gefallen, und Sie wollen mir noch Vor=
würfe machen?

Wespe. Nein, nein, Bester! Es hat auch nicht getroffen,
für derlei Stiche bin ich unverwundbar.

Honau. Dann müssen Sie, was man sagt, ein dickes 5
Fell haben.

Wespe. Das lernt sich. Doch—Sie gehen wieder hin?
Sie spielen Ihre Rolle fort? Machen sich unausstehlich?
Dienen mir gleichsam zur Folie? .

Honau (ironisch). Ja, wir dienen einander zur Folie. 10

Wespe. Kostbar! Ich hätte selbst sehen mögen, wie Sie
sich neben mir ausgenommen haben. Sie—steif und hölzern,
ich—gewandt und geschmeidig;—Sie derb, voll Widerspruch
—ich galant, voll des feinsten Tones.

Honau (lacht). Ja, wir müssen gut neben einander aus= 15
gesehen haben.

Wespe (begütigend). Na, Sie spielen auch nur Komödie!

Honau. Und Sie geben sich, wie Sie sind.

Wespe. Und wie bin ich?

Honau. Unwiderstehlich! 20

Wespe. Nein, das wäre eitel, aber liebenswürdig doch?

Honau. Zur Sache, geben Sie mir die Rappiere.

Wespe. Richtig. (Holt zwei Rappiere). Das wird eine köst=
liche Scene geben. Wenn ich kann, komme ich dazu. Hier
sind sie. 25

. Honau. Gut. Leben Sie wohl. (Ab).

Wespe. Leben Sie wohl—leben Sie wohl—auf Wie=
dersehen.

Dritter Auftritt.

Wespe. Adam (mit Briefen).

Adam. Herr Doctor!

Wespe. Was ist?

5 **Adam.** Eben sind vier Briefe abgegeben worden.
(Giebt sie und geht ab).

Wespe. Gut, gut! (Legt sie auf ten Tisch, öffnet ten ersten und
liest). „Mein Herr! Morgen früh sieben Uhr, hinter dem
Sonnenfels, mit Schlägern! Ich werde Sie zeichnen, und die
10 Gunst der Dame soll Sie nicht schützen.

Schreier."

Alle Wetter, eine Forderung? Wie komme ich dazu?
Wegen der Dame? Das kann nur Elisabeth sein! Schreier?
Das ist sicher der Nebenbuhler, der aufgedrungene Bräuti-
15 gam, den der Vater begünstigt! Nun, mit so einem Kauf-
mannssöhnchen kann ich es noch aufnehmen! Ein Duell!
Wenn sie das erfährt, ist sie verloren! Ein Mann, der sich
für eine Dame schlägt, ist unwiderstehlich! (Nimmt ten zweiten
Brief). Was nun weiter? (Liest). „Werther Herr, Sie werden
20 sicher eine Ausforderung erhalten—schlagen Sie sich nicht!
Wenn Sie nur einiges Interesse an mir nehmen, müssen
Sie meiner Bitte Folge leisten. Sie können denken, daß
ich untröstlich sein würde, stieße Ihnen etwas zu. Thekla
Zündorf." Das klingt ja beinahe wie ein Geständniß, und
25 ich habe das Mädchen kaum gesehen. Das nenne ich Feuer
haben. O, ich täuschte mich nicht über ihre Blicke! Aber was
weiß sie von dem Duell? Doch, was wissen die Weiber nicht,
die überall horchen und spioniren? Also zwei Eroberungen
auf einen Schlag? Tant mieux, so kann ich eine mit der

Andern ängstigen! (Nimmt den dritten Brief). Was Teufel,
Verse? (Liest).

   „An Wespe:

Auf dem Felde der herrlichsten Lyrik
Führst du den Griffel mit großen Geschick;   5
Im Gebiete der beißenden Kritik
Findet und tödtet dein großer Scharfblick!
Wer dich nicht kennt, kann sprechen von Unglück —
Freundlich denke an mich zurück!
Heute Abend sieben Uhr erwartet Sie sicher Ihre   10
               Theudelinde Zündorf."

Alle Wetter, noch eine Zündorf! Richtig, ich habe von
einer Schwester des Banquiers gehört, die sich mit Schrift=
stellerei abgiebt! Das wäre eine Eroberung, die ich meinem
Talente zu verdanken hätte! Eine förmliche Einladung zu 15
einem Rendez=vous? Die Dame geht schnell und ent=
schieden zu Werke. Sie soll reich sein — nun, es kann
nicht schaden ihre Bekanntschaft zu machen. Nun Nummer
vier. (Öffnet den letzten Brief und liest). „Ew. Wohlgeboren zeige
hiermit an, daß ich beabsichtige, mit dem ersten Januar 20
kommenden Jahres eine neue belletristische Zeitschrift heraus=
zugeben. Es würde mir angenehm sein, wenn Sie die Re=
daction des kritischen Theiles übernehmen wollten. Sind Sie
dazu geneigt, so ersuche ich Sie am 10. d. in Windhausen zu
sein, wo Sie den Dr. Thurm und Dr. Schlange treffen werden, 25
die sich bei der Redaction auch betheiligen wollen. Doch müssen
Sie bestimmt am 10. kommen, denn am 11. reisen die Herren
weiter. Bestens empfohlen. Schluckebier, Buchhändler."
Natürlich muß ich hin. Das Anerbieten ist zu vortheilhaft—
ich kann es nicht ausschlagen. Schon lange sehne ich mich 30
aus den beschränkten Verhältnissen meines Localblattes her=

aus, um endlich unter den Schriftstellern Deutschlands den
Platz einzunehmen, der mir gebührt. Den zehnten? Heute
ist der achte—da muß ich auf der Stelle abreisen.—Aber
hier? Die angesponnene Liebesgeschichte? Verdammte Lage
5 —so geht's im Leben immer, kommt einmal eine Aussicht,
so kommen gleich mehrere zusammen—was ist zu thun?
Nach Windhausen muß ich jedenfalls—und dann, wenn ich
überlege—bei Elisabeth und Thekla habe ich unverkennbaren
Eindruck gemacht,—sie werden sich sehnen mich wiederzu=
10 sehen—das ist mir günstig! Es giebt keine bessere Regel
sich bei jemandem beliebt zu machen, als sich vermissen zu
lassen. (Zählt an ten Fingern). Den achten hin, neunten dort,
zehnten zurück, spätestens in drei Tagen bin ich wieder hier;
sie werden mich drei Tage vermissen und mich mit sehnendem
15 Herzen wieder empfangen. (Ruft). Adam! Morgen früh schicke
ich hin—nein, das geht nicht—aber dem Duellanten muß
ich meine Abreise anzeigen, das Duell muß verschoben werden,
das will ich gleich besorgen!

Vierter Auftritt.

20　　　　　Adam. Wespe.

Adam (tritt ein).

Wespe. Besorge meinen Mantel nach der Eisenbahn,
ich verreise auf zwei Tage.

Adam. Ohne Koffer?

25 Wespe. So wie ich bin, es gilt nur einen Besuch. (Ab).

Adam. Das ist gut, da habe ich zwei Tage freies
Spiel und kann die alte Mamsell nach Herzenslust besuchen.
Sapperment, da fällt mir etwas ein, wenn mein Doctor nicht

hier ist, kann ich seinen blauen Frack anziehen! Das thue ich.
Den blauen Frack, eine hohe Kravatte und eine schöne Weste
und (besieht seine Hände). Glacéhandschuhe. Das habe ich längst
gemerkt, Glacéhandschuhe sind die Hauptsache heutzutage,
ohne die kann man nicht mehr fortkommen in der Welt. 5
(Nimmt den Mantel). Wenn ich ein Mann wäre, der Bücher
machen könnte, ich schriebe ein Buch über den Nutzen der
Glacéhandschuhe. Einmal müssen sie die Hände bedecken, daß
man bei den Männern die Schwielen von der harten Arbeit
und bei den Mamsells die Nadelstiche nicht sieht—auf der 10
andern Seite bedecken sie die zarten Händchen der jungen
Herren, daß die liebe Sonne sie nicht bescheint, denn die
meinen, weil sie gar so faul wären und nichts angriffen, so
wären ihre Hände auch nicht werth von der Sonne beschienen
zu werden. Na, ich will auch Glacéhandschuhe anziehen. (Ab). 15

Der Vorhang fällt.

ARGUMENT TO ACT III.

ELISABETH is impatient to see Honau-Wespe. She wishes to hate, but cannot help esteeming him. She is very angry when her father tells her of Wespe's departure. In the same moment Honau is announced and Zündorf angrily leaves the room. Honau shews Elisabeth that she will never learn to fence and meet a danger calmly. He points out in what true womanhood consists, but when she frankly asks his opinion of herself quickly leaves her in order to escape the necessity of answering. Zündorf tells Christoph that Wespe is not gone, and they deliberate again how to get rid of him. Theudelinde is anxious to see Wespe to whom she wants to read more of her tragedy. Adam arrives in Wespe's fashionable suit and is presented with another ring. But before the recital can begin they are interrupted by the real Wespe who has soon found out the deception and returned at once. Adam hides himself. Theudelinde, not knowing Wespe, is at first much embarrassed, but soon becomes captivated by the doctor's flattery. When, however, she is about to read her tragedy to him, he leaves her, pretending to be obliged to look out for seconds for his duel.

Dritter Aufzug.

Elijabeths Zimmer.

Erster Auftritt.

Elijabeth (allein, tritt raſch aus dem Nebenzimmer).

5   Noch nicht hier? (Stampft ungeduldig mit dem Fuße). Doch wie iſt mir denn? Ich bin ungeduldig, einen Mann zu

sehen, den ich eigentlich hasse, schon weil er ein Mann
ist, und den ich doppelt hasse, weil er es wagt, mir zu
widersprechen, meinen Plänen entgegenzutreten, mir seine
Hülfe zu versagen, die er mir eigentlich schuldig ist? Doch
eben, er liefert mir einen neuen Beweis, daß die Männer uns 5
immer täuschen; ich erwartete in ihm einen Freund zu finden,
der bereitwillig wäre alles zu thun, was ich wünsche, und
finde — — ja, was? Mein Unmuth möchte einen harten
Namen für ihn suchen, und doch kann ich einer gewissen
Stimme in mir nicht Schweigen gebieten, die mich ihn achten 10
heißt. Ich komme mit mir selbst in Zwiespalt—wohin neige
ich mich? Je nun, es wird sich zeigen, wie er sich ferner be-
nimmt. Ich bin mein Leben lang wahr und gerecht gewesen,
ich will es auch gegen ihn sein. Horch, Tritte! Er kommt
—nein, er ist es nicht. 15

Zweiter Auftritt.

Elisabeth. Zündorf (durch die Mitte).

Zündorf (reibt sich verstohlen die Hände). Nun, liebe Tochter,
du bist noch keinen Schritt aus dem Hause gewesen, wie
kommt das? Die schöne Gegend, das herrliche Wetter sollten 20
dich doch reizen?

Elisabeth. Sie wollen doch mit mir in dieser Kleidung nicht ausgehen, ich muß also warten, bis Wespe mich
ausführt.

Zündorf. Aber, liebes Kind, da kannst du lange warten, der ist verreist.

Elisabeth. Wie?

Zündorf. Was ich dir sage. So viel ich erfahren habe, 5 ist er nach Windhausen, in Folge eines dringenden Briefes von einem Buchhändler.

Elisabeth (heftig). Es ist nicht möglich!

Zündorf. Ich kann es dir versichern, der Christoph hat ihn selbst fortfahren sehen.

10 Elisabeth. Er wäre abgereist, ohne mir es anzuzeigen? Das wäre unerhört!

Zündorf. Es ist aber so, unter acht bis vierzehn Tagen kommt er schwerlich wieder.

Dritter Auftritt.

15   Vorige. Friederike, dann Honau.

Friederike (meldet). Herr Doctor Wespe.

Elisabeth. Willkommen! (Friederike ab). Sehen Sie?

Honau (tritt ein mit Rappieren). Ergebener Diener.

Zündorf (verdrießlich). Gehorsamster, Herr Doctor.

20 Elisabeth. Sein Sie willkommen! Ich habe Sie erwartet.

Honau. Ich lasse mich nie vergebens erwarten.

Zündorf. Sind Sie denn nicht verreist?

Elisabeth. Schwerlich, lieber Vater, der Herr Doctor 25 müßte sonst am hellen, lichten Tage spuken.

Zündorf. Ich meine, wollten Sie denn nicht verreisen?

Honau. Ich hatte ja versprochen, hierher zu kommen.

Zündorf. Aber man hat mir doch gesagt —

Elisabeth. Sicher sind Sie falsch berichtet worden, lieber Vater.

Zündorf. Aber der Buchhändler in Windhausen —

Honau. Ich stehe nicht in Verbindung mit ihm.　5

Zündorf. Na, das begreife ein anderer. Ich glaube die Herren Dichter —

Elisabeth. Lieber Vater, wollen Sie uns nicht allein lassen, der Herr Doctor will mir Fechtstunde geben.

Zündorf. Fechtstunde? Was das für Grillen sind!　10

Elisabeth. Sprechen Sie schon wieder von —

Zündorf. Nein, nein, in Gottes Namen, nimm du Fechtstunde, meine Tochter, ich will dich nicht stören. Empfehle mich! (Für sich). Daß du beim Satan wärst, verdammter Doctor! (Ab).　15

Vierter Auftritt.

Elisabeth. Honau.

Elisabeth. Wir sind allein.

Honau. Beharren Sie noch auf Ihren Ansichten?

Elisabeth. Mehr als je.　20

Honau. Und wollen das Fechten probiren?

Elisabeth. Ja, Herr Doctor, ja.

Honau. Wohl, wenn es Ihnen gefällig ist, beginnen wir. Ziehen Sie Handschuhe an.

Elisabeth (thut es).　25

Honau. Ich habe Ihnen ein Rappier mitgebracht, das nicht zu schwer ist.

Elisabeth. O, ich bin nicht so schwach, als Sie glauben. Geben Sie.

Honau. Hier. Ich will Sie nicht gleich anfangs mit allerhand Regeln plagen, merken Sie nur: den Arm gerabe
5 gehalten und den Oberkörper vor. (Er bringt sie in die beschriebene Lage, sie so wenig als möglich berührend).

Elisabeth (steht rechts. Die Lage ist ihr unbequem, das Rappier zu halten wird ihr schwer).

Honau. Die Spitze des Rappiers auf das linke Auge
10 Ihres Gegners. So. (Steht ihr gegenüber).

Elisabeth. Aber — (läßt das Rappier sinken).

Honau. Nun?

Elisabeth. Sie dürfen anfangs nicht so derb schlagen.

Honau (lächelnd). Ich werde Sie gar nicht schlagen,
15 sein Sie unbesorgt. Jetzt geben Sie Acht. Wenn ich einen Hieb von oben herunter nach Ihrem Kopfe führe, so decken Sie sich so, das ist die leichteste Deckung. (Zeigt ihr die Parade der Prime).

Elisabeth (macht die Parade). So?

20 Honau. Höher den Arm!

Elisabeth. So?

Honau. Gut. Legen Sie sich aus. (Legt sich ihr gegen- über aus).

Elisabeth (biegt den Oberkörper zurück).

25 Honau. Den Oberkörper vor!

Elisabeth (rückt ein wenig vor).

Honau (hebt sein Rappier zum Hiebe).

Elisabeth (biegt sich ganz zurück, das Rappier vor sich hinstreckend).

Honau. So treffe ich Sie. Sie müssen still stehen.
30 Schlagen Sie einmal nach meinem Kopfe.

Elisabeth (schlägt mit aller Kraft).

Honau (parirt). Sehen Sie, so ist es. Noch einmal.

Elisabeth (wiederholt).

Honau. Jetzt decken Sie sich, ich werde schlagen.

Elisabeth (beugt sich fortwährend zurück).

Honau (teutet rasch einen Kopfhieb [Prime] an). 5

Elisabeth (läßt das Rappier fallen und springt zurück).

Honau. Nun?

Elisabeth (kehrt sich nach dem Fenster). Ich mag nicht mehr.

Honau (hebt das Rappier auf). Sie sehen, daß ich Recht
hatte. 10

Elisabeth. Mir fehlt die Übung, das läßt sich lernen.
Mein Gott, ist denn das so etwas Großes? Wie viele Bei=
spiele von Frauen hat man, die die Waffen im Ernste geführt,
noch im letzten Kriege!

Honau. Richtig. Wenn eine große Leidenschaft die 15
Frauen bewegt, sei es Haß, sei es Rache, sei es die edelste
Vaterlandsliebe, dann vergessen sie ihr Geschlecht, nehmen
die Waffen und stürzen sich in die Gefahr. Doch merken
Sie wohl, nur wenn sie im Zustande höherer Aufregung
sind, und merken Sie wohl, sie vergessen das Geschlecht. Der 20
Mann aber hat den Muth, mit kaltem Blute der Gefahr ins
Auge zu sehen — das ist der Unterschied. Es fällt mir
nicht ein, dem Manne deswegen einen Vorrang einzuräumen.
Die Frauen haben einen andern Muth, der wiederum dem
Manne fehlt, den, zu leiden. Ich wollte Ihnen nur beweisen, 25
daß ein Unterschied zwischen Mann und Weib ist, daß die Natur
die beiden Geschlechter mit verschiedenen Eigenschaften begabt
hat. Diese verschiedenen Eigenschaften weisen jedem Ge=
schlechte einen verschiedenen Wirkungskreis an; dieser ver=
schiedene Wirkungskreis bedingt eine verschiedene Stellung 30
der Geschlechter zu einander. Das ist die ganze Sache. Wie

W. 5

kann da von Emancipation die Rede sein, wo keine wirk=
lichen Fesseln sind? Und diese bestehen für Ihr Geschlecht
nicht, wenigstens bei uns nicht. Wollen Sie die Beschrän=
kungen dafür gelten lassen, die aus der Stellung des Weibes
5 zum Manne hervorgehen, so denken Sie auch an die Be=
schränkungen, denen der Mann unterworfen ist in seiner
Stellung zum Weibe, zum Berufe, zum Staate. Ihr
Wirkungskreis ist kleiner, der unsrige ist größer, das ist der
Unterschied — dafür sind Sie im Stande, den Ihrigen aus=
10 zufüllen, der Mann nicht, denn er strebt rastlos nach einem
unerreichbaren Ziele. So ist immer ein gerechtes Gleich=
gewicht da.

Elisabeth (dreht sich um). Ich kann mit Ihnen nicht
streiten, Sie sind mir an Worten überlegen. Allein ich
15 fühle, es ist nicht alles, wie es sein sollte. Ein junges
Mädchen wird umschwärmt, auf den Händen getragen, ver=
göttert, als Frau soll sie sclavisch gehorchen. Ist das in der
Ordnung?

Honau. Das ist es nicht.

20 Elisabeth. Also!

Honau. Bedenken Sie, das ist eine französische Sitte,
besser eine Unsitte, wie ihr Name andeutet: „Galanterie, die
Cour machen.“ Jeder wahrhafte Mann beugt sich achtungs=
voll vor der Jungfräulichkeit, vor der Weiblichkeit, — thut
25 er mehr, seufzt er, betet er an, liegt er auf den Knieen, so ist
er ein Narr. Leider giebt es viele solcher Narren; aber wollen
Sie nach den Ausnahmen das Geschlecht beurtheilen?

Elisabeth. Sie sprechen sich sehr hart aus.

Honau. Als ich Sie sah, Fräulein, fühlte ich mich zu
30 Ihnen hingezogen, ich empfand das lebhafteste Interesse für
Sie, und ich kann Ihnen das nicht besser beweisen, als wenn

ich Ihnen die Wahrheit sage, ohne Schmuck, unverhohlen,
wenn sie auch etwas rauh klingt.

Elisabeth.   Und was denken Sie jetzt von mir?

Honau.   Ich denke, daß eine Laune Sie angewandelt hat,
die Sie vergessen werden.   5

Elisabeth.   Laune?   Es war mein Ernst.

Honau.   Nein.

Elisabeth.   Wahr und wahrhaftig.

Honau (ernst, überredend, zum Schluß langsamer, etwas bewegt, so daß
seine Neigung zu ihr durchblickt).   Nein und abermals nein!   Sie 10
haben sich selbst getäuscht.   Jeder Mann, selbst der roheste,
wird von wahrer Weiblichkeit in Schranken gehalten; eine
Frau, wie sie sein soll, kann ohne Furcht vor Beleidigungen
in die Gesellschaft der wildesten Männer gehen — die Weiblichkeit ist der Schmuck und der Schutz, den die Natur Ihrem 15
Geschlecht verlieh.   Eben so aber beugt sich das Weib ach-
tungsvoll vor der wahren Männlichkeit; keiner Frau wird
es einfallen, einen Mann, der ein Mann ist, beherrschen zu
wollen.   Das ist den Geschlechtern so angeboren.   Denken
Sie sich einen Kreis von zwanzig Frauen, die, von einer 20
Gefahr erschreckt, zittern und beben — es tritt ein Mann in
ihre Mitte — und ihre Furcht wird schwinden.   Das liegt
in der Natur.   Vergebens versuchen Sie es, gegen die Natur
zu kämpfen und sich dieser Achtung vor dem Manne (und
das sind am Ende die Fesseln, von denen man emancipirt sein 25
will) zu entziehen — denn im Grunde wollen Sie es nicht
ernstlich.   Es wird dereinst ein Mann kommen, der Ihr
Herz rascher schlagen macht — und dann sind alle Ihre
Launen entschwunden; (innig, überzeugend) so lange die Frauen
noch zu lieben verstehen, kann von Emancipation nicht die 30
Rede sein.

Elisabeth. Laffen Sie das Allgemeine; Sie fprechen fich hart und entfchieden gegen meine Anfichten aus — was denken Sie nun von mir?

Honau (ausweichend). Sie find ein fchönes Mädchen —

5 Elisabeth. Nicht doch —

Honau. Ich möchte Sie wohl in anderer Kleidung fehen, in einer Kleidung, die Ihre Schönheit im rechten Lichte zeigt.

Elisabeth. Nein, nein, verftehen Sie mich nicht falfch 10 — doch Sie wollen mich nicht verftehen, wollen mir nicht antworten.

Honau (rafch ihre Hand faffend). Vielleicht kann, vielleicht darf ich es nicht! (Rafch ab).

Elisabeth. Er kann, er darf nicht? Welch eine Ant= 15 wort! Man kann alles fagen, man braucht keine Antwort fchuldig zu bleiben! „Ich kann es nicht fagen" — ich würde mich fchämen, folch eine Antwort zu geben.

Fünfter Auftritt.

Elisabeth. Zündorf, dann Chriftoph.

20 Zündorf (kommt). Nun, der Versmacher ift ja fort. Wie kannft du dich denn mit diefem Menfchen fo lange ab= geben, Kind, Fechtftunde bei ihm nehmen? Sage mir einmal aufrichtig: gefällt dir denn diefer Wespe wirklich?

Elisabeth. Das — kann ich Ihnen nicht fagen. (Ab).

25 Zündorf. Das kann fie mir nicht fagen? Da haben wir die Befcherung! Er giebt ihr Fechtftunde und beftärkt fie alfo noch in ihren Grillen, ftatt ihr den Kopf zurecht zu fetzen. Und was wird die Folge fein? Ein Mädchenherz

soll das unbesonnenste Ding von der Welt sein, was soll
das erst bei meiner an sich schon so unbesonnenen Tochter
geben? Das giebt zweihundert Procent Unbesonnenheit.

Christoph (kommt). Herr Principal.

Zündorf. Hier.						5

Christoph. Herr Wellstein läßt Ihnen sagen, das habe
keine Eile, er hätte in diesen Tagen mehrere Landpartieen
vor und würde wenig zu haben sein.

Zündorf. Gott sei Dank, so gewinnen wir einige Tage
Zeit. Christoph, du hast deine Sache schlecht gemacht.		10

Christoph. Es wäre das erste Mal in meinem Leben.

Zündorf. Der Wespe ist nicht fort.

Christoph. Ja.

Zündorf. Nein.

Christoph. Ich habe ihn fortfahren sehen —			15

Zündorf. Eben ist er hier gewesen —

Christoph. Auf der Eisenbahn —

Zündorf. Du hast falsch gesehen.

Christoph. Ich fragte einen Polizeidiener, um ganz
sicher zu gehen, ob er den Herrn nicht kenne mit dem roth- 20
gefütterten Mantel, der eben in den Waggon steige, und der
sagte mir: das ist ja Wespe, der Doctor Wespe, der das
Blatt, die verdorrte Brennessel, schreibt. Kaum hatte er das
gesagt, so fuhr der Zug fort. Nun also?

Zündorf. Papperlapapp! Er ist aber hier gewesen; 25
ich habe ihn mit diesen meinen Augen gesehen.

Christoph. So kann der Kerl hexen!

Zündorf. Christoph.

Christoph. Herr Principal.

Zündorf. Ich muß mir diesen Wespe vom Halse 30
schaffen.

Christoph. Hm, hm, wie wäre es, wenn Sie ihm noch einmal Geld böten.

Zündorf. Er hat es schon ein Mal ausgeschlagen.

Christoph. Das war etwas Anderes. Damals boten
5 Sie ihm Geld, daß er hierherkommen sollte, jetzt bieten Sie es ihm, daß er wegbleibt.

Zündorf. Das ist wahr, ich kann es versuchen. Wenn er aber doch nicht wegbleibt? Das Haus verbieten kann ich ihm wegen meiner Tochter nicht.

10 **Christoph.** Er wird schon wegbleiben. Ich habe mich so unter der Hand nach ihm erkundigt — die Leute sagen, er wäre ein armer Schlucker. Ich habe auch etwas von einem Wechsel munkeln hören, der fällig sein soll und schon einmal prolongirt —

15 **Zündorf.** Das könnte helfen. Nun, ich will ihm noch einmal fünfzig Louisdor bieten.

Christoph (schlägt die Hände zusammen). Gerechter Gott!

Zündorf (erschrocken). Was giebt's?

Christoph. Fünfzig Louisdor für einen Versmacher!?
20 Zehn Thaler wäre schon genug.

Zündorf. Du bist nicht gescheit. Die Zeiten haben sich geändert, seitdem du jung warst. Jetzt werden die Schrift= steller, wie sie heißen, nicht mehr so hintangesetzt, jetzt werden sie in die Gesellschaften geladen, Herr Doctor genannt, und
25 verdienen zuweilen auch viel Geld.

Christoph. Ich sage es immer, die Welt wird alle Tage schlechter! Daß wir so etwas in Deutschland erleben müssen!

Zündorf. Komm jetzt, ich will ihm schreiben. (Geht).

30 **Christoph** (im Abgehen). Zu meiner Zeit wohnten sie fünf Treppen hoch unterm Dache und konnten vor Hunger

nicht schlafen, wie es denn auch recht war. Denn wer nicht arbeitet, der soll auch nicht essen. (Beide ab).

Verwandlung.

Theubelindens Zimmer.

Erster Auftritt. 5

Theubelinde (geputzt), Johanne (trägt einen kleinen Tisch mit zwei Lichtern, Lesepult, Wasserglas), kommen aus dem Nebenzimmer.

Theubelinde. So, setze es nur hierher.

Johanne (setzt den Tisch in die Mitte der Bühne).

Theubelinde. Das ist die beste Stellung. Dort kann 10 er sitzen, hier ich — so kann er mich am besten hören und sehen. Du kannst nun gehen, ich brauche dich den ganzen Abend nicht mehr, will auch weiter nicht gestört sein.

Johanne. Schön. (Will gehen).

Theubelinde. Und wenn mein Bruder oder meine 15 Nichten nach mir fragen, so sage nur: ich hätte Kopfschmerzen und läge im Bette.

Johanne. Schön.

Theubelinde. Nun geh!

Johanne (ab). 20

Theubelinde. Es wird ein entzückender Abend werden. Wespe wird nicht säumen zu kommen. In ihm habe ich endlich eine gleichgestimmte Seele gefunden. Als ich ihm den ersten Aufzug meiner Tragödie vorlas, hat er auch nicht ein Wort gesagt, so hingerissen, so bezaubert war er. Keine 25 Bemerkung, keine vorlaute Kritik entschlüpfte seinem Munde. Er von allen zuerst hat mich verstanden, ist eingedrungen in

meinen Geist, denn er verstummte, er wußte gar nichts zu
sagen, und bei meinem Trauerspiel ist das Wort Wahrheit
geworden: hier schweigt die Kritik. Übrigens ein Mann
wie Wespe hat mir lange gefehlt. Wer weiß, ob ich mich
5 nicht entschließen könnte — (es pocht) herein!

Zweiter Auftritt.

Theudelinde. Adam (modern, mit Handschuhen).

Theudelinde (eilt ihm entgegen). Tausend Mal willkommen,
lieber Doctor! Ich kann Ihnen versichern, ich habe mich
10 wahrhaft nach Ihnen gesehnt, konnte den Augenblick nicht
erwarten, der Sie zu mir führen sollte. Sie haben meinen
Brief erhalten?

Adam (verlegen). Ihren Brief?

Theudelinde (rasch). Sagen Sie mir nichts, lassen Sie
15 mich die Antwort aus Ihren Augen lesen. Ja, Sie haben
ihn erhalten, ich sehe es an dem schalkhaften Zucken Ihres
geistreichen Mundes. Die unbedeutenden Verse von meiner
Hand haben Sie gefreut, wenn auch Ihre Kritik sich nicht
lobend darüber aussprechen kann. Übrigens war der Brief
20 unnöthig, wir hatten ja mündlich schon verabredet — doch ich
schreibe gern.

Adam. Aber —

Theudelinde. Nichts mehr davon. Aber kommen Sie
näher, warum stehen Sie so entfernt?

25 Adam (faßt die Hand, die sie ihm darbietet; sie führt dieselbe ihm zum
Munde, daß er sie küssen muß).

Theudelinde. Wissen Sie auch, ich bin stolz darauf,
daß Sie mir die Hand küssen.

Adam. Wenn es weiter nichts ist. (Küßt ihr die Hand wiederholt und behält sie in der seinigen, sie schmunzelnd ansehend).

Theudelinde. Alfred Wespe, der gefeierte Dichter,
der Kämpfer für die Rechte des unterdrückten Geschlechtes,
der scharfsinnige Kritiker küßt mir die Hand, was zu allen 5
Zeiten ein Zeichen der Huldigung war. Fühlen Sie wohl,
wie stolz mich das machen muß, um so mehr, da ich mir
schmeicheln darf, daß es nicht bloß ein Zeichen nichtssagender
Galanterie ist, sondern eine Huldigung, meinem schwachen
Talente erwiesen?   10

Adam. Ich kann nicht Nein sagen.

Theudelinde. Worte des Entzückens! Ja, ich habe
Sie immer verehrt, und in unserer großen Stadt ist unser
Haus das einzige, welches auf Ihr Blatt abonnirt hat. Sie
betrachten meine Hand so aufmerksam? Unartiger, gewiß 15
suchen Sie Tintenflecken daran!

Adam. Das ist mir wahrhaftig nicht eingefallen —
aber der Ring —

Theudelinde. Ach, der von bunten Steinen? Sehen
Sie, er ist nach einer Idee von mir gefaßt worden — bemerken 20
Sie wohl: Weiß, Roth, Grün, Blau und Schwarz bilden ein
Pensée — ahnen Sie wohl die Bedeutung?

Adam (wichtigthuend). Hm, hm.

Theudelinde. O gewiß errathen Sie, und ich muß eilen,
es Ihnen zu sagen, ehe Ihr Scharfblick meiner Erklärung 25
zuvorkommt. Dieser Ring ist das Bild des Lebens. Weiß
bedeutet die Unschuld, die Zeit der Jugend; Roth die Liebe
— das Leben gewinnt Bedeutung; Grün schimmert die Hoffnung, die die Liebe bringt; Blau ist die Treue, die diese
erfordert; und Schwarz, der Tod, besiegelt die Treue wie das 30
Leben. Wie gefällt Ihnen das?

Adam. Der Ring ist allerliebst.

Theudelinde. Seiner Idee wegen — Sie allein sind
würdig ihn zu tragen; bewahren Sie ihn als Andenken.

Adam. Nein, ich muß bitten.

5 Theudelinde. Wozu die Weigerung? Wozu Um=
stände unter Freunden? Oder wären Sie nicht mein
Freund?

Adam. Und —

Theudelinde. Antworten Sie mir nicht — lassen Sie
10 mich die Antwort in Ihren Augen lesen — ja, Sie sind mein
Freund; auf dieser hohen Stirne steht Wahrheit geschrieben,
Sie können nicht betrügen. (Giebt ihm ten Ring). Doch lassen Sie
uns die edle Zeit nicht verlieren. Ich versprach, Ihnen mein
Trauerspiel zu Ende zu lesen, alle Vorbereitungen sind ge=
15 troffen, nehmen Sie Platz. (Führt ihn zum Stuhle oter Sopha und drückt
ihn nieter. Darauf nimmt sie selbst Platz, springt aber gleich wieter auf).
Halt, ich will erst die Thür verriegeln!

Adam (erschrocken, springt auf). Um Gotteswillen!

Theudelinde. O, ich verstehe diese edle Regung, die
20 Ihnen die Sorge für meinen Ruf eingiebt; doch sein Sie
unbekümmert, ich habe alle Vorbereitungen getroffen, daß uns
niemand stören kann, der mich zu besuchen ein Recht hat,
nur gegen zufällige Störungen dient die Maßregel! (Geht nach ter
Thüre und schiebt ten Riegel vor).

25 Adam (während tessen für sich). Gerechter Gott, mir wird
angst und bange; das ist so feierlich, als wenn einer gehängt
werden sollte!

Theudelinde (setzt sich). So, jetzt sind wir sicher. (Liest).
Zweiter Act. Martergewölbe in den Kerkern der Inquisition.
30 Acht Henkersknechte sind beschäftigt — (es pocht).

Theudelinde (unwillkürlich). Herein! (Springt auf). Ja so,

ich vergaß — es ist verriegelt, und ich habe geantwortet —
jetzt muß ich öffnen, was wird man von mir denken!

Wespe (von außen). Ich bitte aufzumachen, es muß verriegelt sein!

Adam (springt auf, für sich). Gerechter Gott, das ist mein 5
Herr!

Theudelinde (laut). Einen Augenblick! (Leise zu Adam).
Was thun wir?

Adam (ebenso). Ich weiß mir nicht zu helfen!

Theudelinde. Wenn man uns hier eingeriegelt bei- 10
sammen fände!

Adam. Gott erbarme sich!

Theudelinde. Mein Ruf wäre verloren!

Adam. Und wie könnte es mir gehen!

Theudelinde. Ich kann mich nicht mehr verleugnen, 15
ich muß öffnen.

Adam. Was sollen wir machen?

Theudelinde. Verstecken Sie sich!

Adam. Wohin denn?

Theudelinde (verschämt). In mein Schlafzimmer. 20

Adam. Ja, ja! Wo denn? Geschwind!

Theudelinde. Hier hinein! (Öffnet das Seitenzimmer).

Adam (springt hinein und schließt die Thüre).

Theudelinde (öffnet die Mittelthüre).

Dritter Auftritt. 25

Theudelinde. Wespe (tritt ein, küßt ihr die Hand).

Wespe (der keine Ahnung davon hat, daß ihn Theudelinde nicht kennt).
Mein Fräulein, der schönste Abend lache Ihnen.

Theudelinde (befremdet). Mein Herr, ich weiß nicht —

Wespe. Bitte, keine Entschuldigung! Ihre Thüre war verschlossen, weil Sie eben den Musen huldigten — es bedarf keiner weitern Erklärung.

Theudelinde. Das meine ich nicht, ich begreife nicht —

5 Wespe. Warum ich so spät komme? Das hat eine sonderbare Ursache. Beinahe wäre ich gar nicht gekommen, beinahe hätte ich auf das Glück verzichten müssen, Ihnen meine Huldigungen darzubringen.

Theudelinde (bei Seite). Der Mensch verwirrt mich.

10 Wespe. Denken Sie, ich wäre bald das Opfer einer heillosen Fopperei geworden. Heute morgen erhalte ich einen Brief von einem Buchhändler in Windhausen, der mich zu einer Zusammenkunft mit andern Schriftstellern wegen Herausgabe einer Zeitschrift einladet.

15 Theudelinde. Sie sind also —?

Wespe. Hingereist? Natürlich. Das Anerbieten war zu vortheilhaft. Ich machte mich sogleich auf den Weg, natür-lich auf die Hoffnung verzichtend, heute abend bei Ihnen sein zu können. In Isselfurt angekommen, verlasse ich den Bahn-

20 hof und gehe nach der Post, meine Reise nach Windhausen fortzusetzen — wen treffe ich unterwegs? Den Buchhändler Schluckebier aus Windhausen. Ich rede ihn an — ich frage — er weiß von keinem Briefe, es ist ihm nicht eingefallen, eine Zeitschrift gründen zu wollen. Ich bin angeführt. Ver-

25 gebens sinne ich hin und her, von wem der Streich gekommen sein könnte — doch zum Glück war er nur halb gelungen. Ich benutzte den nächsten Eisenbahnzug hierher und bin in drei Stunden hin und zurück. Vordem wäre es eine Reise von einem Tage gewesen, aber jetzt geht es im Fluge. Es

30 leben die Eisenbahnen! Ich habe nur drei Stunden verloren und kann noch, wenn auch etwas später, das Vergnügen haben,

Sie zu sehen. (Während dieser Rede schleicht sich Aram zur Mittelthür hinaus).

Theudelinde (die immer vergebens strebte, Wespes Strom von Worten zu unterbrechen). Aber mein Herr, ich begreife noch immer nicht — 5

Wespe. Wer mich so angeführt hat? Ich auch nicht. Doch lassen wir das! (Wirft sich in einen Stuhl oder in das Sopha). Es ist mißlungen, und ich bin hier.

Theudelinde. So erklären Sie mir doch —

Wespe. Wie soll ich Ihnen erklären, was ich selbst nicht 10 verstehe? Verschwenden wir die Zeit nicht mit nutzlosem Grübeln. Sie sind Schriftstellerin?

Theudelinde (alles vergessend). Kennen Sie Dido Abend= röthe?

Wespe (springt auf, küßt ihr die Hand). Sie sind Dido Abend= 15 röthe? Längst verehrte ich die pseudonyme Dichterin, wie glücklich, daß ich der lebenden einen Kuß auf die Hand drücken kann, die so viel Schönes geschrieben!

Theudelinde (vor Wonne strahlend). Mein Herr, Sie be= schämen mich. Es ist wahr, es gab Weihestunden in meinem 20 Leben, wo mich die Musen anlächelten; doch, was ich leistete, blieb weit hinter meinem Willen zurück.

Wespe. Hinweg mit der falschen Bescheidenheit! Sie sind die begabteste unserer Dichterinnen. Glauben Sie, daß ich Ihnen schmeichle, ich, dessen scharfe, unerbittliche Kritik 25 sprichwörtlich geworden ist?

Theudelinde. Also sind Sie —?

Wespe. Für Ihre Producte nur Bewunderer, nicht Kritiker.

Theudelinde. O mein Herr, mir fehlen die Worte! 30

Wespe. Wozu noch Worte? Ich sprach die Wahr=

heit — hier ist keine Antwort nöthig! — Als ich auf der
Eisenbahn hierher fuhr, fiel mir die alte Burg Schnitzhausen
in die Augen. Ich warf einige Verse auf das Papier;
erlauben Sie mir, sie Ihnen mitzutheilen?

5 Theudelinde. Sie werden mich entzücken.

Wespe (liest aus dem Taschenbuche).

Zu später Stund', der mitternächtigen,
Entluden die Wolken, die gewitterträchtigen,
Sich über der Burg, der sonst rittermächtigen;
10 Doch verdorben in Sitten, in flitterknechtigen,
Was blieb nun von der noch splitterprächtigen?
Des Epheu Umrankung, des gitterflechtigen!

Theudelinde (in Begeisterung). Himmlisch! Unvergleich=
lich! Fünfsilbige Reime! O, wir schreiten täglich weiter
15 vor; unsre Nachkommen werden das Feld der Dichtkunst
ausgebeutet und nichts mehr für sich zu thun finden.

Wespe (reißt das Blatt aus dem Taschenbuche und giebt es ihr).
Nehmen Sie diese Verse, werfen Sie sie unter Ihre Papiere,
und kommen sie nach Jahren Ihnen einmal unter die Augen,
20 so denken Sie freundlich an einen Ihrer wärmsten Verehrer
zurück!

Theudelinde. Sie machen mich überglücklich! Verse
von Ihrer eignen Hand — da darf ich nicht zurückbleiben.
Sie haben mir etwas vorgelesen, erlauben Sie mir das
25 Gleiche. Ich habe ein Trauerspiel geschrieben; hören Sie
den ersten Aufzug.

Wespe (springt erschrocken in die Höhe). Um Gotteswillen!

Theudelinde (befremdet). Was haben Sie?

Wespe. Ich bin, ich habe, ich muß —

30 Theudelinde. Ich verstehe Sie nicht.

Wespe (besinnt sich plötzlich). Ich will Ihnen die Wahrheit

sagen. Lesen Sie. (Hält ihr ein Briefchen offen hin, daß sie die Adresse nicht sehen kann).

Theudelinde. Himmel, eine Ausforderung!

Wespe. Ich muß mich morgen früh schlagen und habe noch keinen Secundanten. Meine unvorhergesehene Reise 5 hinderte mich, es zu besorgen — jetzt habe ich keinen Augenblick zu verlieren; so leid es mir thut, muß ich Sie verlassen.

Theudelinde. Ein Duell! Wie romantisch!

Wespe. Leider bringt es mich um einen kostbaren Genuß. 10

Theudelinde. Ja, ich schmeichle mir, in meiner Tragödie etwas geleistet zu haben —

Wespe. Was sicher das Gewöhnliche weit überragt. Erlauben Sie mir wiederzukommen?

Theudelinde. Sie werden mir stets willkommen sein. 15 Doch wünsche ich auch endlich Ihren Namen —

Wespe. Unter einer Kritik Ihres Trauerspiels zu lesen? Gewiß, und die Kritik soll Deutschland in Erstaunen setzen. (Küßt ihr die Hand). Möge der Gott der Träume Sie sanft umschweben und heitre Bilder Sie umgaukeln lassen. Gute 20 Nacht.

Theudelinde (ihn begleitend). Möge ein sanfter Schlaf Ihnen ein schönes Erwachen vorbereiten.

Wespe (ab).

Theudelinde. Das ist ein ausgezeichneter Mann! 25 Er hat mich überrascht, bezaubert; den muß ich mit Wespen zusammenbringen. Welcher Unterschied zwischen beiden! Dieser so rasch, entschieden, gewandt — Wespe so ruhig, ernst, überlegend, das innere Feuer unter äußerer Kälte verbergend — sie müssen Freunde werden! Und ich dazwischen! 30 Welch ein herrliches Kleeblatt! Doch jetzt zu unserer Vor-

lefung! (Öffnet die Seitenthüre). Kommen Sie heraus, Doctor!
Nun? (Sieht hinein). Wie? Nicht mehr da? Und auch sein
Hut verschwunden? Hm, das ist nicht artig, und wäre er
nicht Wespe — und wem lese ich nun vor? Thekla nicht da,
5 Wespe fort — und vorlesen muß ich! Nun, so hören Sie
mein Trauerspiel. (Setzt sich rasch an das Proscenium und beginnt gegen
das Publicum gewendet die Schlußworte aus dem ersten Aufzuge zu lesen. Der
Vorhang fällt nach den Worten „Vorlesen muß ich" so rasch als möglich).

ARGUMENT TO ACT IV.

IN order to prevent Wespe coming again into the house, Zündorf authorizes Christoph to buy a bill of exchange of Wespe's which he will very likely not be able to pay, and to arrest him in case of insolvency. Thekla confesses to Elisabeth that she loves Wespe. Elisabeth is extremely vexed, but does not explain why. Theudelinde does not conceal from her nieces the great impression which Wespe has made on her, and her readiness to marry him in case he asks her to do so. She leaves the room with Thekla. Elisabeth at last confesses to herself that she is in love, and makes up her mind to give up all thoughts of emancipation, and at once to change her dress. Adam is doubtful whether he shall go and see Theudelinde again. He wishes for more rings. When speaking with Honau he uses, to the latter's great amusement, the quaintest expressions. Wellstein confesses to Honau his love for Thekla and his wish to give up Elisabeth. Honau, on the other hand, tells his friend that he wishes to gain Elisabeth's affection. Wespe enters and, after Wellstein has gone, tells Honau that he is quite certain of the love of Elisabeth, Thekla and Theudelinde. Some of his remarks convince Honau that the young ladies are in fact partial to him (Honau) and Wellstein. Wespe is only in doubt which of the three he shall choose and hits upon the idea of making a declaration of love to each. He writes to Thekla and Elisabeth in exactly the same words, but to Theudelinde he sends poetry. When he has just finished his letters Christoph presents the bill of exchange, which Wespe is unable to pay. Christoph is very pleased to have him arrested, but Wespe, full of confidence in his letters, believes that his imprisonment will be of very short duration. Adam resolves to deliver the letters to Elisabeth and Thekla at once, but not the one intended for Theudelinde. He will first see her, try to obtain another ring, and then leave the letter on her table.

W.   6

Vierter Aufzug.

Elisabeths Zimmer.

Erster Auftritt.

Zündorf (hat eben Mittagsruhe gehalten). Christoph (tritt ein).

5 **Zündorf.** Was bringst du?

Christoph. Mit dem Wechsel hat es seine Richtigkeit.

Zündorf. Ist er hoch?

Christoph. Dreihundert Thaler.

Zündorf. Viel Geld.

10 **Christoph.** Wenn ich nur begreifen könnte, wie jemand so einem Versmacher dreihundert Thaler auf einen Wechsel borgt!

Zündorf Du begreifst Vieles nicht.

Christoph. Nein, so begreife ich nicht, warum der 15 Wespe Ihr Anerbieten mit den fünfzig Louisdor nicht angenommen hat. Wenn mir einer fünfzig Louisdor böte, daß ich in ein Haus nicht mehr kommen sollte —

Zündorf. Du griffst mit beiden Händen zu?

Christoph. Mit vier, wenn ich sie hätte!

20 **Zündorf.** Selbst in die Kirche gingst du nicht mehr, wenn du damit fünfzig Louisdor verdienen könntest.

Christoph (sehr ernst). Nein, Herr Principal, solch ein Anerbieten könnte nur vom Satan kommen, und vor dem bewahre Gott jeden Christenmenschen!

Zündorf. Also du hast den Wespe nicht zu Hause getroffen?

Christoph. So ist's, Herr Principal, und darum konnte ich keine Antwort von ihm bringen.

Zündorf. Er hat die Antwort schon selbst gebracht. 5 Gestern abend war er bei meiner Schwester, vermuthlich um mir zu zeigen, daß er mein Anerbieten nicht annehme!

Christoph. Gott steh' uns bei, der Mensch ist ja überall, denn ich habe ihn sicher auf der Eisenbahn fortfahren sehen!   10

Zündorf. Ja, er ist überall und doch nirgends zu treffen. Der Mensch bringt mich noch zur Verzweiflung. Ich muß zum letzten Mittel greifen. Meine Tochter ist mir kopfhängerisch geworden; ich kann es nicht länger vermeiden, den Wellstein ihr vorzustellen; sapperment, ich habe doch 15 einmal unterschrieben — der Wespe muß mir aus dem Wege! Kaufe den Wechsel, Christoph, vielleicht bekommst du ihn vier bis fünf Procent billiger gegen baar — dann gehe zu ihm, und wenn er nicht bezahlt —

Christoph. Sein Sie außer Sorge, er bezahlt sicher 20 nicht —

Zündorf. So laß ihn einstecken, und dann will ich ihn so lange festhalten, bis wir abgereist sind.

Christoph. Verstanden! Wollen mir der Herr Principal eine Vollmacht geben?   25

Zündorf. Ja. (Geht). Es ist ein schweres Geld, die dreihundert Thaler —

Christoph. Und die Atzungskosten!

Zündorf. Aber ich muß in den sauern Apfel beißen.

(Beide ab).   30

6—2

Zweiter Auftritt.

Elisabeth, Thekla (aus dem Nebenzimmer mit weiblicher Arbeit).

Elisabeth. Es ist hier luftiger; laß uns hier sitzen!

Thekla. Nach deinem Gefallen!

5 Elisabeth (sehr sanft). Du sagst das in so kaltem Tone, mit einer gewissen trotzigen Höflichkeit; ist es denn anders geworden zwischen uns? Waren wir sonst nicht Schwestern, die kein Geheimniß vor einander hatten und jeden Gedanken einander vertrauten?

10 Thekla. Liegt an mir die Schuld, wenn es zwischen uns nicht mehr ist, wie es war? Leider ist es richtig; das Vertrauen ist zwischen uns geschwunden, seit du auf die Emancipation gekommen bist und ich deine Meinungen nicht unbedingt theilen wollte. Du warst hart gegen mich, und ich 15 schwieg!

Elisabeth. Könnte ich nicht auch sagen, die Schuld liege an dir, seitdem du für die Kunst begeistert bist und mich darüber vergessen hast? Doch wir wollen uns keine Vor- würfe machen — laß uns vergessen, was vorgefallen ist und 20 das alte Verhältniß wieder eintreten lassen.

Thekla (nimmt ihre Hand). Liebe Elisabeth, —

Elisabeth. Gute Thekla, —

Thekla. Vergeben, —

Elisabeth. Vergessen!

25 Thekla. Hast du deine Emancipationsgedanken auf- gegeben?

Elisabeth. Wie kannst du glauben? Nur etwas anders erscheint mir Manches jetzt, als wie ich es früher betrachtete.

Thekla. Dich scheint etwas zu drücken; vertraue mir, schließe mir dein Herz auf.

Elisabeth. Mich drückt nichts, es geht mir nur so allerlei im Kopfe herum, worüber ich nicht klar werden kann.

Thekla (lächelnd). Im Kopfe nur? Vielleicht im Herzen? 5 Der junge Maler?

Elisabeth (heftig). Du bist — — thöricht! Der unerträgliche Geck!

Thekla. Nimm einen Scherz nicht so hoch auf! — war er nicht wieder bei dir? 10

Elisabeth. Doch, heute morgen. Ich habe ihm kurz erklärt, wenn er mich malen wolle, so würde ich ihm sitzen; zu einer weitern Unterhaltung hätte ich keine Zeit. Er schwatzte noch allerhand unsinniges Zeug und ging dann.

Thekla. Also dieser ist nicht schuld an deiner Ver- 15 wirrung im Kopfe? Vielleicht ein Anderer?

Elisabeth (gleichgültig). Du weißt, wie ich von den Männern denke.

Thekla. Ist das der Anfang des Vertrauens, das du mir beweisen willst? Du weichst kalt meinen Fragen 20 aus!

Elisabeth. Vertrauen? Mein Gott, eben, daß ich nicht recht weiß, was ich dir sagen soll, das ist mein Vertrauen!

Thekla. Gut, du weichst mir aus; ich will dich nicht mit gleicher Münze bezahlen — damit du siehst, daß es mir 25 Ernst ist unser früheres schönes Verhältniß wieder herzustellen, so will ich dir etwas vertrauen.

Elisabeth (neugierig näher rückend). Nun, liebe Thekla?

Thekla. Ich habe einen Mann gefunden, den ich vielleicht einmal lieben könnte. 30

Elisabeth. O erzähle, wer ist's?

Thekla. Einen jungen, blühenden Mann voll Leben und Kraft!

Elisabeth. Wer ist's, wer ist's?

Thekla. Du kennst ihn recht gut.

5 Elisabeth. Ich kenne ihn?

Thekla. Der Doctor Wespe.

Elisabeth (springt auf). Wespe? Ha, du Falsche, Ungetreue!

Thekla. Was ist dir?

10 Elisabeth (immer heftig). Du liebst Wespe?

Thekla. Es kann so kommen, ja!

Elisabeth. Und er liebt dich?

Thekla. Noch hat er mir es nicht gesagt — aber —

Elisabeth (aufathmend). Noch hat er dir es nicht gestanden, 15 noch nicht um dich geworben?

Thekla. Mein Gott, ich begreife dich nicht; wir kennen uns erst seit wenig Tagen; geht denn das so rasch?

Elisabeth (sich zwingend und dann wieder ausbrechend). Und du 20 glaubst, er liebt dich wieder?

Thekla. Wenn ich meinen Augen trauen darf —

Elisabeth (rasch). Das darfst du nicht!

Thekla. Wie?

Elisabeth. Du täuschest dich, Wespe liebt dich nicht, 25 kann dich nicht lieben!

Thekla. Du bist mir unerklärlich.

Elisabeth (immer heftiger). Wespe hat nie daran gedacht dich zu lieben!

Thekla. Wie kannst du wissen?

30 Elisabeth. Es ist eine thörichte Einbildung von dir; schlage dir die Gedanken aus dem Sinne!

Thekla. Du wirst so heftig, daß ich fürchten muß, bei
dir zu bleiben. (Will gehen).

Elisabeth (hält sie). Nein, ich lasse dich nicht. (Schmeichelnd).
Bleibe hier, Thekla, ich bitte dich darum. Wenn ich heftig
war, vergieb es mir; du kennst ja meine Art; es ist nicht schön 5
von mir, ich bekenne es.

Thekla. So sage nur, was dich so aufgeregt.

Elisabeth (sich zwingend). Nichts, nichts — sieh nur, ich
habe dies und jenes mit Wespe gesprochen, auch über meine
Pläne, und er hat mir so manches versichert, daß mir nicht 10
einfallen konnte, er würde jemals lieben. Ich glaubte, er
habe der Liebe gänzlich entsagt.

Thekla. Unbegreiflich!

Elisabeth. Doch nun erzähle mir, du hast also Wespe
gesprochen? Du kennst ihn? Davon weiß ich kein Wort. 15
Sage mir alles, alles. (Drückt sie in den Stuhl).

Thekla. Wenn es dich beruhigen kann, gern. So will
ich dir gestehen: meine Begeisterung für die Kunst brachte
mich auf den Gedanken, mich der Bühne zu widmen.

Elisabeth. Du zum Theater? Welcher Einfall! 20

Thekla. Als wir hierher reisten, wandte ich mich deshalb an Wespe um Rath und Beistand.

Elisabeth. Hinter meinem Rücken?

Thekla. Du solltest ja nichts davon wissen.

Elisabeth. Darum gingst du so eilig fort, als er mir 25
den ersten Besuch machte?

Thekla. Wespe rieth mir ab, sagte mir eine Menge
Gründe, belehrte mich so aufrichtig über Vieles, daß mein
Entschluß wankend wurde.

Elisabeth. Er hat dich also besucht? 30

Thekla. Zwei Mal, auf kurze Zeit nur.

Elisabeth (verbissen). Und gestand dir — ?

Thekla. Ich sagte dir schon, es ist kein Wort eines Geständnisses zwischen uns gewechselt worden.

Elisabeth. Und woraus schließest du, daß er dich liebt?

5 Thekla. Kann mich das ein Mädchen fragen?

Elisabeth (träumend). Nein, du hast Recht; man kann nicht sagen, woraus man dies schließt, so etwas fühlt sich nur. Und wollte man das auch beschreiben, man fände keine Worte dafür.

10 Thekla (argwöhnisch). Solltest du selbst — ?

Elisabeth. Was?

Thekla. Dem Wespe geneigt sein?

Elisabeth. Welcher Einfall! Du weißt, daß ich alle Männer hasse.

15 Thekla. Ich kann es mir auch nicht denken; du sagtest mir, du habest dich in Wespe getäuscht, habest einen andern Mann in ihm gefunden, als du erwartet.

Elisabeth (mit Bedeutung). Das habe ich auch.

Thekla. Er sei stolz, rechthaberisch —

20 Elisabeth. Ja, er ist ein stolzer Mann!

Thekla. Ich habe ihn nur liebenswürdig gefunden, wenn er auch manches Sonderbare an sich hat.

Elisabeth. Gut, gut, du versicherst mir also, daß noch kein Wort von Liebe zwischen euch gewechselt, noch keine 25 Erklärung erfolgt ist?

Thekla. Ich habe es dir schon zwei Mal gesagt, nein!

Elisabeth. Doch wenn er sich erklären sollte?

Thekla. Ich würde schwerlich Nein sagen.

Elisabeth. Gut, gut, so weit ist es noch nicht.

30 Thekla. Ich begreife dich nicht.

Elisabeth. Laß es gut sein, Thekla; du weißt, ich habe

zuweilen Launen, ich habe Kopfschmerzen, habe mit meinem
Vater einen Auftritt gehabt, — mein Gott, ich bin verstimmt
durch allerlei; wer mag sich über jede Gemüthsstimmung
Rechenschaft geben!

Dritter Auftritt.   5

Vorige. Theudelinde.

Theudelinde. Sieh, da bist du ja, Thekla! Ich suchte
dich auf deinem Zimmer, aber vergeblich!

Thekla. Was wollen Sie, liebe Tante?

Theudelinde. Ich wollte dir den letzten Aufzug 10
meines Trauerspiels vorlesen.

Thekla (seufzend). Ich stehe zu Diensten.

Theudelinde. Kinder, da ich euch hier beisammen
finde, muß ich euch eine Entdeckung machen.

Thekla. Nun?   15

Theudelinde. Was fehlt Elisabeth? Sie achtet nicht
auf mich.

Thekla. Kopfschmerzen.

Theudelinde. Das geht vorüber. Hört, ich habe eine
interessante Bekanntschaft gemacht, nach der ich mich schon 20
lange gesehnt habe, die des Doctor Wespe.

Elisabeth (rasch). Kennen Sie den auch?

Theudelinde. Du kannst dir denken, daß mein Erstes
war, sobald wir hier ins Bad kamen, ihn aufzusuchen, den
ich schon so lange in seinen Gedichten bewundere.   25

Elisabeth (boshaft). Wollen Sie ihn etwa auch heirathen?

Thekla (mit stillem Vorwurf). Elisabeth!

Theudelinde. Jungfer Naseweis, wie können Sie

Ihrer Tante eine solche Frage stellen? Und wenn ich sagte:
Ja? Glaubt ihr, weil ihr ein paar Jahre jünger seid, ihr
habt ein Vorrecht? Und ich sage euch: Wespe gefällt mir!
Er ist ein stiller, bescheidener, talentvoller Mann, und wenn
5 ich mich jemals entschließen sollte, einen Mann mit meiner
Hand zu beglücken, so wäre Wespe der erste; ja, ich sage euch
noch mehr: es bedürfte eines Wortes von seiner Seite, einer
Bitte, einer Erklärung, und er hätte mein Jawort; ja, ich
sage euch noch mehr: wenn ich mich nicht täusche, und wo
10 könnte ein Mädchen in diesem Punkte sich täuschen, so habe
ich einen Eindruck auf ihn gemacht, so darf ich einer Er=
klärung entgegensehen.

    Elisabeth (spöttisch). Mein Gott, ereifern Sie sich nicht;
ich wünsche Ihnen Glück.

15   Theudelinde. Immer schnippisch, immer naseweis.
Ja, ich habe es deinem Vater tausend Mal gesagt, daß er sich
mit deiner Erziehung selbst eine Ruthe bände, und mein Wort
ist Wahrheit geworden!

    Elisabeth (wendet sich ab).

20   Theudelinde. Was sagst denn du, Thekla; du bist ein
gutes Kind —

    Thekla (verlegen). Liebe Tante, so weit ich Wespe
kenne —

    Theudelinde. Was? Du kennst Wespe auch? Daß
25 er bei Elisabeth war, weiß ich von ihrem Vater; aber woher
kennst du ihn denn?

    Elisabeth (boshaft). Sie wollte zum Theater gehen, und
Wespe sollte sie einführen.

    Thekla. Pfui, Elisabeth, das war häßlich.

30   Elisabeth (fällt ihr um den Hals). Ja, du hast Recht —
vergieb mir!

Theudelinde. Also meine Nichten kennen den Wespe
auch? Am Ende hätte ich Nebenbuhlerinnen! Das sind mir
schöne Geschichten! Ich werde den Doctor gleich rufen lassen.

Thekla (rasch). Liebe Tante, Sie wollten mir ja Ihr
Trauerspiel vorlesen.   5

Theudelinde. Ja, es ist wahr, das will ich auch thun.
Ich werde mich über dich gar nicht ärgern Elisabeth, ich bin
ja deine Unarten längst gewohnt. Komm, Thekla, du bist ein
gutes Kind. (Sie gehen). Hast du auch den Schluß vom
vierten Aufzuge noch im Kopfe, wo der Pulverthurm in die   10
Luft springt? (Beide ab).

Vierter Auftritt.

Elisabeth.

Noch hat er sich nicht erklärt — Thekla muß sich irren,
es ist nicht anders möglich. Wespe kann nicht falsch, nicht   15
treulos sein. Zwar — er hat auch mir noch nichts gesagt —
doch bedarf es der Worte, wo jeder Zug des Gesichtes spricht,
wo jeder Ton der Stimme Bedeutung hat? Auch die Tante?
Da hat es keine Gefahr. Aber Thekla — sie ist schön, die
Männer haben einen eignen Geschmack. Was ist das? Wo   20
ist mein Männerhaß? Doch warum sträube ich mich, mir
selbst zu gestehen, was mächtig meinen Busen bewegt? Ja —
ich liebe. Früher wollte ich hassen — er hat Recht, das sind
Grillen, die vor der Liebe schwinden. Jetzt will ich lieben,
will so warm, so heftig lieben, wie ich hassen wollte. (Ruft).   25
Friederike! — Wenn sich Thekla nicht täuschte, wenn ich
Unrecht hätte — o welche Qual des Zweifels! Doch mag
es sein, wie es wolle — freiwillig weiche ich nicht. Entsagen?
Großmüthig sein? Thorheit! Steht die Sache so, wie es den

Anschein hat, so mag eine den Schmerz des Verlustes tragen — warum soll ich es sein, soll es freiwillig sein? Mögen sie es rühmen als Seelengröße, besser glücklich, als berühmt! (Im Abgehen). Rasch mein weißes Atlaskleid! Fort mit dieser 5 Mummerei! (An die Seite ab).

Verwandlung.

Wespes Zimmer.

Erster Auftritt.

Adam (allein).

10   Wenn ich nur wüßte, ob mein Doctor diesen Abend aus= gehen wird; ich möchte fast die alte Mamsell wieder besuchen. Ich habe zwar eine wahre Hundeangst ausgestanden, als mein Doctor kam und mich bald erwischt hätte; aber man muß sich nicht fürchten — und wer weiß, ob ich nicht noch mein 15 Glück da machen kann. Wenn ich nur dahinter kommen könnte, ob sich die alte Mamsell wirklich in meine Schönheit verliebt hat, oder ob sie mir nur deshalb so gut ist, weil sie mich für den Doctor hält. Das Letzte könnte mich eigentlich ärgern; aber ich habe doch nicht den Muth, ihr die Wahrheit 20 zu gestehen!

Zweiter Auftritt.

Adam. Honau.

Honau. Ist dein Herr zu Hause?
Adam. Keineswegs ist er in diesem Augenblicke gegen= 25 wärtig.

Honau (lacht). Was machst du für Umschweife und Redensarten in deinen Antworten?

Adam (brummt). Umschweife, Redensarten! Immer sprechen Sie mit mir, als wäre ich ein dummer Kerl, und es haben mich doch schon schöne Lippen einen großen Geist 5 genannt.

Honau. Um's Himmels willen, Adam, versteige dich nicht so hoch, bleibe lieber was du bist, du hast es so besser!

Adam. Nun, ein großer Geist —

Honau. Hat oft das beneidenswerthe Loos, allerhand 10 erbauliche Übungen im Hungern anstellen zu können!

Adam. Hungern? Sagen Sie mir einmal, ist denn mein Doctor ein großer Geist?

Honau. Er glaubt es.

Adam. Na, der hat ein gutes Mittel gegen das 15 Hungern.

Honau. Und das ist?

Adam (ihm ins Ohr). Er versteht das Pumpen aus dem FF.

Dritter Auftritt. 20

Vorige. Wellstein.

Wellstein. Ach, finde ich Sie zu Hause, lieber Doctor, das ist mir lieb.

Adam. Das ist ja nicht —

Honau. Schon gut, Adam, laß uns etwas allein! 25

Adam. Da werde der Henker draus klug! (Ab).

Wellstein. Ach, Freund, — nicht wahr, ich darf Sie so nennen, Sie meinen es gut mit mir?

Honau (drückt ihm die Hand). Gewiß!

Wellstein.   Ich kann mich mit mir selbst nicht zurecht finden, weiß nicht, was ich thun, was ich lassen soll.   Ich bin wie umgewandelt.   Aufbrausen möchte ich in Jubel und Lust, eine Unruhe belebt mich und treibt mich umher etwas zu
5 suchen, und ich weiß nicht was, der Gedanke an Geschäfte ist mir zuwider — — ich hätte nicht geglaubt, daß die deutsche Luft so viel Wirkung hätte.

Honau.   Gott segne die deutsche Luft und das Land, über dem sie weht — aber die Luft hat's nicht allein gethan
10 — zwei blaue Augen.

Wellstein.   Da haben Sie Recht — und was nun?

Honau.   Liebster Wellstein, die Binde ist von Ihren Augen gefallen, der Anblick eines deutschen Mädchens hat Sie belehrt, daß der Mensch nicht da ist, um nach dem ersten
15 Platz im Comptoir zu streben, sondern ein Mensch mit Menschen zu sein.

Wellstein.   Ihre Lehren haben das Meiste —

Honau.   Nichts da, die haben bloß ausgefüllt.   Der Liebe danken Sie den Umschwung Ihres innern Seins.   Jetzt
20 suchen Sie Boden zu gewinnen in Ihrer neuen Stellung; handeln Sie als Mann.

Wellstein.   Wie soll ich —?

Honau.   Lieben Sie Thekla?

Wellstein (kräftig).   Ja.

25 Wellstein.   Liebt Sie das Mädchen wieder?

Wellstein.   Ich hoffe es.

Honau.   So heirathen Sie sie.

Wellstein.   Ich kann nicht, meine Unterschrift bindet mich an Zündorf.

30 Honau.   Ihre Unterschrift war ein dummer Streich —

Wellstein.   Das war es.

Honau. Machen Sie ihn wieder gut, treten Sie zurück.

Wellstein (ernst). Mein Freund, die Unterschrift eines Kaufmanns, ich denke überhaupt jedes Mannes von Ehre, ist unauflöslich bindend.

Honau. Ich kann Ihnen nicht Unrecht geben, so gern 5 ich auch wollte. Doch stehen die Verhältnisse so, daß Herr von Zündorf schwerlich seine Tochter dazu bewegen wird, Ihnen ihr Jawort zu geben.

Wellstein (freudig). Wissen Sie das gewiß? O, ich wollte ihn ja gern seiner Verbindlichkeit gegen mich entlassen, nur 10 kann ich nicht zuerst zurücktreten, kann mich nicht zuerst erklären. Das ist gegen mein Ehrgefühl. Sie schweigen?

Honau. Vertrauen denn um Vertrauen — ich liebe die Ihnen bestimmte Braut.

Wellstein. Elisabeth?   15

Honau. Ja.

Wellstein (fällt ihm um den Hals). Liebster, bester Mann, Sie sind mein Engel! Dann geht ja alles gut! Ich entlasse Zündorf seines Wortes, Sie heirathen Elisabeth, ich heirathe Thekla — und wir sind alle glücklich.   20

Honau. Das geht nicht so rasch.

Wellstein. Woran liegt es denn?

Honau. Närrischer Mensch, noch haben wir Elisabeth, noch ihren Vater nicht gefragt. Werden die einwilligen?

Wellstein. Glauben Sie, daß Elisabeth Sie liebt?   25

Honau. Ich hoffe es — doch in der Liebe kämpft der Zweifel stets mit der Hoffnung.

Wellstein. So fragen Sie, erklären Sie sich.

Honau. Das kann ich nicht.

Wellstein. Mein Gott, warum nicht?   30

Honau. Elisabeth ist reich — ich bin es nicht. Ich

vermag eine Frau von mäßigen Ansprüchen anständig zu
erhalten, nicht eine an Luxus gewöhnte.

Wellstein. Daß doch die besten Menschen Vorurtheile
haben! Als wenn der Werth eines Mannes nicht mehr als
5 Vermögen gälte! Es steht alles so gut. Sie wollen — ich
will, die Mädchen wollen hoffentlich auch, woran liegt es
denn noch?

Honau. An der gegenseitigen Erklärung, an dem Ordnen
der sich durchkreuzenden Verhältnisse.

10 Wellstein (wehmüthig). Was thun wir nun?

Honau. Wir müssen warten, bis vielleicht irgend ein
Ereigniß zu Hülfe kommt, bis der Knoten sich auf diese oder
jene Art von selbst löst. Gelöst wird er werden, das ist sicher!

Wellstein. Auch nach unserm Wunsche?

15 Honau. Wir wollen es hoffen!

Wellstein. Ich ertrage es nicht länger, unter falschem
Namen vor meine Thekla zu treten—ich zerhaue den Knoten!

Honau. Und wie?

Wellstein. Ich dränge den alten Zündorf zur Ver-
20 lobung, mag der sich erklären.

Honau (dringend). Freund, noch wenige Tage Geduld!
Elisabeth wäre am Ende fähig, ihrem Vater ein Opfer zu
bringen.

Wellstein. Und dann wäre alles verloren! Gut denn,
25 noch drei Tage will ich warten!

Honau. Still, man kommt!

Vierter Auftritt.

Vorige. Wespe.

Wespe. Willkommen, meine Herren!

Honau (winkt ihm). Ah — (vorstellend). Herr Alfred, Herr Wellstein. 5

Wellstein (nach einer Verbeugung). Ich will nicht weiter stören. Nachher treffe ich Sie im Kursaale? (Ab).

Wespe. Das war —?

Honau. Ihr Nebenbuhler bei Elisabeth. Für ihn bin ich noch immer Doctor Wespe. 10

Wespe (lacht). Ja so, bald hätte ich vergessen!

Honau. Nun sagen Sie mir, wie weit sind Sie gediehen?

Wespe. Hören Sie, Freundchen, im Vertrauen, die Sache ist sehr verwickelt geworden. 15

Honau. Das wäre!

Wespe. Ich habe einen sichtlichen Eindruck bei Elisabeth gemacht, ja, ich bin sicher, daß sie mich liebt.

Honau. Täuschen Sie sich auch nicht?

Wespe. Ihr Benehmen thut es kund. Noch bei meinem 20 letzten Besuche wendete sie alle Mühe an, kalt zu scheinen, aber mein Scharfblick durchschaut diese Kälte und findet die Gluth hinter ihr wohl heraus. Auch ihr Vater muß es merken, denn er bot mir fünfzig Louisdor, wenn ich sein Haus nicht mehr besuchen wollte. Sie sehen, er fürchtet mich — der 25 Beweis ist klar.

Honau (freudig). Sie haben Recht, der Beweis ist viel werth.

Wespe. Allein ich stehe zwischen zwei Feuern.

Honau. Wie so?

Wespe. Ich sagte Ihnen schon von der schwärmerischen Thekla.

Honau. Nun?

Wespe. Es ist richtig, sie liebt mich auch.

5　Honau. Woher wissen Sie?

Wespe. Schon bei meinem ersten Besuche merkte ich die Sache. Denken Sie, bald darauf erhalte ich eine Ausforderung.

Honau. Zum Duell?

10　Wespe. Ja. Übrigens ist nichts daraus geworden, denn mein Gegner kam nicht. Doch das Beste war, zu gleicher Zeit erhalte ich ein Briefchen von Thekla, worin sie mich beschwört, mich nicht zu schlagen. Sie mußte die Ausforderung erfahren haben, und die Sorge um den Geliebten bewog 15 sie, mir das Briefchen zu schreiben, in dem sich die wärmste Liebe ausspricht. Ist der Beweis nicht schlagend?

Honau (freudig). Sie haben Recht, das Briefchen ist nicht mit Gold zu bezahlen!

Wespe. Jetzt habe ich die Wahl zwischen beiden.

20　Honau. Richtig!

Wespe. Sie wird mir schwer. Thekla scheint liebenswürdiger, sanfter, weit mehr geeignet, einen Mann zu beglücken — aber Elisabeth ist reich.

Honau. Sie haben Recht, die Wahl ist schwer!

25　Wespe. Doch das ist noch nicht alles. Die beiden Mädchen haben eine Tante.

Honau. Liebt die Sie auch?

Wespe. Schwärmerisch, sage ich Ihnen. Sie lud mich zu einem Besuche ein, weil sie entzückt von meinen Versen 30 ist, und hat mich da mit Betheuerungen und Versicherungen überschüttet.

Honau. Aber sie ist —

Wespe. Schon in ihren besten Jahren, wollen Sie sagen, ja, sie ist aber sehr reich, ist blind für mich eingenommen, und ich würde sie und ihr Vermögen unbedingt beherrschen — das ist viel werth! 5

Honau. Sie Glücklicher! Sie können nicht verderben. Drei Grazien sind bereit, Ihnen das Leben zu verschönern —

Wespe. Ja, aber die Wahl — ich kann, weiß Gott, zu keinem Entschlusse kommen. Was rathen Sie mir?

Honau. Da ist schwer Rath zu geben. Lassen Sie es 10 auf den Zufall ankommen. Doch ich muß fort, leben Sie wohl.

Wespe. Leben Sie wohl. Es wird sich bald entscheiden, bald legen wir unser Incognito ab.

Honau. Ja bald, früher als wir geglaubt haben. (Ab). 15

Fünfter Auftritt.

Wespe (allein).

Er hat Recht, der Zufall, das Loos soll entscheiden, ich kann mich zu keiner Wahl entschließen. Für Thekla spricht das Herz, für die Alte der Verstand, für Elisabeth der Ehr= 20 geiz. Wem soll ich folgen? Übrigens wird es Zeit, daß sich die Sache entscheidet. Mein Wechsel ist heute oder morgen fällig, den habe ich ganz vergessen und keine Anstalten ge= troffen, Geld zu schaffen. Ich weiß nicht, in wessen Händen er sich befindet und könnte in die größte Verlegenheit kommen, 25 denn ich wüßte im Augenblicke wahrlich nicht, wie ich ihn be= zahlen sollte, und ein Wechselarrest würde die ganzen Ver=

7—2

hältniſſe ſtören. Alſo das Loos! Aber wie? Soll ich die
drei Namen auf drei Papierſtreifen ſchreiben und einen
ziehen? Das wäre kindiſch! Halt, ich hab's! Ich mache
jeder die Erklärung, ich biete jeder meine Hand an, die zuerſt
5 antwortet, hat mich. Hätte ich mich dann doch bei einer geirrt, ſo gehe ich ſicher nicht fehl. Doch wenn es nachher
herauskommt? Ei nun, ich werde mich ſchon durchlügen.
Der Einfall iſt gut, ich werde gleich ſchreiben. (Setzt ſich und
ſchreibt). An Eliſabeth! „Wenn ich recht verſtanden, was mir
10 Ihre Blicke ſagten, wird meine Kühnheit verzeihlich erſcheinen,
mit der ich um die Hand bitte, deren Beſitz mich zum glück-
lichſten der Sterblichen machen wird. Alfred.“ (Während er
verſiegelt). Ha, was wird ſie ſtaunen, wenn ſie erfährt, daß
dieſer Alfred ihr doppelt geliebter Alfred Wespe iſt. An
15 Thekla? Hm, daſſelbe. (Schreibt). Die Phraſe war gut, kann
auch hier wirken. „Alfred.“ (Siegelt). Ob die ſich grämen
wird, wenn ihr Maler Alfred ſich in den berühmten Dichter
verwandeln wird? Ich glaube nicht. (Schreibt). An Theudelinde! Hier müſſen Verſe ſein.

20 „Dein Geiſt hat eine Flamm' in mir entzündet,
Die ſtets entbrennt, wo ſich Verwandtes findet,
Die nur erliſcht, wenn Herz an Herz ſich bindet.
Daß deine Hand mein Lebensglück begründet
Iſt der Gedanke, der mir nicht mehr ſchwindet —
25 Ob meine Bitte wohl Gewährung findet?“

Alfred Wespe iſt hier das Zauberwort, das ein Ja
bringen wird. Und nun die Briefe gleich beſtellt! Schickſal,
in deiner Hand liegt mein Loos! Adam!

Sechster Auftritt.

Wespe. Adam, Christoph.

Adam (noch draußen). Treten Sie nur herein, hier ist der
Herr Doctor!

Christoph (tritt auf). Ergebenster Diener!   5

Wespe. Was steht zu Diensten, mein Herr?

Christoph. Ich habe einen Wechsel, von Ihnen aus=
gestellt auf sich selbst.

Wespe. Ach ja, ich weiß, ist der heute schon fällig?

Christoph. Allerdings!   10

Wespe. Liebster Freund, ich habe im Augenblicke so viel
nicht im Hause; ich glaubte, erst morgen wäre der Zahlungs=
tag — kommen Sie doch gefälligst morgen mittag wieder.

Christoph. Kann nicht angehen. Der Wechsel ist be=
reits einmal prolongirt.   15

Wespe. Aber mein Gott —

Christoph. Habe den Wechsel zum Incasso erhalten,
mit der Ordre, nöthigenfalls die gesetzlichen Maßregeln zu
ergreifen — handle also in fremdem Auftrage.

Wespe. Aber, Herr, Sie werden doch nicht —   20

Christoph. Ich werde thun, was ich in solchem Falle
thun muß —

Wespe. Das wäre?

Christoph. Sie einsperren lassen, wenn Sie nicht
bezahlen.   25

Wespe. Alle Teufel —

Christoph. Können Ihnen hier nicht helfen, sondern
vielmehr ein christliches Gemüth, das in Geduld sich faßt.
Also wollen Sie bezahlen?

Wespe. Ich kann nicht, heute nicht!

Christoph. So belieben Sie mir zu folgen, hier ist der Verhaftsbefehl, die Gerichtspersonen erwarten Sie.

Wespe. Die haben Sie also gleich mitgebracht?

5 Christoph. Durfte nach eingezogenen Erkundigungen auf keine Bezahlung rechnen.

Wespe. Der verdammte Wechsel! Nun denn, wenn es sein muß — Adam, besorge die drei Briefe an ihre Adresse — es sind wichtige Sachen. (Lachend). Meine Haft wird nicht 10 lange dauern, drei Genien werden herbeieilen, die Pforten meines Kerkers zu sprengen. Eine Nacht im Gefängnisse! Man lernt alles kennen, Erfahrung kann nicht schaden. Kommen Sie, mein Herr!

Christoph. Bitte voran zu spazieren, ich werde folgen.

15 Wespe. Auch das, Sie Sicherheitscommissarius. (Beide ab).

Siebenter Auftritt.

Adam (allein).

Das ist eine schöne Geschichte! Na, was schere ich mich drum! Laß ihn ein paar Tage sitzen, so habe ich freies 20 Spiel. (Besieht die Adressen). An Elisabeth von Zündorf, an Thekla von Zündorf, an Theudelinde von Zündorf — Donnerwetter, an alle drei Zündorfinnen — und an meine auch? Aha, ich merke: die Mädchen haben Geld, die sollen ihm aus der Patsche helfen, thut's eine nicht, thut's doch viel- 25 leicht die Andere. Die beiden will ich gleich besorgen, aber zu der alten Mamsell gehe ich heute erst selbst noch. (Holt die

Ringe heraus). Aller guten Dinge find drei, fie hat noch mehr
am Finger.   Beim Abfchied laffe ich dann den Brief bei ihr
liegen.   Holla, jetzt bin ich Herr im Haufe; die Thüre fchließe
ich ab und fchreibe mit Kreide daran: Doctor Wefpe ift auf
feinem Landfitz.   5

Der Vorhang fällt.

ARGUMENT TO ACT V.

ZÜNDORF is glad to hear from Christoph of Wespe's arrest. He thinks Wespe will now trouble him no longer. Thekla asks Zündorf's permission to marry Dr Wespe. Her uncle consents on the condition that Wespe is a really trustworthy person. Theudelinde comes to tell her brother of a proposal which she is willing to accept. Great is the confusion when she pronounces the name of Wespe as being that of her intended husband. In the midst of all this Elisabeth enters in female dress. She tells her father of her conversion, and asks for his permission to marry the man to whom she is indebted for it. When Zündorf asks who this man is he is in despair when again Wespe's name is mentioned. None of the ladies will give way, each firmly asserts that her Wespe cannot be so false. They agree that the three letters must have been written by some one in joke. Zündorf, who is anxious to have the misunderstanding explained as soon as possible, sends to the prison for Wespe. Theudelinde asserts that Wespe is waiting for her in her room, leaves, and comes back with Adam, whom she triumphantly introduces as Wespe. She is extremely ashamed when she learns that he is only Wespe's servant. Wellstein enters to see Thekla, who joyfully addresses him as Wespe and is likewise much disappointed when she hears that he is not the doctor, but Elisabeth's intended husband. Wellstein, however, asks for Wespe to be called, who will certainly set everything right. In the same moment Honau is announced under the name of Dr Wespe. All urge him to speak, and he begins by saying that he is not Wespe. The confusion is now at its height, but Honau explains everything and wins Zündorf's esteem to such a degree that he gives him Elisabeth and agrees to Wellstein's marrying Thekla. When all are happy, Wespe arrives from prison. He is well received, and is eventually accepted by Theudelinde.

Fünfter Aufzug.

Elisabeths Zimmer.

Erster Auftritt.

Zündorf, Christoph.

Zündorf. Gut, Christoph, gut, ich bin mit dir zu= [5] frieden.

Christoph. Er war sehr munter, als wir ihn in den Bürgergehorsam brachten; er lachte und meinte: eine Nacht außer dem Hause zubringen sei immer ein Vergnügen!

Zündorf. Hoffentlich werden es mehr Nächte sein. [10]

Christoph. Ich hätte Ihnen schon gestern abend Bescheid gebracht, aber Sie waren nicht zu Hause —

Zündorf. Richtig, ich war auf einer Landpartie. Na, endlich bin ich diesen Wespe los! Der Mensch hat mir eine Verwirrung angerichtet, wahrhaftig, wenn van der Schnuck [15] in Amsterdam fallirt hätte, sie könnte nicht größer sein. Gott sei Dank, jetzt werde ich Ruhe haben und nichts mehr von dem Wespe hören.

Zweiter Auftritt.

Thekla. Zündorf. [20]

Thekla. Lieber Oheim, ich möchte gern ein Wort mit Ihnen allein sprechen.

Christoph (geht ab).

Zündorf. Nun, Kind, du triffst mich eben bei guter Laune; was begehrt denn dein Herz?

Thekla. Sie sind mir Vater gewesen, seitdem ich meine Eltern verloren, Sie haben für mich gesorgt.

5 Zündorf. Ja, ja, mein Kind, es freut mich, wenn du es einsiehst, daß ich es gut mit dir gemeint habe.

Thekla. Ich hoffe, Sie werden mir Ihre Liebe immer erhalten.

Zündorf. Ja, liebe Thekla!

10 Thekla. Meine Dankbarkeit —

Zündorf. Du machst mich ganz ängstlich, Thekla, warum bist du so feierlich? Was willst du? Heraus mit der Sprache.

Thekla. Ich denke Ihnen nicht länger zur Last zu fallen —

15 Zündorf. Papperlapapp!

Thekla. Es bietet sich mir eine Versorgung dar —

Zündorf. Da wäre ich neugierig!

Thekla. Ein Heirathsantrag —

Zündorf. Wirklich? Und wer ist denn dein Geliebter?

20 Thekla (leise). Doctor Wespe.

Zündorf (traut seinen Ohren nicht). Wer?

Thekla (lauter). Doctor Wespe!

Zündorf. Schon wieder Wespe!? Ei, so schlage das — ist denn der Mensch nicht tot zu machen! Doch 25 halt — das kommt mir ja gelegen, sehr gelegen, das ist ja prächtig! Also den Wespe liebst du? Nun, Kind, was soll ich denn dabei?

Thekla. Ohne Ihre Einwilligung habe ich wohl nicht das Recht, hier zu entscheiden.

30 Zündorf. Bist ein gutes Kind. Na, was meint denn dein Herzchen dazu?

Thefla. Das — (schlägt die Augen nieder)

Zündorf. Sagt Ja, wie ich sehe. Niedergeschlagene
Augen und rothe Wangen heißen bei den Mädchen immer Ja.
Höre, Thefla, ich will deinem Glücke nicht im Wege stehen;
ich werde mich genauer erkundigen, und wenn Wefpe ein 5
folider, ordentlicher Mann ist —

Thefla. O gewiß!

Zündorf. Dann will ich gern meine Einwilligung geben.
Sieh, sieh, meine Thefla, die fromme, schwärmerische, hat sich
ihr Herzchen stehlen lassen. Wie hat sich denn das gemacht? 10

Thefla. Sein Geist, seine braven Gesinnungen —

Zündorf. Und so weiter. Das ist wie überall. Ich
will dir deine Liebesgeschichte nicht abfragen, obschon es
mich überrascht, da ich gar nicht gewußt habe, daß du mit
Wefpe näher bekannt bist. Na, wenn es so weit kommt, soll 15
es an der Aussteuer auch nicht fehlen!

Thefla. Mein guter Oheim!

Zündorf (küßt ihr die Stirn). Bist ein gutes Kind; die
Sache freut mich, freut mich wahrhaftig recht sehr. Sieh,
da kommt die Tante. 20

Dritter Auftritt.

Vorige. Theubelinde.

Zündorf. Du kommst eben zu rechter Zeit, Schwester,
unsre Thefla ist Braut.

Theubelinde. Braut? Und da erfahre ich jetzt das 25
erste Wort?

Zündorf. Es geht mir ebenso; die Kleine hat das
hinter unserm Rücken abgemacht!

Theudelinde. Nun, ich gratulire. Da können wir an einem Tage Hochzeit machen.

Zündorf (erstaunt). Was?

Theudelinde. Ja, lieber Bruder, ich komme, um dir
5 anzuzeigen, daß ich mit Gott entschlossen bin meinen Stand zu verändern und mich zu vermählen.

Zündorf (lachend). Freut mich, Schwesterchen, besser spät, als gar nicht!

Theudelinde. O über die unzarten Männer, die ewig
10 die zarten Empfindungen der Jungfrau bespötteln!

Zündorf. Laß nur gut sein, es war so böse nicht gemeint. Ich wünsche dir Glück. Wer ist denn der kühne Ritter, der dein sprödes Herz besiegt hat?

Theudelinde. Der Doctor Wespe!

15 Zündorf. Was?

Thekla. Wespe?

Theudelinde. Ja, Wespe; was ist da zu verwundern?

Zündorf. Ei so wollt' ich doch — geht die Ver=
20 wirrung von neuem los mit diesem Wespe? Ich glaube, dieser Mensch ist mein böser Engel.

Thekla. Es ist nicht möglich, Oheim, ein Irrthum —

Theudelinde. Was habt ihr denn? Du fluchst und tobst, die schwatzt von Irrthum — was ist da zu irren?
25 Wespe liebt mich, hat um meine Hand angehalten, und ich fühle mich geneigt, seine heißen Wünsche zu erfüllen.

Zündorf. Ich werde nicht klug daraus. Hat Wespe wirklich um deine Hand angehalten?

Thekla. Es kann nicht sein.

30 Theudelinde. Es kann nicht sein? Warum kann es nicht sein? Es kann wohl sein, es ist sogar.

Zündorf. Nur ruhig, verständigen wir uns. Weißt du, wer Theklas Bräutigam ist?

Theudelinde. Nein, ich vergaß zu fragen.

Zündorf. Doctor Wespe.

Theudelinde (verblüfft). Was? 5

Zündorf. Wie ich dir sage.

Theudelinde. Das kann nicht sein.

Zündorf. Warum kann es nicht sein? Es kann wohl sein, es ist sogar!

Thekla. Ja, liebe Tante, es ist, und mit aller Achtung 10 vor Ihnen, hier räume ich Ihnen so leicht nicht das Feld.

Theudelinde. Das wollen wir sehen! Ich bin deine Tante, du mußt mir nachstehen!

Thekla. Nimmermehr! 15

Theudelinde. Du wirst dich nicht unterfangen!

Thekla. Es gilt das Glück meines Lebens!

Theudelinde. Das meinige auch!

Thekla. Hier hören alle Rücksichten auf!

Theudelinde. Du bist mir Achtung schuldig! 20

Thekla. Die werde ich nie verletzen!

Theudelinde. Du bist mir den größten Dank schuldig!

Thekla. Ich werde es nie vergessen!

Theudelinde. Also wirst du zurücktreten!

Thekla. Freiwillig niemals! 25

Theudelinde. Du mußt, du mußt!

Thekla. Ich habe des Oheims Einwilligung!

Zündorf (springt dazwischen). Halt! Ruhig! Tausend= sapperment! Das ist eine heillose Verwirrung! Jetzt seid still und nehmt Vernunft an. Der Wespe wird doch nicht 30 beide heirathen wollen? Er kann es doch nur auf eine ab=

gesehen haben! Das muß entscheiden. Bei wem von euch
hat er sich wirklich erklärt?

Beide. Bei mir.

Zündorf. Wer von euch hat einen wirklichen Heiraths=
5 antrag erhalten?

Beide. Ich!

Zündorf. Das ist nicht möglich!

Theudelinde. Ich habe es schriftlich!

Thekla. Ich auch! (Ziehen beide die Briefe hervor und geben sie
10 an Zündorf.)

Zündorf (liest). Verse — etwas verrückt, — aber es
ist doch ein Heirathsantrag. Unterzeichnet Alfred Wespe. —
Das ist richtig. Nun du. (Liest). Ein Heirathsantrag in aller
Form.

15 Thekla. Sehen Sie!

Zündorf (schreit). Halt! Das ist nur Alfred unter=
zeichnet; ist das nicht der langweilige Kerl, der Maler?

Theudelinde. So klärt sich's auf.

Thekla. Wie käme der Mensch dazu, mir einen Heiraths=
20 antrag zu machen, den ich nur zwei Minuten gesehen, mit
dem ich kaum zwei Worte gesprochen habe? Nein, Wespe
unterzeichnet seine Gedichte und Aufsätze immer mit Alfred —
er hat's auch hier gethan.

Zündorf. Und die Hand ist dieselbe — dasselbe Siegel!

25 Thekla. Und Wespe hat mich besucht, hat mir gesagt,
daß ich ihm nicht gleichgültig wäre, hat mir die überzeugend=
sten Beweise davon gegeben.

Zündorf. Den Versmacher soll ja — hört, Kinder,
entweder ist der Wespe ein schlechter Kerl oder ein Narr,
30 oder er hat euch zum Besten. Ich werde die Sache unter=
suchen, — bis dahin bitte ich mir aber Ruhe aus!

Theudelinde. Der herrliche Dichter!

Thekla. Ich begreife es nicht, aber das fühle ich, sein Auge kann nicht täuschen!

Vierter Auftritt.

Vorige. Elisabeth (in weiblicher Kleidung). 5

Elisabeth. Gut, daß ich euch beisammen treffe!

Zündorf. Elischen, liebes Mädchen, hast du die Maskerade abgelegt? Du bist ein gutes Kind; ich wußte es ja immer, du würdest deinem Vater endlich gehorchen!

Elisabeth. Ja, Vater, Sie hatten Recht, ich war eine 10 Thörin und kann meine Thorheit nur dadurch wieder gut machen, daß ich meine Fehler offen bekenne.

Zündorf. Na, laß nur gut sein!

Elisabeth. Nein, Vater, ich bin es Ihnen, bin es der Tante und Thekla, die ich oft verletzt habe, bin es mir selbst 15 schuldig, ein offnes Bekenntniß abzulegen. Ich habe mich haltlosen Grillen hingegeben, habe die Bestimmung verkannt, die mir die Natur angewiesen. Ich will sie aber nicht länger verkennen, will sie erfüllen, will eine gute Tochter, ein treues Weib, eine brave Hausfrau werden. Seid ihr mit mir zu= 20 frieden?

Zündorf (küßt sie). Du bist ein herrliches Mädchen. Nun wirst du auch —

Thekla (drückt ihr die Hand).

Theudelinde (murmelt beifällig). 25

Elisabeth. Lassen Sie mich noch ein paar Worte sagen. Ich danke diese Bekehrung einem Manne, der mir Achtung abzwang und mich so auf den rechten Weg brachte. Von Achtung zu einem wärmeren Gefühl ist nur ein Schritt —

der Mann liebt mich und hat um meine Hand angehalten.
(Schmeichelnd). Lieber Vater, ich bitte um Ihre Einwilligung.

Zündorf. Elisabeth, du kennst meine Wünsche —

Elisabeth. Ich kenne sie. — Wohlan, hören Sie meine
5 Erklärung. Sie können mir Ihre Einwilligung versagen,
und ich werde Ihren Willen ehren — nie aber, — ich
gelobe es — reiche ich meine Hand einem Manne, den ich
nicht selbst gewählt.

Zündorf (zitternd). Und wer ist denn der Mann, der um
10 dich angehalten hat?

Elisabeth. Doctor Wespe.

Zündorf (sinkt auf einen Stuhl). Jetzt kann ich nicht mehr.

Thekla. Theudelinde. Wespe?

Elisabeth. Ja, Wespe. (Umarmt Thekla). Verstehst du nun
15 mein Benehmen von gestern? Auch ich liebte Wespe, ohne es
mir noch recht gestehen zu wollen — seine Wahl ist auf mich
gefallen — zürnst du mir?

Thekla. Hier ist noch ein großes Mißverständniß auf=
zuklären.

20 Elisabeth. Mißverständniß?

Theudelinde. Ja, liebe Nichte, die Sache ist noch
lange nicht so ausgemacht, als du denkst.

Zündorf (springt auf, wüthend). Hat der Kerl, der Wespe,
wirklich um deine Hand angehalten?

25 Elisabeth. Hier ist sein Brief.

Zündorf (nimmt ihn und vergleicht ihn mit den andern). Es ist
dieselbe Hand, dieselben Worte sogar.

Elisabeth (erstaunt). Dieselbe Hand, dieselben Worte?

Zündorf. Ja, liebes Kind, der Wespe ist ein Betrüger
30 oder ein Narr! Er hat auch um Thekla, auch um die Tante
angehalten.

Elisabeth Wespe?

Zündorf. Ja Wespe!

Elisabeth. Er wäre falsch, er wäre treulos!? Wo ist denn Wahrheit, wenn er lügen kann?

Zündorf. Jetzt reißt mir aber die Geduld. Das Ding wird mir zu toll! (Ruft). Christoph, Christoph! Wie kann sich ein solcher Versmacher unterstehen, mein ganzes Haus in Aufruhr zu setzen, mich und euch alle zum Besten zu haben?

Elisabeth (entschieden). Die Briefe können nicht von Wespe sein; wahrscheinlich hat sich jemand einen schlechten Scherz erlaubt.

Thekla (lebhaft) Ja, ja, so muß es sein!

Theudelinde. Meine Hoffnung belebt sich wieder!

Elisabeth. Wespe kann so falsch nicht sein!

Thekla. Es ist nicht möglich!

Theudelinde. Ein Dichter ist kein Verräther!

Elisabeth. Das Mißverständniß wird sich aufklären!

Thekla. Gewiß zu seinem Vortheile!

Theudelinde. In meinen Augen ist er schon gerecht-fertigt!

Zündorf. Still, in's Kuckucks Namen, sonst verliere ich mein bißchen Verstand noch.

Christoph (kommt).

Zündorf. Christoph, schaffe mir gleich den Wespe zur Stelle.

Christoph. Den Doctor?

Zündorf. Frage nicht lange, ja! Er soll — ich lasse ihn bitten, sich gleich zu mir zu bemühen.

Theudelinde. Er wohnt —

Christoph. Ich weiß schon. (Ab).

Zündorf. Er wohnt gar nicht, er sitzt!

Alle. Er sitzt?

Zündorf. Ich habe ihn einsperren lassen wegen einer Wechselschuld!

Theudelinde. O du Barbar! Mein süßer Wespe in Ketten und Banden!

Elisabeth (mit Vorwurf). Vater, wie konnten Sie —?

Thekla. Das war grausam!

Zündorf. Macht mir den Kopf nicht toll! Er wird kommen, und da wird sich's zeigen, ob er eine von euch liebt. Und dann soll ihn — dann — dann — dann — will ich mich besinnen!

Elisabeth. Wann haben Sie ihn verhaften lassen?

Zündorf. Gestern nachmittag!

Theudelinde. Das ist nicht möglich, denn er war gestern abend bei mir.

Thekla. Es kann eben erst geschehen sein, denn ich habe ihn heute morgen vorbeigehen sehen.

Zündorf. Was? Ich sage euch: er sitzt seit gestern abend fest.

Theudelinde. Er war bei mir.

Thekla. Ich habe ihn gesehen.

Zündorf. Mir wird angst und bange, der Mensch ist überall! Na, es wird sich zeigen, wenn er kommt. Noch ein Viertelstündchen Geduld.

Theudelinde. Wespe versprach mir, mich heute morgen zu besuchen; wenn er nicht verhaftet ist, wartet er sicher bereits auf meinem Zimmer. Ich werde gleich nachsehen. (Ab).

Elisabeth. Auch ich erwarte seinen Besuch heute mor= gen.

Zündorf. Ich sage euch: er sitzt fest. Einmal auf der

Eisenbahn ist er mir entgangen, mein Anerbieten von fünfzig
Louisdor hat nichts geholfen — aber jetzt habe ich ihn fest
zwischen vier Mauern.

Fünfter Auftritt.

Vorige. Theudelinde, Adam.   5

Theudelinde (von außen). Ei, so kommen Sie doch, lieber
Doctor, vor wem scheuen Sie sich; kommen Sie, ich werde eine
glänzende Genugthuung erleben. (Tritt auf und zieht Adam herein).
Sagte ich es nicht? Hier ist der Doctor!

Elisabeth. Das ist nicht Wespe!   10

Zündorf. Nein, das ist er nicht.

Thekla. Ich athme wieder auf!

Theudelinde (verblüfft). Was? Sie wären nicht
Wespe?

Adam (kläglich). Ne, ich bin Adam.   15

Theudelinde (wüthend). Wie kommen Sie dazu —?

Zündorf. Laß mich sprechen, Schwester, laß mich den
saubern Herrn zur Rede stellen. Wie können Sie sich unter=
stehen, unter fremdem Namen sich in mein Haus einzuschlei=
chen!?   20

Adam. Ach, lieber Herr, die alte Mamsell ist schuld
daran.

Theudelinde. Unverschämter, welche Reden!

Zündorf. Nur ruhig, laß ihn sprechen! Wer sind Sie,
was wollen Sie?   25

Adam. Ich bin der Aufwärter beim Doctor Wespe.

Theudelinde (sinkt in einen Stuhl). O ich Verrathene!

Adam. Die Mamsell da kam, als mein Herr nicht zu
Hause war und hielt mich für den Doctor. Wenn ich ihr

widersprechen wollte, ließ sie mich nicht zu Worte kommen und
meinte immer: sie könne die Antwort aus meinen Augen
lesen. Hernach hat sie mir einen Ring geschenkt und mir eine
Komödie vorgelesen — und ich dachte, für einen Ring könnte
5 man sich das wohl gefallen lassen.

Theudelinde (springt auf). Unverschämter, und Er hat es
gewagt, mich zu besuchen!

Adam. Ich hatte Lust zu mehr Ringen — und dann
konnte ich ja nicht wissen, ob Sie nicht Gefallen an meiner
10 Schönheit gefunden hätten, denn Sie sprachen immer von
meiner hohen Stirne und meinem geistreichen Auge, und ich
dachte —

Theudelinde. Schweig, Elender! (Wirft sich in den Stuhl
und verhüllt das Gesicht).

15 Adam. Ich bin, weiß Gott, ganz unschuldig!

Zündorf. Schon gut, schon gut, wir wissen genug.
Nun hatte ich nicht Recht? Ich sagte ja, er sitzt zwischen vier
Mauern.

Sechster Auftritt.

20 Vorige. Friederike, dann Wellstein.

Friederike. Der junge Herr, der schon zwei Mal bei
Fräulein Thekla war, fragt nach Ihnen.

Thekla. Das ist der Doctor. Bitte ihn einzutreten.

Friederike (ab).

25 Elisabeth. Mir klopft das Herz vor banger Erwartung.
(Bei Seite).

Zündorf. Also doch? Wer da den Verstand nicht
verliert, hat keinen zu verlieren.

Thekla.　Sein Sie ruhig, das ist der Rechte.

Wellstein (tritt ein und fährt rasch zurück, da er die Andern bemerkt).

Thekla.　Treten Sie doch näher, lieber Herr Doctor.

Elisabeth (freudig).　Das ist nicht Wespe!

Zündorf.　Alle Hagel — nein — das ist er auch nicht! 5

Thekla (schmerzlich).　Sie wären nicht Doctor Wespe —
Sie hätten mich betrogen?

Zündorf.　Das ist ja Herr Wellstein, Elisabeths
Bräutigam!

Wellstein (stand zögernd hinten, jetzt tritt er vor).　Ich sehe, die 10
Sache kommt zur Entscheidung.　Verzeihen Sie, Fräulein;
daß ich Sie täuschte, bewirkte der Zufall.

Zündorf.　Aber Freundchen — unter fremdem Namen,
was sind das für Streiche!

Wellstein.　Als wir zusammen beim Doctor Wespe 15
waren, erwartete er Ihre Tochter.　Ich wollte sie unerkannt
kennen lernen und mich deshalb für Wespe ausgeben —
statt Ihrer Tochter kam Fräulein Thekla — so machte sich
das Mißverständniß.

Thekla (schmerzlich).　Also ein Mißverständniß? 20

Zündorf.　Ich kann aus der Sache nicht klug werden.
Sie haben meine Nichte besucht, haben die falsche Rolle fort-
gespielt —

Wellstein.　Ich that vielleicht Unrecht; doch ehe ich mich
weiter erkläre, lassen Sie den Doctor Wespe rufen — er ist 25
ein wackerer Mann, er wird sagen, was hier zu sagen ist.

Zündorf.　Ich habe nach ihm geschickt, er kann aber
nicht so rasch hier sein.　Nun habe ich nicht Recht, daß er
fest sitzt?

Siebenter Auftritt.

Vorige. Friederike, dann Honau.

Friederike. Doctor Wespe fragt, ob Fräulein Elisabeth zu sprechen ist.

5 Elisabeth (rasch). Er ist willkommen!

Friederike (ab).

Zündorf (wild). Giebt es denn eine ganze Legion von Wespen!

Honau (tritt ein).

10 Elisabeth (freudig). Das ist der Rechte!

Zündorf. Wahrhaftig, das ist der Rechte!

Wellstein. Sie kommen gerade zu gelegener Zeit, lieber Doctor!

Elisabeth. Wir harren alle Ihrer Aufklärungen!

15 Zündorf. Wie sind Sie aus dem Arrest losgekommen?

Wellstein. Der Knoten muß sich lösen, übernehmen Sie die Auseinandersetzung!

Elisabeth. Haben Sie diese Briefe geschrieben?

Alle. Reden Sie, reden Sie!

20 Honau. Mir scheint, es sind hier Dinge zur Sprache gekommen —

Wellstein. Es ist alles entdeckt, sagen Sie unumwunden die Wahrheit.

Honau. Wohlan denn, so muß ich damit anfangen, um 25 Verzeihung zu bitten: ich bin nicht Doctor Wespe.

Elisabeth. Wie? Sie sind nicht der Doctor?

Zündorf. Auch nicht? (Hält sich den Kopf). In einem Narrenhause kann es nicht toller zugehen — hier weiß ja kein Mensch, wer der Andere ist!

Thekla (stand abgewandt hinter Theudelindens Stuhl und spielte mit dem
Taschentuche — sie wird jetzt aufmerksam).

Theudelinde (scheint theilnahmlos).

Elisabeth (drückt die höchste Spannung aus).

Wellstein (erstaunt). Sie sind nicht Wespe?   5

Honau. Nein, ich bin Maler, mein Name ist Honau.

Zündorf. Aber wie konnten Sie —?

Honau. Erlauben Sie mir, zu enden. Doctor Wespe
ist mein Hausgenosse. Der bewußte Brief Ihrer Fräulein
Tochter brachte ihn, der eine etwas starke Portion Eitelkeit 10
besitzt, auf den tollen Gedanken, unter anderm Namen Elisabeths Herz zu erobern. Er bat mich, gegen etwaige Besuche
seine Rolle zu übernehmen — und ich ging auf den Scherz
ein. So ward ich Ihnen als Wespe bekannt.

Zündorf. Die Sache wird immer verwickelter statt 15
klarer. Haben Sie denn diese Briefe geschrieben? (Giebt sie
ihm).

Honau (sieht sie flüchtig durch). Nein, es ist Wespes Hand!
Wollen Sie mir erlauben, die Mißverständnisse weiter zu
entwirren?   20

Zündorf. Thun Sie mir den Gefallen — ich komme
doch nicht durch!

Honau. Herr Wellstein liebt Ihre Nichte. Können
Sie Ihre Geschäftsverbindungen gegenseitig nicht schließen,
ohne daß die Hand Ihrer Tochter sie befestigt?   25

Wellstein (rasch). Ich bin's zufrieden!

Zündorf. Aber —

Elisabeth (rasch und leise zu ihm). Denken Sie an mein
Gelübde. —

Zündorf. Aber Kind —   30

Elisabeth (ebenso). Sie wissen, ich halte Wort.

Zündorf. Na denn, ich bin es auch zufrieden.

Wellstein (reicht ihm die Hand).

Zündorf. Der Vertrag bleibt stehen, bis auf den Punkt der Heirath —

5 Wellstein. Ein Mann, ein Wort.

Honau (zu Wellstein). Sie haben dies Billet zwar nicht geschrieben, wollen Sie sich aber wohl zu seinem Inhalte bekennen?

Wellstein (nach flüchtigem Blick in den Brief, rasch und feurig). 10 Von ganzem Herzen!

Honau (zu Thekla). Jetzt ist's an Ihnen, Antwort zu geben.

Thekla. Wenn mein Oheim —

Zündorf. Ich sage zu allem Ja, macht nur, daß die Verwirrung ein Ende nimmt.

15 Wellstein. Darf ich hoffen?

Thekla (reicht ihm die Hand).

Wellstein (jauchzend). Doch Schwiegerpapa, Compagnon, Freund — alles geht gut — mein holdes Mädchen!

Honau (wendet sich zu Elisabeth). Mein Fräulein, eine 20 Laune bewog mich, unter falschem Namen vor Ihnen zu erscheinen, die Liebe bewog mich, dies fortzusetzen.

Elisabeth. Mein Herr!

Honau. Zürnen Sie mir nicht ob meinem kühnen Geständniß; ich muß mich rechtfertigen, daß ich fortfuhr, Sie 25 zu täuschen, und nur, daß ich Sie liebte, kann meine Falsch- heit entschuldigen. Sie hatten sicher über diesen Antrag, den Sie von mir kommend wähnten, schon entschieden; wie lau- tete die Entscheidung?

Elisabeth. Mein Herr, wie kann ich —?

30 Honau. Nicht so — aus dieser Verwirrung kann nur Offenheit uns führen. Wie lautete die Entscheidung?

Elisabeth. Sie wollen Offenheit — nun denn — sie lautete Ja.

Honau. Und wird sie sich ändern, wenn ich diesen Antrag zu dem meinigen mache, und wenn ich nicht Wespe bin? 5

Elisabeth. Meine Neigung gehörte dem Manne und nicht dem Namen.

Honau. Herr von Zündorf, jetzt ist es an Ihnen. Ein redlicher, unbescholtener Mann bittet um Ihrer Tochter Hand — 10

Zündorf. Herr, Sie gefallen mir wahrhaftig — Sie haben meine Tochter von ihren Grillen bekehrt — hat sie Ja gesagt — nun denn in Gottes Namen!

Honau (reicht ihm die Hand). Sie sollen es nicht bereuen. (Zieht Elisabeth an sich). Elisabeth, das Wort eines Mannes gilt 15 für die Ewigkeit.

Elisabeth (in seinen Armen). Jetzt bin ich emancipirt — von meiner Thorheit.

Zündorf (sieht die beiden Paare an). Wer hätte das vor einer Stunde gedacht! Na, ich danke Gott, daß die Ver= 20 wirrung ein Ende hat. Nun sagen Sie mir, giebt es denn wirklich einen Wespe, oder ist das nur eine Finte?

Honau. Sie kennen ihn als Maler Alfred.

Zündorf. Also habe ich doch Recht, und er ist im Arrest. 25

Letzter Auftritt.

Vorige. Wespe.

Wespe. Erlauben Sie, in diesem Augenblicke nicht mehr.

Zündorf. Also Sie sind — ?

Wespe. Doctor Wespe, Ihnen zu dienen. 30

Zündorf. Hören Sie, Sie haben Dinge angestiftet —

Honau. Die alle zum Besten ausgeschlagen sind. Lieber Doctor, Ihre Briefe haben trefflich gewirkt — hier meine Braut.

5 Wespe. Was?

Wellstein. Und hier die Meinige.

Wespe. Wie? Was bleibt denn für mich?

Honau. Sie waren um eine Verwicklung zu einem Lustspiel verlegen — vielleicht läßt sich eins aus diesen 10 Verwirrungen machen.

Theudelinde (erhebt sich). Sie sind Wespe?

Wespe. Ja!

Theudelinde. Sie haben um meine Hand ange= halten?

15 Wespe. Ja.

Theudelinde. Seht Ihr, daß ich Recht hatte? Mich allein liebt er — aber Sie sind ein Falscher, ein Verräther — Sie haben auch um meine Nichten geworben.

Wespe (zu ihren Füßen). Verdient ein jugendlicher Über= 20 muth, eine Phantasie des Dichters keine Verzeihung?

Theudelinde. O Wespe! Wollen Sie eine Prü= fungszeit aushalten?

Wespe. Wie lange?

Theudelinde. Vier — — Wochen.

25 Wespe (küßt ihr die Hand). Ich hoffe, sie abzukürzen.

Alle. Wir wünschen Glück!

Adam (war in den Hintergrund getreten, hat sich aber im Verlauf der Scene nach vorne gezogen, so daß er jetzt die Ecke der Bühne hat). Undank ist der Welt Lohn. Ich habe das Trauerspiel angehört, und 30 mein Herr trägt den Preis davon.

Der Vorhang fällt.

1. Look to the spelling of a word; the modern pronunciation is often misleading.

Note a. In comparing German words it must be borne
in mind, that an ῃ often has no etymological reason, but only
stands to indicate the length of a vowel (ȝaḩm, gemaḩr—but
fam, mar). For the same purpose occasionally a vowel is
doubled (Ṣaal, Ꮇees—but Ꮇal, Ꮇonb—Ꮇaḩl, Ṣoḩn). On the
other hand, in order to indicate that a vowel is short, often
the following consonant is doubled (gefommen, Ꮇutter).

Note b. Though the pronunciation differs, the English
sounds in man, father, make, small; foot, blood, floor; heart,
earth, weather, eat, etc. belong historically together.

2. The modern meaning very often does not quite correspond in the two languages. There is often in the one
language a restriction or special application of the old meaning which has been kept in the other of the two compared
languages, for instance Ꮶneḩt and knight, etc.

The reason why certain sounds in English correspond to
certain sounds in German (and not only in German, but in
every other Teutonic language, viz. Dutch, Danish, Swedish,
Norse, Icelandic) is, that in the original Teutonic language,
of which all the above-mentioned are only later dialectic
forms, there existed the original sounds to which all the
various modern sounds and spellings can historically be
traced back. Hence it is clear that a scientific etymology
can only spring from a thorough knowledge of all the various

dialects in their different states of development, and besides
the Teutonic languages their sister-languages of the great
Aryan family must also be taken into consideration.   In
the following pages, however, only the most important
and obvious correspondences will be noticed as mere facts,
their etymological reason cannot be explained here.   Words
which at a late period entered into the English language as
well as into German, or such recently taken from one into
the other have purposely been neglected, for instance words
like Thee, tea; Jacht, yacht, etc.   On the other hand really old
loan-words, such as Pflanze, plant; Straße, street, etc., have
frequently been chosen for examples.   Those words which
exactly correspond in form and meaning (Name, name, etc.)
have on the whole been avoided as they will at once be
understood.   In the selection of examples the aim has been
to exhibit the difference of orthography in German and of
pronunciation in English.   A few hints regarding the pronunciation of certain German sounds have occasionally been
inserted; a complete theory could of course not be given here.
The standard 'common German speech' may (with Vietor)
be described as 'High German word-forms pronounced with
Low German speech-sounds'.   (Vietor, *Germ. Pronunc.*,
page 5).   Wherever words, though etymologically the same,
are no longer of the same meaning, an asterisk has been put
before the English word (for instance Vieh, *fee; Knecht,
*knight, etc.); they have often been selected on purpose, as
in most cases they are of special interest.   The abbreviation — means: 'answers to'.

VOWELS.

§ 1.   GERMAN SHORT a.

(*a*)   — English *a*.

Lamm, lamb; schwamm, swam; Mann, man; hart, hard;
Kalb, calf; Pflanze, plant; trank, drank; Dank, thank; Band,
band; scharf, sharp; Schwalbe, swallow; was, what; das, that;
Salz, salt; Wasser, water; Affe, ape; hassen, hate; machte, made.

(*b*) ⌐ English *o* (especially before *ld* and *ng*).

alt, old; halten, hold; Sang, song (but ich fang, I sang); lang, long; Kamm, comb; Band, bond; schnarchen, snore; (ge)wann, won; an, on; ab, * of.

In a few cases German *au*; ⌐ English *o* or *oo*. fanft, soft; ander, other; Gans, goose; stand, stood.

(*c*) ⌐ English *e* (more rarely). laffen, let; dann, then; wann, when; Mannen, men; zwanzig, twenty; Bank, bench; Stamm, stem; Farn, fern.

(*d*) ⌐ English *i* (rarely). Macht, might; Nacht, night.

(*e*) ⌐ English *u* and *ou* (in the preterite of many verbs). (Ich) rang, (I) wrung; schlang, slung; spann, spun; barst, burst; schwang, swung; fand, found; wand, wound; band, bound; brachte, brought; dachte, thought.

Mark: walten, *wield; acht, eight; lachte, laughed; Waffe, weapon; Statt, *stead; (au)statt, (in)stead.

§ 2. GERMAN LONG a (a, aa, ah).

(*a*) ⌐ English *a*. Bad, bath; Pfad, path; Bater, father; baden, bathe; kam, came; zahm, tame; haben, have; aß, ate; faß, sat; fahl, fallow; Faden, *fathom; Schwan, swan; schmal, *small.

(*b*) *ag*: ⌐ English -*ai*-, -*ay* (at the end of a word), occasionally ⌐ *aw*. See under g, § 30, *b* and *c*. Hagel, hail; Nagel, nail; Wagen, wain; fagte, said; Tag, day; (ich) lag, (I) lay; nagen, gnaw; Sage, saw; Hagedorn, hawthorn.

(*c*) ⌐ English *ee*, occasionally *ea*, *e*. Aal, eel; Schaf, sheep; Schlaf, sleep; Straße, street; Jahr, year; rathen, *read; Mahl, meal; Bart, beard; Draht, *thread; dar, there; waren, were; Aben(d), evening; Thal, dell.

(*d*) ⌐ English *oo*, *o*. Zahn, tooth; Span, *spoon; brach, broke; sprach, spoke; trat, trod; vergaß, forgot; stahl, stole; Nase, nose; Mal, mole.

Mark: nah, nigh; that, did; Bahre, bier; Haar, hair; Habicht, hawk.

§ 3. German short ä.

(*a*) Being the modification of German short a⁓English *a, o, e* (cf. § 1).

Gärten, gardens; ſchärfen, sharpen; Gänferich, gander; länger, longer; läßt, lets; Männer, men; fällen, fell; älter, elder (but also older).

Mark : rächen, *wreak; Sänger, singer; Stätte, stead; Gänfe, geese.

§ 4. German long ä (ä, äh).

(*a*) Being mostly the modification of long a⁓English *a, ai, ay* (*aw*), (cf. § 2).

Bäter, baths; Nägel, nails; ſchlägt, *slays; Säge, saw; Käfer, chafer.

(*b*) Especially⁓English *ee, ea, e* (partly again modification of a).

Käfe, cheese; Zähne, teeth; Ähre, ear; Zähre, tear; (ge)bären, bear; Bär, bear; Stätte, steads; (er)zählen, tell; Fähre, ferry; Häring, herring; wäre, were.

(*c*) In a few words only⁓English *ow*.

Krähe, crow; mähen, mow; ſäen, sow.

Mark : zäh, tough; gähnen, yawn.

§ 5. German short e.

(*a*) Mostly⁓English *e*.

Netz, net; Feſſel, fetter; Ecte, *edge; elf, eleven; Wetzſtein, whetstone; Lenz, *lent; Pfennig, *penny.

(*b*) ⁓English *a* (mostly before *r*).

fern, far; Herbſt, *harvest; Lerche, larke; Zwerg, dwarf, Stern, star; feſt, fast; fett, fat; Enfel, ankle; dreſchen, thrash; Weſpe, wasp.

(*c*) ⁓English *ea* (mostly before *r*).

Herz, heart; ernſt, earnest; lernen, learn; Erbe, earth; Wetter, weather; Becher, beaker; ſprechen, speak; eſſen, eat.

(*d*) ⁓English *i*.

Schweſter, sister; ſechs, six; denfen, think; ſengen, singe; Zelt, *tilt; led, *quick; ſchlecht (and ſchlicht), *slight; Knecht, *knight; recht, right.

(e) ⌐ English *o* (especially after *w*).
Welt, world ; Werf, work ; ſtreng, *strong ; vergeſſen, forgotten.

(f) ⌐ English *u*.
rennen, run ; brennen, burn ; Kerl, churl ; bergen, *bury.

Mark : Feld, field ; gelten, *yield.

§ 6. GERMAN LONG e (e, ee, eh).

(a) ⌐English *e* (very rarely *ee*).
eben, even ; Beet, bed ; Beere, berry ; Heerde, herd ; zehn, ten ;
Beſen, besom ; weder, *whether ; ſehen, see.

(b) ⌐ English *ea*.
weben, weave ; See, sea ; Speer, spear ; Viehl, meal ; ſtehlen,
steal ; lehnen, lean ; treten, tread ; Leder, leather ; Herd, hearth.

(c) ⌐ English *o, oa, oe* (*ou, ow*).
gehen, go ; Lehre, lore ; mehr, more ; ſehr (cf. ver=ſehren), *sore ;
getreten, trodden ; Werth, worth ; Schwert, sword ; jener, yon ;
Lehen, loan ; Lehm, loam ; Reh, roe ; Weh, woe ; Zehe, toe ; Seele,
soul ; Schnee, snow.

(d) ⌐ English *i*.
geben, give ; Sehne, sinew ; gebeten, bidden ; Leber, liver ;
leben, live ; Leben, life.

(e) ;eg= ⌐ English *-ai-, -ay* (at the end of words) ;
see under g, § 30, *b* and *c*.
Regen, rain ; Segel, sail ; Flegel, flail ; gegen, a-gain-st ; legen,
lay ; Weg, way, (away).

Mark : Eſel, ass ; Degen, *thane.

§ 7. GERMAN SHORT i.

(a) Mostly ⌐ English *i*.
Biß, bit ; Ding, thing ; Tiſch, *dish ; Diſtel, thistle ; geritten,
ridden ; mittel, middle ; Winter, winter ; ſchwingen, swing ; ich,
I ; winden, wind ; Licht, light ; Birke, birch ; Wirbel, whirl.

(b) ⌐ English *e*.
Filz, felt ; friſch, fresh ; Kiſte, chest ; Schlitten, sled ; hinnen,
hence ; Widder, wether.

Mark: Kirche, church ; rinnen, run ; wirkte, wrought ; nicht, *nought, not ; wirken, work ; riß, *wrote ; ritt, rode ; Schild, shield ; Hirsch, hart ; Hitze, heat.

§ 8. GERMAN LONG i (i, ih, ie, the latter in good modern German never to be pronounced i-e).

(*a*) Mostly ⁓ English *ee*.

dir, thee ; Biene, bee ; tief, deep ; Knie, knee ; fliehen, flee ; sieden, seethe ; Thier, *deer ; Vieh, *fee.

(*b*) ⁓ English *e*.

wir, we ; mir, me ; hier, here ; Fieber, fever ; sieben, seven ; fiel, fell ; ließ, let ; hielt, held ; Stief(mutter), step(mother) ; Nieder(lande), Nether(lands).

(*c*) ⁓ English *ea* (rarely).

Biber, beaver ; schmieren, smear ; nieden, (be)neath ; Wiesel, weasel.

(*d*) Often ⁓ English *i*.

bieten, bid ; dieser, this ; Fiedel, fiddle ; Schmied, smith ; siech, *sick ; getrieben, driven ; Ziegel, tile ; Zwielicht, twilight.

(*e*) Occasionally ⁓ English *ie, sieg-* ⁓ English *ie* or *y*.

Dieb, thief ; Sieb, sieve ; lieb, *lief ; liegen, lie ; fliegen, fly.

(*f*) Occasionally ⁓ English *oo, o*.

kiesen, choose ; schießen, shoot ; lieben, love ; schieben, shove.

Mark: vier, four ; Dienstag, Tuesday ; biegen, bow.

§ 9. GERMAN SHORT o.

(*a*) Mostly ⁓ English *o* (very rarely *oa*).

Dorn, thorn ; Roß, horse ; morgen, to-morrow ; Nord, north ; gesprochen, spoken ; offen, open ; hoffen, hope ; kommen, come ; Motte, moth ; Volk, folk ; Wort, word ; Wolf, wolf ; Hort, hoard.

(*b*) ⁓ English *u*.

Sonne, sun ; Tonne, tun ; Donner, thunder ; toll, *dull ; geschwommen, swum ; geronnen, run ; voll, full.

Mark : Woche, week ; Schloße, sleet ; soll, shall ; Borke, bark ; horchen, hark ; trocken, dry ; Tochter, daughter ; doch, *though ;

focht, fought; vermochte, might; Brembeere, bramble; Koch, cook; Wolle, wool; wollen, woollen; wollen, will; ob, if; folch, such; wollte, would; sollte, should; konnte, could.

§ 10. GERMAN LONG o (o, oo, oh).

(*a*) ⌐ English *o*; *eg.* ⌐ English -*ow*-.

oben, *(ab)ove; ober, over; Ofen, oven; Sohn, son; hohl, * hole, hollow; Loos, lot; Moos, moss; Monat, month; ge= schworen, sworn; gefroren, frozen; erforen, chosen; Vogel, *fowl; Bogen, bow; geflogen, flown.

(*b*) ⌐ English *oa*.
Fohlen, foal; Kohle, coal; Floß, float; Boot, boat.

(*c*) Often ⌐ English *ea*.
groß, great; Ohr, ear; Ost, East; Ostern, Easter; Bohne, bean; Tod, death; Brot, bread; Loth, *lead.

(*d*) ⌐ English *e*.
wohl, well; roth, red; wo, where; =los, -less (herzlos, heart-less).

Mark: Noth, need; Floß, fleet; hoch, high; Trog, trough; Stroh, straw; roh, raw; Mon(d), moon; geboten, bidden.

§ 11. GERMAN SHORT ö.

(*a*) Modification of short *o* (mostly modern English *o*, rarely *u* (*au*), (§ 9, *a* and *b*).
Wölfe, wolves; Völker, *folks; kömmt (but mostly kommt), comes; schwömme, swum; Töchter, daughters.

(*b*) rarely ⌐ English *e* (O. H. G. and M. H. G. still *e*).
Hölle, hell; zwölf, twelve.

§ 12. GERMAN LONG ö (ö, öh).

(*a*) Modification of long *o*, English *o*, *oa*, *ea*, *e* (§ 10).
Höhlen, holes; Söhne, sons; Böote, boats; größer, greater; röther, redder.

(*b*) ⌐ English *ea*.
hören, hear; hörte, heard; schwören, swear.
Mark: König, king.

§ 13. German short u.

(*a*) ⌐ English *u*.

Buſch, bush; mußt, must; geſungen, sung; geſchwungen, swung; geſprungen, sprung; Nuß, nut; hundert, hundred.

(*b*) ⌐ English *ou, ow* (generally *u* before *nd, ld*), Teut. *u*.

(ge)ſund, sound; Grund, ground; Mund, mouth; jung, young; fund, *(un)couth; Schulter, shoulder; durch, through; Burg, *borough, boro'; Turm, tower.

(*c*) ⌐ English *o*.

Furt, ford; Sturm, storm; Futter, fodder; Mutter, mother; Wurm, worm; Zunge, tongue; Schuß, shot.

(*d*) ⌐ English *i*.

Flucht, flight; Furcht, fright; Kuß, kiss; Kluft, clift; Durſt, thirst.

Mark: und, and; Bruſt, breast; Futter, food.

§ 14. German long u (u, uh).

(*a*) ⌐ English *oo, o* or *oe* (at the end of a word).

Buch, book; Fuß, foot; Flur, floor; Blut, blood; Flut, flood; zu, too, to; thun, do; Bruder, brother; Buſen, bosom; Stube, *stove; Schuh, shoe; -thum, -dom as in Königthum, kingdom.

(*b*) ⌐ English *ee*.

Buche, beech; bluten, bleed; ſuchen, seek (cf. beseech).

(*c*) ⌐ English *ou, ow*.

du, thou; Pflug, plough; Bug, *bough; genug, enough; Kuh, cow; nun, now.

Mark: Geburt, birth; ſchlug, *slew; Ruder, rudder.

§ 15. German short ü.

It is in most cases the modification of short u, but it is also occasionally found instead of short i (Hülfe, gültig, Sünd-fluth, würdig).

(*a*) Being the modification of short u it ⌐ Engl. *u, ou, o* (cf. § 13).

Büſche, bushes; jünger, younger; lüchtig, doughty; Stürme, storms; füttern, fodder; cf. also würdig, worthy.

(*b*)   Generally ⁓ English *i*.

bünn, thin; bünfen, think; Münſter, minster; Müde, midge; küſſen, kiss; Gürtel, girdle; Fürſt, *first; flüchtig, flighty; fünf, five (here *ün: ⁓ -i-, and also in) wünſchen, wish.

(*c*)   ⁓ English *u*.

Bündel, bundle; Bürde, burthen; fürder, further; Hütte, hut; Glück, luck; pflücken, pluck; Krücke, crutch; müßte, must.

Mark: Hülfe, help; Büttel, beadle.

§ 16.   German long û (û, ûh).

It is generally the modification of long u, and

(*a*)   ⁓ English *ee*, rarely *e* (cf. § 14, *b*).

Füße, feet; brüten, breed; grün, green; kühn, *keen; füß, sweet; fühlen, feel; übel, evil; gefühlt, felt; Brüder, brethren.

(*b*)   ⁓ English *i*.

kühl, *chill; Mühle, mill; Pfühl, pillow.

(*c*)   ⁓ English *oo, o*.

kühl, cool; Küfer, cooper; Bücher, books; Thür, door; über, over; Brüder, brothers; für, for.

(*d*)   ⁓ English *ow* (only in a few cases).

glühen, glow; blühen, *blow; Düne, down; Kühe, cows.

Mark: Süden, south.

§ 17.   German au (Teut. *au* and *û*).

(*a*)   ⁓ English *ea* rarely *ew* (Teut. *au*, O. H. G. *ou*, O. E. *éa*).

Haufe, heap; Traum, dream; Baum, *beam; Laub, leaf; rauben, (be)reave; laufen, *leap; taub, deaf; Haupt, head; Thau, dew; brauen, brew; hauen, hew; ſchauen, *shew; Schraube, screw.

(*b*)   ⁓ English *ou, ow* (Teut. *û*, O. H. G. *û*, O. E. *û*).

aus, out; laut, loud; fauer, sour; tauſend, thousand; Maus, mouse; Braue, brow; trauen, trow; Zaun, *town; braun, brown.

Mark: Glaube, be-lief; glauben, be-lieve; Fauſt, fist; Braut, *bride; Haut, hide; Taube, dove; [blau, blue]; Schauder, shudder; Daumen, thumb; Pflaume, plum; auf, up.

§ **18.**   GERMAN äu (modification of au).

(*a*) ⁔ English *ea* (§ 17, *a*).

Träume, dreams ; häufen, heap ; läuft, *leaps ; Häupter, heads.

(*b*) ⁔ English *ou, ow* (cf. § 17, *b*).

äußerlich, outward ; äußerst, outermost (uttermost); sauern, sour; Zäune, *towns.

Mark: Mäuse, mice ; Bräute, *brides ; Bräutigam, bridegroom; äußern, utter ; däuchte, thought.

§ **19.**   GERMAN ei (occasionally also written ai) ; (Teut. *ai* and *î*).

(*a*) ⁔ English *o* (Teut. *ai*, O. H. G. *ei*, O. E. *â*).

Bein, bone ; Stein, stone ; heil, whole ; heilig, holy ; Geist, ghost; heiß, hot; Kleid, *cloth; ein, one; allein, alone; zwei, two.

(*b*) ⁔ English *oa* (Teut. *ai*, O. H. G. *ei*, O. E. *â*).

Eiche, oak ; breit, broad ; Eid, oath ; Leim, loam ; Leitstern, loadstar ; Laib, loaf.

(*c*) ⁔ English *ea* (Teut. *ai*, O. H. G. *ei*, O. E. *â*, mostly *æ*).

Theil, deal ; meinen, mean ; Weizen, wheat ; Heide, heath ; klein, *clean; weich, *weak; spreiten, spread; (be)reit, ready.

(*d*) ⁔ English *i* (Teut. *î*, O. H. G. *î*, O. E. *î*).

Weib, *wife; reif, ripe; Leib, *life; leicht, light ; weiß, white.

Mark : drei, three ; frei, free ; Feind, fiend, foe ; Fleisch, flesh ; geleitet, led.

§ **20.**   GERMAN eu.

For this sound it is impossible to give general correspondences in English ; some noteworthy correspondences are : theuer, dear ; neu, new ; treu, true ; neun, nine ; Feuer, fire ; scheu, shy ; Freund, friend ; feuchen, *cough ; Beute, booty ; Heu, hay.

CONSONANTS.

I. Lingual or Dental Series.

§ 21. German t, tħ (rarely dt).

(a) At *the beginning of a word* German t (or tħ, which is also pronounced t in every case and etymologically, in words of Teutonic origin, is of the same value as t) ⌐ English *d*. Grimm's law holds good in this case. Occasionally only German tr (= Teut. *tr*) ⌐ English *tr*. Words like Ʒħee, tea; Ʒerf, turf; etc., are later loan-words.

Ʒedħter, daughter; Ʒag, day; taub, deaf; Ʒħau, dew; trecfen, dry; trinfen, drink; Ʒraum, dream; tħeuer, dear; Ʒħeil, deal; Ʒħat, deed; tħat, did; treu, true; treten, tread; trauen, trow.

Mark: taufenb, thousand; tħanen, thaw.

(b) In *the middle of a word* a single German t ⌐ English *d*, rarely to *dd*; tt to *dd* or *d*, rarely to *tt* (if -*tter* ⌐ Teut. *tr*); ſt ⌐ *st* (see under ſ, § 23, *b*).

gleiten, glide; leiten, lead; Spaten, spade; eitel, *idle; Garten, garden; Ʒbart, *ward; ħalten, hold; betreten, trodden; geboten, bidden; mittel, middle; Ʒatter, adder; Sattel, saddle; geritten, ridden; gefetten, sodden; Ʒbüttel, beadle; Sdħatten, shade; Futter, food; bitter, bitter; Sdħwefter, sister.

Mark: Ʒbater, father; Ʒbutter, mother; Ʒbetter, weather.

(c) At *the end of a word* German t, tt, tħ ⌐ English *d*; but ſt to *st* (§ 23, *c*); for dħt see § 34; for ſt see § 40, *b*.

Ʒblut, blood; rotħ, red; Ʒotħ, need; ʒfalt, -fold; ħart, hard; Sdħwert, sword; ħunbert, hundred; Ʒbett, bed; Gett, god; Ʒbruſt, breast; beſt, best; ħödħſt, highest; ħaſt, hast.

Mark: wertħ, worth; fort, forth; Geburt, birth; Ʒonat, month.

§ 22. German d.

(a) When *initial*, German d ⌐ English *th*, according to Grimm's law. Words like Ʒiamant, diamond; Ʒivan, divan; Ʒuşenb, dozen; etc., are of more recent date.

bu, thou; trei, three; biefer, this; bann, then; benfen, think; Dieb, thief; Donner, thunder; burch, through.

(*b*) In *the middle of a word* also b ⏜ English *th*, very rarely ⏜ English *dd*. German nb ⏜ English *nd*.

Bruber, brother; beibe, both; Feber, feather; Scheibe, sheath; Ruber, rudder; Schaubcr, shudder; winben, wind; Wunbe, wound; hunbert, hundred.

(*c*) When *final* German b ⏜ English *th*, but after n a b is generally found in either language. But Munb, mouth; funb, *(un)-couth; Mon(b), moon; niemau(b), never a man, no one. In a few cases also lb ⏜ *ld* (but cf. § 21, *b* and *c*). The pronunciation of German final b is mostly *t* (cf. b § 39, *c*).

Bab, bath; Pfab, path; Schmieb, smith; Herb, hearth; Norb, north; Süb, south; unb, and; Grunb, ground; balb, =belb (in Rauf=belb etc.), *bold; Felb, field.

§ 23. GERMAN ſ (ß, ſſ, ß, ſp, ſt, ſch, etc.).

(*a*) At *the beginning of a word* German ſ ⏜ English *s*. Before a vowel it has the soft pronunciation like the English *z*. ſch ⏜ *sh*, ſchl ⏜ *sl*, ſchm ⏜ *sm*, ſchn ⏜ *sn*, ſchw ⏜ *sw*. But ſp ⏜ *sp*, ſt   *st* (the better pronunciation of these two sounds being, however, likewise ſchp=, ſcht=, not (as in Hanover) ſp=, ſt=. (The older German forms of the words have, in every case, like the English, ſl, ſm, ſn, ſw, ſp, ſt. To ſch, English *sh*, answers originally *sc* or *sk*, which has been preserved in a few English words.)

ſ: Saat, seed; ſieben, seethe; ſieben, seven; Seele, soul.
ſch: Schauer, shower; Schiff, ship; ſchelten, scold; Schale, scale.
ſchl: Schlehe, sloe; ſchlagen, *slay; Schlaf, sleep.
ſchm: Schmieb, smith; ſchmal, *small; ſchmieren, smear.
ſchn: Schnee, snow; Schnecke, snail; ſchnarchen, snore.
ſchw: Schwert, sword; ſchwören, swear; Schwein, swine.
ſp: Speer, spear; ſpreiten, spread; Spaten, spade.
ſt: Stern, star; Stab, staff; Fuß=ſtapfe, foot-step.

Mark: ſoll, shall.

(*b*) In *the middle of the word* German ſ ⁓ English *s*,
ſch ⁓ *sh*, ſſ ⁓ *ss*, ß (often also ſſ, especially in Latin type) ⁓ *tt*
or *t*, ſp ⁓ *sp*, etc. ſ between vowels has the soft pronunciation.

ſ: Beſen, besom; Buſen, bosom; Naſe, nose; kieſen, choose.

ſch: Büſchel, *bushel; Eſche, ash; h=eiſchen, *ask; Flaſche,
flask.

ſp: Weſpe, wasp; Eſpe, asp(en); liſpeln, lisp.

ſt: Weſt, west; Oſt, East; Neſt, nest; Diſtel, thistle.

ſſ: miſſen, miss; küſſen, kiss; Kreſſe, cress.

ß, ſſ: beißen, bite; reißen, *write; Neſſel, nettle; Biſſen, bit.

Mark: Haſe, hare; Eiſen, iron.

(*c*) At *the end of a word*, as under *b*.

ß: Haus, house; Maus, mouse; Glas, glass; =los, -less.

ſch: Fiſch, fish; Fleiſch, flesh; friſch, fresh.

ß, ß: Geiß, goat; groß, great; das, daß, that; Nuß, nut.

§ 24. GERMAN ʒ.

ʒ is always to be pronounced ts, not bs or s, as one often
hears. This mixed sound answers (instead of a th, as might
be expected) always to English *t*.

(*a*) At *the beginning of a word.*

Zehe, toe; Zunge, tongue; zwanzig, twenty; Zaun, *town;
zäh, tough; Zähre, tear; Zunder, tinder; (er)zählen, tell.

Mark: Zwerg, dwarf.

(*b*) In *the middle of a word.*

Weizen, wheat; heizen, heat; Würze, wort; ſchmelzen, melt;
(neun)zig, (nine)ty.

(*c*) At *the end of a word.*

Herz, heart; Lenz, *lent; Bolz, bolt; Malz, malt.

§ 25. GERMAN ß.

Like ʒ a German ß ⁓ English *t*.

(*a*) In *the middle of a word.*

Katze, cat; ſetzen, set; Grütze, groat; Pfütze, *pit.

(*b*) At *the end of a word.*

Witz, wit; Schlitz, slit; Netz, net.

§ 26. German r.

The pronunciation of the German and the English *r* is generally not the same, the German r being guttural in most parts of the country before or after a vowel, only in some parts of Germany r preceding a vowel has the lingual pronunciation. The German r must always be pronounced distinctly. Etymologically both are of the same value.

(*a*) At *the beginning of a word* German r generally ⌐ English *r*, but in a few cases ⌐ English *wr* (*wr* in these cases represents the original sound, *w* was early dropped in German, and in English *w* is now only graphic). The old combination *hr* (hring, etc.) was simplified in either language to *r*, but English horse ⌐ German Roß (O. H. G. 'hros') has preserved the *h* on account of the metathesis of the *r*.

Regen, rain; recht, right; reiten, ride; *rathen, *read; rauben, be-reave; Rücken, ridge; Rabe, raven; roth, red; rächen, wreak; Recke, *wretch; ringen, wring; reißen, *write.

(*b*) In *the middle of a word* German r ⌐ English *r*; :rge: ⌐ -*rrow*-.

fahren, fare; Bart, beard; Zähre, tear; hart, hard; geboren, born; Sorge, *sorrow; morgen, to-morrow; borgen, borrow.

Occasionally r changes its place before or after a vowel, either in German or in English (cf. under *a*).

wirken, work; wirkte, wrought; brennen, burn (but Bernstein, amber). In Adel-bert, Al-bert, Al-brecht, the -bert, -brecht ⌐ English -*bert* = *bright* [Adel-, also Abal-, ⌐ English *Ethel*-].

Mark: gefreren, frozen; erkoren, chosen; verloren, lost (but the *r* is found in forlorn).

(*c*) At *the end of a word* German r ⌐ English *r*.

Bär, bear; Jahr, year; gewahr, aware; mehr, more; sehr, *sore; Ohr, ear; schwur, schwor, swore.

Mark: fror, froze; erkor, chose; verlor, lost; war, was.

§ 27. German l.

There exists a slight difference in the pronunciation of German l according to the accompanying vowel, but this is not so great as in English. Etymologically there is no difference between the two. Old *hl* became *l* in either language.

(*a*) At *the beginning of a word* German l ⌐ English *l*. Laib, loaf; lachen, laugh; lahm, lame; legen, lay; laut, loud.

(*b*) In *the middle of a word* German l, ll ⌐ English *l, ll*. kalt, cold; helfen, help; füllen, fill; Hölle, hell; wollen, will.

(*c*) At *the end of a word* German l, ll ⌐ English *l, ll*. Pfühl, pillow; fühl, cool, *chill; hohl, hollow; voll, full, -ful; (sorgenvoll, *sorrowful); toll, *dull; soll, shall.

§ 28. German n.

It has a twofold pronunciation in German: a lingual, and, before guttural consonants (*k, g*), a guttural one, entirely different from the French nasal pronunciation. Etymologically, however, there is no difference between them.

(*a*) At *the beginning of the word* German n ⌐ English *n*. Nadel, needle; Nachtigall, nightingale; Nachbar, neighbour.

(*b*) In *the middle of a word* n or nn ⌐ English *n*. Henne, hen; rennen, run; Bohne, bean; Ding, thing.

Mark: fünf, five; Gans, goose; Mund, mouth.

(*c*) When *final*, German n generally ⌐ English *n*, but in several cases English has preserved an older *m*. (In selten, seldom, however, the n is older.)

Stein, stone; ein, one; grün, green; Mann, man; Besen, besom; Busen, bosom; Faden, *fathom; Boden, bottom.

II. Guttural or Palatal Series.

§ 29. German k.

(*a*) At *the beginning of a word* German k ⌐ English *k* (before *e, i, n*) and *c*, or ⌐ English *ch* (especially before *e, i, u*), very rarely ⌐ English *qu*. German k before n is to be pronounced quite distinctly.

König, king; Kuß, kiss; Keſſel, kettle; kühn, *keen; Knie, knee; kneten, knead; Krähe, crow; Kuh, cow; Kalb, calf; kahl, callow; Küchlein, chicken; kauen, chew; Kirche, church; Käſe, cheese; Kinn, chin; keck, *quick.

(*b*) In *the middle of a word* German k ⁓ either English *k* or *ch*.

ſtärken, stark, starch; Birke, birch; tränken, drench; trinken, drink; wirken, work; danken, thank.

(*c*) At *the end of a word* German k ⁓ English *k* or *ch*.

Bank, bank, bench; Mark, mark, march; Fink, finch; renken, *wrench; Werk, work.

§ 30. German g.

(*a*) When *initial*, German g generally ⁓ English *g*; occasionally (before á, e) ⁓ English *y*, but never if it is followed by another consonant. Grimm's law would strictly demand k for English *g*, but such k, really found in some of the O. H. G. dialects, was never generally introduced, and was later on given up again. (See b § 39, *a*, but b § 22, *a*.)

greifen, gripe; Geiß, goat; Gott, god; gut, good; grau, gray; Grab, grave; gürten, gird; Garn, yarn ; gähnen, yawn; gelb, yellow; geſtern, yesterday.

(*b*) In *the middle of a word* German g only very rarely ⁓ English *g*. German ng ⁓ English *ng* (with a different pronunciation of the *n*, and *g* becoming silent in English at the end of a word). In most cases the original *g*, as preserved in German, transformed itself in English into a vowel or a semi-vowel. After *o* or *u* (which it changed into *o*) it became *w*; after *a* either *w* or *i, y*; after *e* (which became *a*) it changed to *i, y*; after *i* or *u* modified it generally disappeared entirely. In this way the groups -ug-, -og- become -*ow*-; -orge- becomes -*orrow*- (from -*orwe*-, -*orowe*-); -ag- becomes either -*aw*- or -*ai*-, -*ay*; -eg- becomes -*ai*-, -*ay*; -ig-, -ug- is simply *i, y*.

Hunger, hunger; bringen, bring; geflogen, flown; Vogel, *fowl; Bogen, bow; borgen, borrow; Sorge, *sorrow; morgen, (to-)

morrow; $\mathfrak{H}$agebörn, hawthorn; tragen, * draw; $\mathfrak{H}$agel, hail; 2Wagd, maid; fagte, said; fagen, say; fd)lagen, * slay; Segel, sail; gegen, * a-gain; legen, lay; $\mathfrak{H}$ügel, hill; lügen, lie; liegen, lie; Fliege, fly.

Mark: wiegen, wägen, weigh.

(c) At *the end of a word* German g appears either as g, mostly *gh*, or as *y*. The ending -ig — English *y*. The German pronunciation of such g is in some parts of the country almost like *k* (cf. § 22, *c*; § 39, *c*), but mostly like *ch*.

Zweig, twig; Zug, tug; Ding, thing; Trog, trough; genug, enough; Burg, *borough; Bug, *bough; $\mathfrak{H}$onig, honey; Pfennig, *penny; Tag, day; Weg, way; mächtig, mighty.

§ 31.   GERMAN $\mathfrak{h}$.

(a) At *the beginning of a word* — English *h*. It is in every case to be pronounced quite distinctly.

$\mathfrak{H}$erb, hearth; $\mathfrak{H}$enne, hen; $\mathfrak{H}$unb, *hound; $\mathfrak{H}$aupt, head; hören, hear; heilen, heal; heim, home; hunbert, hundred.

Mark: heifchen, *ask.

(b) In *the middle and at the end* of words it would be too intricate to establish correspondences. It is often merely graphic (Theil, Jahr, Kuh) and of no etymological value.

§ 32.   GERMAN $\mathfrak{ch}$.

(a) At *the beginning of words* it only occurs in words the origin of which is not Teutonic, viz. Charakter, character; Choral, choral; Chauffee, causeway; etc. and occasionally in old spellings as Char=Freitag (Good Friday; Char, care). English correspondences need not therefore be given.

(b) In *the middle of words* German $\mathfrak{ch}$ — English *k*, more rarely *ch*. (The pronunciation of $\mathfrak{ch}$ here and under *c* is different according to the preceding vowel.) For $\mathfrak{ch}$s see § 33.   For $\mathfrak{ch}$t see § 34.

brechen, break; fprechen, speak; Lerche, lark; Woche, week; fuchen, seek (but 'beseech'); Buche, beech; reichen, reach; bleichen, bleach.

Mark: lachen, laugh; Nachbar, neighbour.

(*c*) At *the end of words* German ch mostly ⌐ English
k, more rarely *ch*. (Twofold pronunciation again.) The ending -lich ⌐ English -*ly*.

Storch, stork; bleich, bleak; weich, *weak; wach, wake;
Buch, book; solch, such; lieblich, lovely; täglich, daily; (but
heil-ig, hol-y).

Mark: siech, *sick; hoch, high; doch, *though; Teich, *dike,
*ditch; Dach, *thatch; durch, through.

§ 33. GERMAN chs (r rarely), (Teut. *hs*). (Pronunciation *ks* in every case.)

(*a*) In *the middle or at the end of words* this group of
consonants ⌐ English *x*, and has the same pronunciation.

Ochse, ox; Fuchs, fox; Büchse, box; Buchs(baum), box;
Wachs, wax; sechs, six; Flachs, flax; Art, axe.

§ 34. GERMAN cht (Teut. *ht*).

(*a*) In *the middle and at the end of words* ⌐ English
-*ght*-, the guttural sound being no longer heard in modern
English. In German the ch has again a twofold pronunciation according to the preceding vowel.

fechten, fight; Gewicht, weight; dachte, thought; däuchte
thought; schlecht, schlicht, *slight; nicht(s), nought; Flucht,
flight; (Al-)brecht, bright; Nacht, night.

Mark: sichten, sift; lichten, lift; sacht, soft.

§ 35. GERMAN ck.

(*a*) In *the middle of a word* ⌐ English -*dg*- (M. E. -*gg*-,
O. E. -*cg*) or -*tch* (M. E. -*cch*-, O. E. -*cc*-, -*cg*).

Mücke, midge; Brücke, bridge; Rücken, ridge; Hecke, hedge;
Ecke, edge; strecken, stretch; decken, thatch; Recke, *wretch;
Krücke, crutch; sticken, stitch.

In several cases ⌐ English *ck*, *c*, *k*.

Locke, lock; Acker, acre; backen, bake.

(*b*) At *the end of a word* ⌐ English *ck*.

dick, thick; Steck, stick; Beck, buck.

§ 36. GERMAN j.

(*a*) At *the beginning of a word* in Teutonic words — English *y*.

Jaĥr, year; jung, young; JugenĐ, youth; Jođ, yoke; jener, yon, yonder; ja, yea.

III. LABIAL SERIES.

§ 37. GERMAN p.

(*a*) At *the beginning of a word* German p — English *p* in some cases, but the ordinary correspondent to English *p* is pf (see § 38). Those words in which in English, as well as in German, initial *p* is found, are not of Teutonic origin, as Paar, pair; Pilger, pilgrim, etc. pĥ see under f.

Mark: Polĥer, bolster.

(*b*) In *the middle of a word* p or pp are not originally High German, but borrowed from the Low German, Dutch, or elsewhere. To pp — English *pp, p, b*. After ſ a p is found in many words of Teutonic origin, and such p always remains unchanged (see under ſ § 23, *a* and *b*).

Krüppel, cripple; Lippe, lip; Krippe, crib; Rippe, rib; Kappe, cap; Wespe, wasp; Espe, asp(en); lispeln, lisp.

Mark: Klippe, cliff.

(*c*) At *the end of words* p is no longer found in originally German words. M. H. G. mp became mm (see under m). But b at the end of words is mostly pronounced p. Cf. § 39, *c*.

§ 38. GERMAN pf.

(*a*) At *the beginning of words* — English *p*, most of the words, perhaps all, being originally not of Teutonic, but mainly of Latin, origin. But those which begin with pf in German entered very early into O. H. G., before the second mutation. The p and f ought to be pronounced quite distinctly.

Pfad, path; Pflaume, plum; Pfund, pound; Pflanze, plant; Pfoſten, post; Pfeiler, pillar; Pfütze, *pit; Pfeffer, pepper.

(*b*) In *the middle of a word* pf — English *pp, p.*

Apfel, apple; Kupfer, copper; Tropfen, drop; Fußstapfe, foot-step; Karpfen, carp.

(*c*) At *the end of a word*, where it is very rare, German pf — English *p*, rarely — *b.*

Krampf, cramp; Kopf, *cup; Zopf, *top; Tropf, *drop; Knopf, *knob.

§ 39. German b.

(*a*) At *the beginning of a word* German b — English *b.* In this case (cf. under g § 30, *a*; but b § 22, *a*) Grimm's law was from the very beginning not strictly applied, and later on the p's for Teut. Engl. *b* were given up altogether.

Bohne, bean; bleich, *bleak; Brücke, bridge; Bret, bread; Beere, berry; Braut, *bride; Biene, bee; brechen, break.

Mark: Birne, pear.

(*b*) In *the middle of a word* the regular correspondent of a German b is an English *v*; for M. H. G. mb cf. m § 42.

treiben, drive; Knabe, *knave; Silber, silver; Herbst, *harvest; weben, weave; sieben, seven; übel, evil; geben, give.

(*c*) At *the end of a word* German b — English *f* (occasionally *ff, ve*). It is generally pronounced p (cf. b § 22, *c*).

halb, half; taub, deaf; Laib, loaf; Leib, *life; Weib, *wife; ab, of, off; Stab, staff; Grab, grave.

§ 40. German f (v) (ph).

(*a*) At *the beginning of a word* German f mostly — English *f.* In a few cases the same sound is spelled v in German; in still fewer cases English *v* corresponds to German f. ph in German and English occurs only in words which are not of Teutonic origin, such as Philosoph, philosopher; Photographie, photography, etc. The proper names Adolf, Rudolf ought to be spelt with an f, not ph, as they are compounds of zwolf.

Faden, fathom; fahl, fallow; Furt, ford; Furcht, fright; Vater, father; Vieh, *fee; Volf, *folk; vor, for, fore; vergeſſen, forget; Vogel, *fowl; Füchſin, vixen; Faß, vat; Fahne, *vane.

(*b*) In *the middle of a word* between vowels German f ⁓ English *v*, but ſt is *ft* also in English. In case in English no full syllable follows, German f ⁓ English *p*.

Hafen, haven; Schaufel, shovel; Ofen, oven; Teufel, devil; Kraft, *craft; Schaft, shaft; Gift in Mitgift, gift; ſanft, soft; laufen, *leap; Haufe, heap; Harfe, harp; hoffen, hope; gaffen, gape.

(*c*) At *the end of a word* German f generally ⁓ English *p*, but occasionally ⁓ English *f*, *v*.

Schaf, sheep; tief, deep; ſcharf, sharp; Kauf, *cheap; Schiff, ship; Huf, hoof; fünf, five; zwölf, twelve; elf, eleven.

§ 41. GERMAN w.

(*a*) It is now only found at the beginning of words, Gewehr etc. making, of course, no exception. Old *w* in the middle and at the end of words is no longer found. German w generally ⁓ English *w* (the pronunciation of which seems to represent the original Teutonic). Occasionally German w ⁓ English *wh* (for Teutonic *hw*, where the German has given up the *h* entirely, in pronunciation as well as in spelling).

Wolf, wolf; waten, wade; wachen, wake; Wolle, wool; Wachs, wax; was, what; weiß, white; wetzen, whet; weder, *whether; Weizen, wheat.

§ 42. GERMAN m.

(*a*) At *the beginning of a word* German m ⁓ English *m*. Mann, man; manch, many; Mühle, mill; machen, make; Muth, mood; Marf, marrow; Mond, moon; mähen, mow.

(*b*) In *the middle of a word* ⁓ likewise to English *m*; mm ⁓ *mm*, *m*; occasionally m, mm ⁓ *mb*.

Blume, bloom; Hammer, hammer; ſchwimmen, swim; Krume, crum(b); Daumen, thum(b); Schlummer, slumber; Hummel, humble-bee; Zimmer, *timber; flimmen, climb.

(*c*) At *the end of a word*⁓ English *m*; *mm* often ⁓ English *mb*, *mp* (*mb* being the older sound).

Traum, dream; Saum, seam; kam, came; lahm, lame; Scham, shame; Lamm, lamb; Kamm, comb; tumm, *dumb; (krumm, crump).

NOTES.

NOTES.

1. Aufzug, m. is derived from the verb aufziehen 'to draw up', 'to raise'. When the curtain is lifted up in the theatre an act begins, hence Aufzug comes to mean 'act'. The word Act (or Akt), m. cf. 23, 21 (from the French *acte*, Lat. *actus*) is often used in German as well. Another meaning of Aufzug is 'parade', 'procession', the slow marching along of persons, as on the stage, for inst. in feierlichem Aufzuge 'in a solemn procession'. Or Aufzug designates the way in which persons march on, chiefly with regard to their outward appearance, hence 'dress'. It is generally employed to denote a somewhat comical appearance. In the sense of 'dress' the word Anzug, m. 28, 5 is now mostly used. There are still other meanings of Aufzug but they are of less importance.

3. Auftritt, m. 'scene' from the verb auftreten 'to step forth', hence 'to step forth on the stage'. As with the appearance of a new person on the stage generally a new scene begins, Auftritt comes to mean 'scene'. The word is also used in a figurative sense and means 'scene' or 'event', for inst. ein unangenehmer Auftritt 'a disagreeable scene'. Instead of Auftritt we also employ the word Scene (or Szene), f., taken from the French *scène* which is of classical origin (Lat. *scena* from Greek σκηνή). Benedix always makes use of the words Aufzug and Auftritt because he entertains a strong antipathy to all foreign words in the German language when there exists a good German expression, cf. 14, 4–7 and Introduction.—But in the mouth of others we find occasionally the foreign words, for inst. Scene 26, 16; Act 23, 21. The infinitive of the verb auftreten used as a subst. means 'the coming forward', then 'the way in which a man comes forward', hence 'manners', 'behaviour', cf. 4, 24 mein keckes Auftreten 'my bold proceedings', hence 'my bold criticism'.

12. verzweiflungevoll lit. 'full of despair', 'desperately'. This adjective is an instance of the composition of an irregular genitive singular of a subst. with voll. The genit. sing. of Verzweiflung, f. 'despair' is Verzweiflung, and not Verzweiflungs, consequently one would expect verzweiflungvoll. But this composition of words, the former part being a gen. sing. in s of a substantive which should have no s, is very common, for inst. hoffnungsvoll 'hopeful', sehnsuchtsvoll 'full of longing'. In other cases either the correct form of the genitive appears, as ruhevoll 'quiet', or the genitive appears in the plural : getankenvoll 'full of thought', thränenvoll 'tearful', or again the subst. followed by voll stands without inflexion: schmerzvoll 'sorrowful', friedvoll 'peaceful', trostvoll 'full of comfort' etc. The same irregular composition is found when two nouns are compounded, for inst. Liebesgeschichte 'love-story', 'love-affair', 58, 4; 107, 13; Trennungsstunde, f. 'parting-hour' etc. In Sonnenschein, m. 'sunshine', and Mondenschein, m. (also Mondschein) 'moonlight' we have no irregular genitive, but in them the old genitives of Sonne and Mond have been preserved.

13. Lustspiel, n. The word Komödie is used as well, cf. 3, 25 Komödienzettel, m. 'play-bill'. But Benedix prefers Lustspiel to Komödie 55, 17 and Trauerspiel, n. 5, 4; 23, 20 to Tragödie 23, 19 and 21.

PAGE 3.

4. ter Stoff is 'the subject-matter'; tie Handlung 'the action' and tie Verwicklung 'the plot'. We see at once that Wespe is wanting in original creative power which alone makes the true artist.

8. Lyriker, m. 'lyric poet'. Lyrik, f. (y to be pronounced long ü), Epik, f. and others are accented in the same way, but in many words the stress falls on the ending, as for inst. Kritik 71, 26; Antikritik 4, 16; Musik, f.; Fabrik, f. etc. In the latter case the words are accented in the French way. Cf. 57, 4 seqq. and note to 57, 4.

9. Verlangen Sie 'if you ask'.

11. Jetztwelt, f. (or Jetztzeit, f.), 'the actual world', 'the present day'. jetzt is M.H.G. 'ie-zuo' ('iezô', 'ieze'). The stress lay originally on the i; when it was transferred later on to the e, the i became j. Similarly in je-man-t, M.H.G. 'ie-man' ('ever a man', 'somebody'); but n-i-e-man-b 3, 24, M.H.G. 'n-ie-man' ('never a man', 'nobody'). The t in jetzt entered at a later period into the word (as in eins-t 'once'), and is not found in the adj. jetzig 'present', 'actual'. Welt, f. 'world'. The original r is lost in Modern German,

M.II.G. 'werelt', 'werlt'. This word is again a compound of 'wer', 'man' and 'elt' which comes from a substantive (derived from alt 'old'). So 'wer-elt' is originally 'age of man', hence 'age' and also 'world'. The vowel e in 𝔚eït is the original one, the Engl. o is due to the action of the preceding w; cf. also 𝔚erf 'work', 𝔚ertḥ 'worth'; 𝔖chwert 'sword'. But in 𝔚erwolf ' wer-wolf', 'man-wolf' the original vowel is preserved in English as well. Cf. Etym. Comp. § 5.

19. 𝔖cribe (Augustin-Eugène) the greatest French comedy-writer after Molière. Scribe was born in 1791 at Paris where he died in 1861. He was a member of the French Academy. His *comédies* and *vaudevilles* are amusing less for the sake of the characters than for the sake of the incidents. The arrangement of scenes in his plays is very skilful. Many of his plays were written in partnership with others. Some of the most amusing are *Le verre d'eau*, *La camaraderie*, *Contes de la reine de Navarre*. He also wrote the libretti to several operas, for inst. *La muette de Portici*, cf. note to 47, 4, *Robert le Diable*, etc.

21. eine 𝔖chmuggelei treiben 'smuggle'. Instead of 𝔖chmuggelei (f. or 𝔖chmuggel, m.) treiben the verb ſchmuggeln might have been used.

25. 𝔎omö'tienzettel, m. 'play-bill'. 𝔎omötie is often used, as here, in a wider sense meaning not only 'comedy' but 'play' (𝔖chauſpiel, n.), for inst. in bie 𝔎omötie geḥen 'to go to the theatre'. Instead of 𝔎omö-tienzettel one generally says 𝔗ḥeaterzettel, m., instead of 𝔎omöbia'nt now mostly 𝔖chauſpieler, m. 'actor', cf. 4, 13.

31. es refers to überſetzen (line 27).

PAGE 4.

2. außerḥalb 𝔇eutſchlanb, but the usual construction is außerḥalb 𝔇eutſchlants. 𝔇eutſchlanb is the dative case.

4. es kommt einem ortentlich ſpaniſch vor 'it seems quite strange to me'. ſpaniſch stands for 'strange', 'unknown'. In the same way one says bas flingt mir ſpaniſch 'I do not understand that' and bas ſinb mir ſpaniſche (or böḥmiſche) 𝔇örfer which phrase has the same meaning and corresponds to the English 'that is all Greek to me'.

8. zittern unb jagen, a very common alliterative phrase which means 'to tremble', 'to be in great fear'. zittern unb beben 'to tremble and shake' 67, 21 has the same meaning. Similar alliterative phrases are wetten unb wagen 'wager and dare', ſingen unb ſagen 'sing and say', 𝔚oḥl unb 𝔚eḥe 'weal and woe', etc. The many alliterative expressions

which are still frequently found in German as well as in English are an interesting relic of the old Teutonic time, when all poetry was composed in alliterative metre, i.e. in which two or more words in a line began with the same consonant or with a vowel (because one vowel may stand in alliteration with another), and alliterative expressions prevailed in the higher styles of prose. So must be explained many legal and ecclesiastical terms, whose original meaning is now no longer fully understood. Cf. Schwant unt Scherz 9, 17; Feuer und Flamme 54, 13. Cf. also the note to in Ketten unt Banken 114, 5.

15. witzeln 'to affect wit', 'to quibble'; über jemanten witzeln 'to be witty at another's expense'.

16. Antikriti'f, f. 'reply' to a criticism (Kriti'f 71, 26). Cf. note to Lyrik 3, 8.

17. Feterkrieg, m. lit. 'pen-war', 'paper-war', 'controversy'.

19. Spalten, f. plur. 'columns'. The sing. is Spalte, f. originally and generally meaning 'slit', 'fissure'. There exists a masc. noun Spalt, plur. Spalte, which has the same meaning. Both are derived from the verb spalten 'to cleave', 'to split'. Cf. Zwiespalt 61, 11.

23. Stil, m. 'style'. Occasionally the word is still written Styl as was the custom some time ago in Germany; the former spelling is due to the Latin orthography *stilus*, the latter to the Latin *stylus*, Greek στύλος 'style'. Whether Stiel, m. 'handle', 'helve', M.H.G. 'stil' is of the same origin (Lat. *stilus*) is very doubtful. Cf. Satire 22, 28.

29. Tagewesen 'that has been tried'.

Freundchen, n. lit. 'little friend', a familiar expression often used by Wespe, cf. 7, 8, translate 'my dear fellow'. Cf. Töchterchen 41, 24; Schwesterchen 108, 7.

PAGE 5.

2. Ein Königreich für eine Berwicklung! is an imitation of 'A horse! a horse! my kingdom for a horse!' (Shakespeare, *Richard III.* Act v. Sc. 4). This line from Shakespeare is often parodied in Germany, and instead of 'horse' the object of our desire is placed according to circumstances.

4. ta müßte ich ein Trauerspiel schreiben wollen, lit. 'I should be obliged to determine to write', translate 'that would mean to set about writing a tragedy'.

9. wollen Manuscript sc. haben, a common omission, 'ask for manuscript'. Cf. 65, 13.

10. 𝕬𝖇𝖋𝖆𝖘, m. 'sale'. 𝕬𝖇𝖋𝖆𝖘 (from 𝖆𝖇𝖋𝖊𝖘𝖊𝖓 'to set down', 'to remove', hence 'to sell off') has many meanings. Some of the most usual are 'stop', 'pause'; 'break', 'section'; 'period'.

11. 𝖂𝖊𝖈𝖍𝖋𝖊𝖑, m. 'bill of exchange'. The most common meaning of 𝖂𝖊𝖈𝖍𝖋𝖊𝖑 is 'change', 'alteration'.

16. 𝖙𝖊𝖗 𝕱𝖆𝖚𝖋𝖙 'Faust', i.e. Goethe's famous tragedy. It was written, with many interruptions, between 1772 and 1832. It treats of the history of Dr Faustus. Shakespeare's great predecessor, Christopher Marlowe, wrote a drama on the same subject under the title 'the Tragical History of Doctor Faustus', the first edition of which appeared in 1604.

17. 𝖙𝖎𝖊 𝕭𝖊𝖋𝖈𝖍𝖜𝖔𝖗𝖚𝖓𝖌 𝖙𝖊𝖘 𝕰𝖗𝖙𝖌𝖊𝖎𝖋𝖙𝖊𝖘 'the invocation of the Spirit of the Earth'. Faust after having studied all branches of human science without finding satisfaction in any of them, despairing of the possibility of ever learning anything worth knowing by the regular pursuit of studies gives himself up to Magic. He hopes 'that many a secret perchance I reach | through spirit-power and spirit-speech, | and thus the bitter task forego | of saying the things I do not know,— | that I may detect the inmost force | which binds the world, and guides its course; | its germs, productive powers explore, | and rummage in empty words no more!' (B. Taylor). In order to obtain this knowledge he adjures the Spirit of the Earth.

18. 𝖐𝖔𝖒𝖒𝖙 'will turn up'. The present is often used in German where the future tense would be more accurate, and must in these cases be rendered by the future in English, cf. 19, 15; 40, 7 etc.

19. 𝕻𝖔𝖋𝖋𝖊𝖓, f. plur. lit. 'drolleries', 'jests', translate 'nonsense'. 𝕻𝖔𝖋𝖋𝖊 is a kind of low comedy, 'farce'. The adjective 𝖕𝖔𝖋𝖋𝖎𝖊𝖗𝖑𝖎𝖈𝖍 'funny', 'droll' 30, 23 is derived from 𝕻𝖔𝖋𝖋𝖊.

22. For the following lines compare Mr Bayard Taylor's translation:

'I feel thy presence, Spirit I invoke!
'Reveal thyself!
'Ha! in my heart what rending stroke!
'With new impulsion
'My senses heave in this convulsion!
'I feel thee draw my heart, absorb, exhaust me:
'Thou must! thou must! and though my life it cost me!'

23. 𝕳𝖎𝖓𝖌𝖊𝖜𝖔𝖗𝖋𝖊𝖓 lit. 'thrown down', 'dropped', that is 'in an undertone'.

27. Sinnen, m. plur. The strong form Sinne is more usual and historically more correct. But the weak plural Sinnen is found in Goethe, Schiller and other poets. In common phrases and proverbs only Sinne is used, for inst. die fünf Sinne 'the five senses'; So viel Köpfe, so viel Sinne 'so many men, so many minds', etc., cf. Sinnenwelt 29, 15.

sich erwühlen 'are stirred up'. A synonym of erwühlen is the compound aufwühlen 'to throw into confusion'.

29. kostet' for kostete 'should it cost'.

PAGE 6.

8. Badezeit, f. at a watering place is 'the season'.

19. etwas—fallen lassen 'dropped—some words', 'written something'.

25. Schalk, m. 'wag'. The old meaning of Schalk is 'servant', 'a person of low rank', 'a person of low feeling', hence 'cunning' 'deceitful'. In Mod. German the word took the optimistic meaning of 'wag'. Cf. schalkhaft 'waggish' 72, 16. The servant who had to take care of the horses was called in M.H.G. 'marschalc' (mar- ⌐ Engl. 'mare'), hence (just as the French *chevalier*) a knight who had to see after the stables and to accommodate guests in castles or at court. Hence the Mod. Germ. Marschall, Engl. marshal. The name Gottschalk (later on also Gottschall) means 'servant of God'.

PAGE 7.

4. Abenteuer, n. 'adventure'. The word Abenteuer is no compound of Abend 'evening' and theuer 'dear' (as generally understood by popular etymologists), but stands for M.H.G. 'aventiure' (M.H.G. iu, pronounced long ü, becomes regularly N.H.G. eu), from the French *aventure*, Lat. *adventura*, 'that which comes to pass', 'adventure'. Abenteuer is a very common instance of the so-called popular etymology by which the original meaning of words is entirely disguised. Instances of popular etymology are common in all languages, e.g. Beispiel, n. 'example'; Elfenbein, n. 'ivory'; Erlkönig, m. 'king of the elves'; Friethof, m. 'churchyard'; Maulwurf, m. 'mole', Sintflut, f. 'deluge'; Satire, f. 'satire' have no connexion with Spiel, n. 'play'; Elfen, m. pl. 'elves'; Erle, f. 'alder'; Friede, m. 'peace'; Maul, n. 'mouth'; Sünde, f. 'sin'; Satyr, m. 'satyr'. In English 'tit-mouse' has nothing to do with 'mouse'; 'yellow-hammer', nothing with 'hammer' etc. Cf. Kopfnuß 53, 6.

7. zwiſchen Mann unt Weib 'between a man and a woman'. Weib, n. etymologically corresponding to English 'wife' means originally a person of the female sex, especially in the phrase Männer unt Weiber. More usually Weib means 'wife', but is now a term mostly employed in the higher style. The plural tie Weiber is somewhat depreciating in Modern German, cf. 54, lines 4, 7, 26. The word Frau, f. which originally meant 'mistress', 'lady' has now in many cases taken the place of Weib. One says Männer unt Frauen as well as Männer unt Weiber; Emancipation ter Frauen 6, 7. Also ſeine Frau is more generally said than ſein Weib. Another expression for 'woman' is Frauenzimmer, n. cf. 37, 8, the use of which is rather restricted, and again Dame, f. 33, 5; 51, 25 etc. a word adopted from the French.

8. Dummes Zeug 'stupid stuff', 'nonsense'. This phrase often occurs in the play, c.g. 20, 24; 43, 11. A similar phrase is unſinniges Zeug 'senseless stuff', 'nonsense' 85, 14. Zeug, n. is used contemptuously in 10, 18 allerhant Zeugs.

10. Gratuli're 'I congratulate you'. The personal pronoun is in such colloquial phrases frequently omitted, e.g. Bitte; Danke; etc. Cf. 10, 4. Empfehle mich 63, 13; Weiß 42, 22 and note.

iſt eheſcheu 'has an aversion to marriage'. Scheu, f. 'shyness', also 'dislike', 'aversion'. In the same way is formed the adjective waſſerſcheu 'afraid of water'; menſchenſcheu 'afraid of men', 'misanthropic', etc.

13. Geck, m. 'fop' 'coxcomb' is a fool (Narr, m. Thor, m.) who is full of vanity and self-confidence on account of merits which he really does not possess. Every Geck is a Narr but not every Narr a Geck. One often says ein eitler Geck 'a vain fop'. A similar expression is Stutzer, m. 'dandy' from ſtutzen 'to make shorter', 'to trim', and again 'to go in a shortened or trimmed dress'. So Stutzer properly means 'a man in a trimmed coat'. Much stronger is Laffe, m. 'silly fellow', 'puppy', implying extreme contempt. One mostly speaks of junge Laffen. That Honau is quite right in calling Wespe Geck is apparent from every word the latter utters, cf. especially 3, 9 seq.; 7, 11 and 25 seq. Cf. also 85, 8.

29. Liebling, m. 'favourite', a substantive formed from the adjective lieb by the derivative suffix ·ing. The l is inorganic, as in Frühling, m. 'spring', derived from the adjective früh 'early'; Fremtling, m. 'stranger'; Lehrling, m. 'apprentice' etc.

PAGE 8.

4. Das Glück iſt tem Kühnen holt 'Fortune favours the brave', is a proverb, corresponding to the Latin *fortes Fortuna adjuvat* or *Fortuna*

favet fortibus. A similar proverb is Frifdy gemagt ift halb gewonnen 'Bravely dared is half won'. Cf. 103, 1 and 122, 28.

8.   überfpa'nnt lit. 'overstrained', hence 'eccentric'.

15.   Wantnachbarn, m. plur. 'fellow-lodgers', 'next-door neighbours', from Wanb, f. 'wall' and Nachbar, m. 'neighbour'. The second part of Nachbar, -bar is a weakened form of Bauer, m. 'peasant', nach is the older form of the Modern German nah 'near' and the whole means 'one who lives near another man'.

19.   malen 'to paint' must be carefully distinguished from mahlen 'to grind'. The words connected with malen are Maler, m. 'painter' 9, 4; Gemälbe, n. 'painting' 34, 16; malerifch 'picturesque'; Malerei, f. 'art of painting'; those with mahlen are Müller, m. 'miller'; Mühle, f. 'mill'. Cf. Mahl note to 108, 6.

20.   aus tem Spiele bleiben, 'be kept out of the affair'.

21.   Portrai'ts, n. plur. The t is not heard in the pronunciation, but the s must be pronounced. Cf. generös 11, 12.

23.   Pinfel, m. 'brush', 'pencil'. The word has also the meaning 'simpleton', because a simpleton, a man who has no judgement of his own, is ruled by others and employed for all purposes as a pencil by the painter. This latter meaning is of comparatively recent date, cf. 20, 19. Instead of Pinfel the compound Einfaltspinfel is often used.

24.   Alfret, consisting of the two words Alf and ret. This Christian name was introduced from the English language. The proper High German form would have been 'Alprât'. Alf is 'elf', ret (German Rath) 'counsel', Alfret 'a person endowed with the counsel (wisdom) of an elf', that is a 'very clever' person. On Al-brecht cf. Etymological Comparison § 26, b.

31.   Nebenbuhler, m. 'rival' from neben 'beside' and Buhler, m. 'wooer', 'lover'. The latter substantive is derived from buhlen 'to make love', 'to court', which is now only used in the sense 'to contend in rivalry for'. Cf. 56, 14 and Nebenbuhlerinnen 91, 2.

PAGE 9.

1.   Kurfaal, m. 'assembly room' at a watering place, also 97, 7. Kur, f. in the compounds Kurgaft, m. 'visitor at a watering place', Kurlifte, f. 'list of visitors at a watering place', Kurmethote, f. 'method of cure' etc. is very often spelt Cur and is derived from French *cure*, Lat. *cura*. From Kur in this sense is derived the verb kuriren 'to cure'. In many compounds with Kur this word has quite a different origin and meaning.

It is a Teutonic word and means 'choice', 'election'. The proper High German form would be Ṛür, f. but that is only found in the compound Willṛür, f. lit. 'choice according to one's wish', hence 'arbitrariness', and in the weak verb füren 'to make a choice'. Ṛür and Ṛur belong to the strong verb fiefen (compare erfiefen, erfor, erforen) 'to choose'. Some compounds with Ṛur in this sense are Ṛurfürſt, m. 'elector'; Ṛurwürfe, f. 'electoral dignity'; etc.   An old spelling of this latter Ṛur is Ghur.

3. Herr Dr. Weſfe and 4. Herr Maler Alfred. 13, 5 Herr Wellſtein. 15, 23 ter Herr Doctor etc.   In addressing a gentleman the word Herr cannot be left out, even when the name is preceded by a title.   Only in case of greater intimacy the formal Herr is not used as in 72, 9 and 93, 22 lieber Doctor.   Cf. Herr Principal 42, 14; die Herren Dichter 63, 7.

5. Beſtens empfohlen translate 'your obedient servant'.   Cf. 57, 28. This is an elliptic clause, Ich halte mich Ihnen...or something of the kind being left out.   Beſtens is originally the genit. sing. of the masc. or neuter of beſt in weak form, beſten, with an inorganic s affixed in order to make the word look more like an adverb.   Similar formations are ſpäteſtens, wenigſtens, übrigens, the numeral adverbs erſtens, zweitens, etc.

11. ter is very emphatic, 'such a creature'.

15. Tollheit, f. lit. 'madness', here 'eccentricity'.   It is derived from toll 'mad' and is much stronger than Thorheit, f. 'foolishness' derived from Thor, m. 'fool'; cf. Gecf, 7, 13.

17. Schwanf und Scherz 'jest and joke', transl. 'a merry joke'. Schwanf, m. is 'a funny action' and also 'the story of a funny action', 'a merry tale'.   Schwanf und Scherz is an alliterative expression in which both words are of nearly the same meaning; cf. zittern und zagen 4, 8.

20. Gs pocht (or Gs flopft) 'There is a knock at the door'.

26. Was ſteht zu Ihren Dienſten? or Was ſteht Ihnen zu Dienſten? 'what are your commands?'   Cf. Gehorſamer Diener 24, 13.

PAGE 10.

6. ein Gröſus. Gröſus king of Lydia was so rich that his name became proverbial for wealth.   Hence the phrase 'Rich as Crœsus'.

8. ein Aufhebens machen 'to make a fuss'.   Aufhebens is properly the genit. of das Aufheben (ein Aufheben machen is used as well) being the infin. of aufheben used as a subst.   The s in ein Aufhebens is very likely due to the confusion with the equally common phrase Viel Aufhebens machen. aufheben is 'to raise' (cf. aufziehen 2, 1) 'to lift up', hence 'to

make conspicuous', 'to make a fuss about'. A similar phrase is ein
Wesen(s) or viel Wesens machen um eine Sache.

18. Zeugs depends on allerhant. a'llerhant (better than allerha'nt)
lit. 'of all sorts', translate 'all sorts of'. It is originally a compound
of two genitives plural, M.H.G. 'aller hande', 'in all directions'.
Hant in this combination has the meaning of Art 'kind', derived from
the use of the hands to indicate direction. allerhant (as a'llerlei) is an
adverb, but also used before substantives, e.g. allerhant Pflanzen 'all
sorts of plants'; and 85, 14; 93, 10. Cf. Dummes Zeug 7, 8.

20. ums liebe Brot 'for your daily bread', 'for your livelihood'.
Brot, n. 'bread' is the historically more correct spelling than Brod; cf.
Etym. Comp. § 21, c. The use of lieb before this and other substantives is
peculiar to the German idiom and can in many cases not be translated
at all. It is due to the intimate relation in which the old Germans
placed themselves with the objects, living or inanimate, surrounding
them, e.g. ter liebe Gott 10, 19; lieber Himmel!; die liebe Gottesgabe; das
liebe Vieh; das liebe Leben; die liebe Sonne 59, 12; der liebe Mond. In
phrases as feine liebe Noth haben; den lieben langen Tag; etc. Compare
the English 'for dear life'. But 115, 21 lieber Herr 'Sir'.

21. das refers to allerhand Zeugs, l. 18. hat sich—in den Kopf gesetzt
'has taken—into her head'. The opposite is aus dem Kopfe bringen 11, 3.
Cf. also Setzen Sie ihr—den Kopf zurecht 11, 16 'bring her to reason', lit.
'set her head right'.

24. genug 'enough,' say 'in short'.

28. Bräutigam, m. 'intended husband', 'bridegroom'. The old
meaning of the second part of the compound -gam (Old English 'guma'
disguised in 'groom') is 'man', 'husband'. Braut, f. (107, 24) etymologically 'bride', is in German only the 'intended wife', 'a person
betrothed', never the 'newly-married woman'. Braut had originally
both meanings, the latter was subsequently given up.

30. sitze ich in der Klemme 'I am in a fix'.

6. Na, na, is always said in an appeasing tone, 'well, well'.
es kommt mir auf...nicht an 'I do not grudge', but cf. 29, 3.
Louisdór, m. plur. (also spelt Louisdors, Louisd'or, Louisd'ors). A Louisdor
(from the French *Louis d'or*, 'a Louis of gold') was a piece of
gold. It was first coined in 1640 in France (under Louis XIII), and
was later on introduced into Germany. The exchange value of these

coins was very fluctuating except in Prussia where it was fixed by law for the so-called Frietrich#ter, and consequently a Frietrich#ter, though containing the same amount of gold, was of greater value than a Louister of the other German states, for inst. those of the Kingdom of Hanover (Hannöverfche, cf. line 29). When the new coinage was introduced in Germany the Louister and Frietrich#ter went out of use. The value of a Louister was about 5½ Thaler (between 5 Thaler 12 Silbergroschen and 5 Thaler 18 Silbergroschen, or about 16 shillings), that of a Frietrich#ter a little greater. On Thaler, m. and modern German coins cf. note to 70, 20.

12. generös, from the French *généreux*, 'liberal'; the French pronunciation of the g at the beginning and the accent at the end of the word are preserved, but the final s is pronounced quite distinctly. In words like Genealogie, f., General, m., genial (25, 1), Genius, m., Geographie, f., the Christian name Georg, the name Germáne, m., and others, g is pronounced in the ordinary German way; in Gentärme, m.; Genie, n.; geniren, the g has the same sound as in French before *e*. Instead of generös the word freigebig might have been used.

16. gleichgültig 'indifferent', 'uninterested'. gültig is derived from gelten 'to be of value', gleichgültig 'of like value' (as everything else), e. g. das ist mir gleichgültig 'that is all the same to me' or er ist mir gleichgültig 'I do not care about him'; hence a person to whom all is the same, who is indifferent ein gleichgültiger Mensch. gültig stands instead of giltig, just as Hülfe, f. 'help' 14, 21 (from helfen) instead of Hilfe, würtig instead of wirtig 'worthy'; fünf instead of finf. Cf. Etym. Comp. § 15.

18. unausstéhlich 'intolerable', 'insupportable'.

27. Wissen Sie was, lit. 'do you know what', translate 'I'll tell you what', or 'Look here'. The phrase must be read with a strong accent falling on was. was stands instead of etwas.

29. Hannöverfche (or Hannoverfche) 'Hanoverians'. The v should be pronounced like f, not like the Eng. v as one often hears. Cf. note to 11, 6.
Frietrich#ter, m. cf. note to 11, 6 Louister.

31. liebenswürtige Unverschämtheit 'amiable impudence' is an instance of a figure of speech called *Oxymóron* in which an epithet of quite an opposite signification is added to a word.

PAGE 12.

3. Wozu die Umstände 'what need of ceremony', something like follen or nützen or machen Sie being understood. Cf. Wozu die Weigerung

74, 5; Wozu Umſtänte 74, 5. One might also say: Machen Sie feine Umſtänte or Ohne Umſtänte.

10. Für einen armen Schlucker, lit. 'for a poor swallower', that is 'for a poor starving wretch'. Schlucker, m. (from ſchlucken 'to swallow') is one who swallows down greedily, hence 'a hungry person', 'a miserable creature'. Instead of armer Schlucker (arm being the usual epithet for Schlucker) the phrase armer Teufel 'poor devil' is equally common.

12. Ehrenmann, m. (plur. Ehrenmänner) 'man of honour'. Ehren from Ehre, f. 'honour' is a genit. plur. The compounds of Ehre are formed in various ways; either the composition is the ordinary one as Ehrgeiz 99, 20 or Ehrſucht 'ambition' (lit. 'seeking for honour'), ehrlos 'devoid of honour' etc.; or the first part is the genit. plur. of Ehre. Other instances of the latter kind are Ehrenpforte, f. 'triumphal arch', Ehrenamt 'honorary office', ehrenwerth 'honorable' etc. Cf. note to 2, 12 verzweiflungsvoll.

14. Halu'nke, m., more correctly spelt Halunke (with short a), not of Teutonic, but of Bohemian, origin, a 'scoundrel', 'rascal'.

16. Dichter, m. 'poet'. The word is derived from the verb tichten, of which an older and more correct spelling is tichten, M.H.G. 'tihten', derived with the regular letter changes from the Lat. *dictare*, 'to dictate' (cf. Mod. German tictiren). The original Teutonic word for poet was O.H.G. 'scof', O.E. 'scop', derived from 'scapjan', Mod. Germ. ſchaffen, 'to create', 'produce'. 'Scof' is a word exactly corresponding to 'poet' (Mod. Germ. also Poet, pronounce Po·e't); the poet is the 'creating artist'.

25. Empfehle mich, lit. '(I) recommend myself', translate 'Adieu'. Cf. 63, 13. The personal pronoun is often omitted in this phrase. Cf. Beſtens empfohlen 9, 5 and 57, 28; and also Atieu 19, 30.

PAGE 13.

18. junge Leute von Stante 'young men of rank'.

24. Sie ſprechen mir aus ter Seele etc. This speech is of course very ironical.

26. Napoleon is Napoleon I. who at the beginning of our century ruled over a great part of Germany, but whose power was destroyed in 1813 and 1815 by the united forces of England, Austria, Russia, Sweden, Prussia, and many smaller German states. These wars are called in German Befreiungskriege, m. plur. 'wars of deliverance'.

28. ter großen Nation 'the great nation', scil. the French nation, a translation of 'la grande nation'.

PAGE 14.

6. Sammelſu'rium, n. 'medley'. A popular expression, derived from ſammeln 'to collect', instead of which the literary language uses either Miſchmaſch, m. or Gemengſel, n. Sammelſurium is chiefly said of a bad compilation, cf. the English 'Omniumgatherum'.

13. unſer ſtaatliches, unſer ſchönwiſſenſchaftliches, unſer gewerbliches Heil 'the welfare of our state, of our polite literature and of our industry'.

15. u. ſ. w. abbreviation for und ſo weiter 'and so on', 'etc.'

27. Liebenswürtigteit, f. 'amiability' derived from the adjective liebenswürtig 'amiable', 'worthy of love'; cf. 11, 31. liebens- is the genit. sing. of das Lieben, the infin. lieben used as a substantive.

Grillen, f. plur. 'whims', 'fancies'. Originally the word Grille means a cricket. Of a whimsical person it is often said: Er hat Grillen im Kopfe, er fängt Grillen or iſt ein Grillenfänger. Cf. the phrase 'He has a bee in his bonnet'.

31. Das wird ſchwer halten 'that will be difficult'.

PAGE 15.

17. Laſſen Sie es gut ſein 'let it be good', 'never mind'.
18. tiſcontiren Sie—billiger 'take less discount'.
20. Rechnen Sie darauf 'be sure of that'.

PAGE 16.

2. Meinetwegen, translate 'Well, it is all the same to me'. meinet- wegen stands for older meinentwegen and this for von meinen Wegen (or Halben, now meinethalben). The t is inorganic, as in deinet-, ſeinet-, -willen or -wegen or -halben, and also in allen-t-halben 'everywhere'. In von meinetwegen, M.H.G. 'von mînen wegen' (or 'halben') we have the dative plur. after von which was often left out even in early N.H.G.

4. machen Sie Ihre Sache gut 'good luck!'
14. Emancipation, f. 'emancipation of women'.
26. Baſe, f. 'cousin'. Baſe signifies (1) female cousin (the male cousin is called Vetter); (2) aunt (the uncle is called Oheim (Ohm), line 31, or Onkel). The meaning 'aunt' is the older of the two, and the word was originally applied to the father's sister. The sister of the mother was called Muhme. But the words were very early confused and Baſe was used for 'aunt' in both senses as well as for 'female cousin'. In modern German the French words Tante 'aunt' and Couſine 'cousin' are very much used. Baſe now mostly means 'aunt', and Muhme 'cousin'. From Baſe is derived Bäslein or Bäschen; from Muhme Mühmchen.

31. O'heim, m. (contracted into Ohm, Öhm) 'uncle'. The formation of the word is not quite clear. It is on the whole now only used in higher style, in ordinary conversation the word Onfel is used instead (from French *oncle*).

PAGE 17.

10. Wohla'n 'well then'. Another interjection, the first part of which is wohl, is wohlau'f. It has pretty much the same meaning with the difference that it is only used with reference to others, while wohla'n is just as often used with reference to the speaker himself. Cf. 112, 4.

11. toch, with a strong stress on it, 'nevertheless'.

14. Dramatu'rg, m. is a writer of articles on and for the theatre.

20. tie Sie zu bemerfen belieben 'which you are good enough to remark'.

PAGE 18.

8. herzerhebend 'elevating the mind', 'pathetic'. Cf. erhaben 31, 7.

9. ftiller und ftiller tie Menge wird. The two comparatives are placed before the substantive to which they belong in order to be more emphasised. Translate 'when the assembly becomes with every moment more hushed'.

11. feine Worte 'his words'. On the whole the old rule holds good that Worte, n. pl. means 'connected words' (as in Lieder ohne Worte 'songs without text'), Wörter 'disconnected words' (as in Wörterbuch, n. 'dictionary'). It must, however, be observed that this distinction is not always very strictly maintained in so far as Worte is also used for disconnected, but Wörter never for connected words.

14. Thefla das Jteal der Jungfräulichfeit 'Thekla the ideal of maidenliness'. Thekla here speaks of her namesake, the daughter of Wallenstein Duke of Friedland. The untimely fate of her and her gallant lover Max Piccolomini forms the most touching episode in Friedrich Schiller's great tragedy Wallenftein; cf. 32, 6.

16. Klärchen is the heroine of Goethe's tragedy Egmont. After count Egmont, the champion of the Netherlanders, her lover, has been taken prisoner and unjustly condemned to death by the duke of Alva, and she has failed to stir up the citizens of Brussels to attempt his rescue, she poisons herself on the eve of his execution.

The words einer Seele, tie liebt 'of a soul who is in love' are taken from Goethe's play where Klärchen sings ᪸lüᩚliᩚ allᩚin iᩚ tie Seele, tie liebt 'Happy alone is, etc.'

17. Maria Stuart. Here we have an allusion to Schiller's tragedy Maria Stuart in which the figure of Mary is drawn with the utmost delicacy. The poet represents her as being better than what is said of her. Jᩚ bin beᨨer alᩚ mein Ruf Mary says of herself.

19. Gebilte, n. that which has been formed by the imagination of the poet, 'image'.

in fiᩚ 'into one's soul'.

21. ᩚur flaren Anᨨᩚauung ᩚu bringen, lit. 'to bring to a clear perception', translate 'to represent in full reality'.

22. reiᨨt miᩚ ᩚin 'carries me away'. Cf. ᩚingeriᨨen 71, 25.

PAGE 19.

9. ter fiᩚ niᩚt in feine Rolle ᩚu finten weiᨨ 'who cannot accommodate himself to his assumed character'. Rolle, f. literally 'roll', from Old French *rolle* from Low Lat. *rotulum* accus. of *rotulus* preserved in the phrase *custos rotulorum*, 'Master of the Rolls'. The word subsequently took the meaning of 'list' or 'register', 'paper on which the part an actor had to take in a play was written', hence 'part' or 'character'. Very common are the phrases feine Rolle gut fpielen 'to perform one's part well'; auᩚ ter Rolle fallen 'to act out of character' etc., cf. 54, 31; 55, 8; 117, 22; 119, 13.

15. Sie vergeben instead of Sie werten vergeben or Bergeben Sie. In the former case we have another instance of the use of the present for the future which is so common in German, cf. 36, 14 Sie entᩚultigen.

23. vor ter ᩚant 'at present'. Adverbial expressions connected with ᩚant are very old and numerous in German, and many of them are originally legal terms. The English 'beforehand' is to be translated by im Borauᩚ. Instead of vor ter ᩚant the word vorläufig might have been used. vorᩚanten means 'at hand', 'within reach', 'in stock', e.g. taᩚ Buᩚ iᩚ vorᩚanten 'the book is in stock'. Cf. unter ter ᩚant 70, 11 and also allerᩚant 10, 18.

30. Atieu is to be pronounced in the French way. The usual German phrase on taking leave is Leben Sie woᩚl. Instead of Atieu the form Ate' is used, though less commonly. Cf. note to 12, 25.

PAGE 20.

9. wie mir ᩚu Mutᩚe iᩚ 'what state of mind I am in', here 'what is going on in my mind'.

15. verflärten fich 'were radiant'. verflären is a weak verb derived from flar 'clear', hence its original meaning is 'to render clear', fich verflären 'to become bright'. As a theological expression verflärt is used in the sense of 'transfigured'. Another much used compound of flären 'to make clear' is erflären (77, 9) 'to declare', 'explain'. Cf. fich aufflären 110, 18.

19. ein hölzerner Pinfel lit. 'a wooden brush', translate 'a stiff simpleton', 'an awkward fellow'. hölzern is often used figuratively and it is easy to see how from the original meaning of 'wooden', the meaning of 'stiff', 'clumsy' develops itself. One speaks of hölzernes Benehmen 'awkward manners' and calls a stiff person often einen Stock 'a stick' or Klotz 'block' 'lump of wood'. On Pinfel, m. cf. 8, 23 note.

20. ein Schleier von meinen Augen gefallen 'a veil fallen off my eyes'. Instead of Schleier one also says either Binte, f. 'band' 94, 12 or Schuppen, f. plur. lit. 'scales'.

22. am Ende 'in the end', 'if it comes to the end'; here it must be translated by 'perhaps'. But in 21, 11 it means 'after all'; cf. 45, 29.

PAGE 21.

7. Ja fo (with a strong accent on fo) 'I see'.

9. a'bgeschmackt 'tasteless', 'insipid'. This form is not a past participle of a verb but an adjective, originally abgeschmack, to which in later times a t was added (cf. niemand(t) note to 3, 11 etc.).

12. laut with the genitive is a preposition 'in accordance with' and not to be confounded with the adj. laut 'loud'. It stands for older nach Laut 'after the sound', 'according to the sound'. A similar formation is the preposition kraft (abbreviated for in Kraft) 'by authority of'.

16. gehe ich 'I shall go', cf. note to 5, 18; 19, 15.

20. dem Vater der Wille, generally des Vaters Wille 'the wish of the father'. But the former construction is by no means unusual in German; it is the so-called dative of interest, which, grammatically dependent on the verb, takes the place of a possessive genitive qualifying a noun in the sentence, or of a possessive pronoun. Cf. 41, 18.

PAGE 22.

1. tölpelhaft 'awkward', 'doltish'. This adjective is derived from Tölpel, m. 'clumsy fellow'. This stands for older Törpel, for Dörpel, for Dörper from Dorp, n. a low German form for Dorf 'village'. So Dörper (Tölpel) originally means 'villager'. The opposite höflich (and also hübsch for hübesch, M.H.G. 'hövesch') 'polite' means originally

'courtly', 'courteous', and is derived from ᚼof, m. 'court'. Instead of tölpelhaft the form tölpiſch is used as well.

5. Topp 'Agreed'!

12. Thut er toch gerate 'He behaves indeed exactly'.

13. Jüngferchen, n. 'young lady'. The word is derived from Jungfer, f. (cf. 89, 28) which is an abbreviation of Jungfrau, f. (cf. 108, 10) which again stands for junge Frau 'young woman', 'young lady'. Jungfer is a familiar expression, often placed before another substantive (not being a Christian or proper name) as a sort of title, e.g. Jungfer Raſeweis (cf. 89, 28) 'Miss Pert', Jungfer Eigenſinn 'Miss Wilful' etc. Jungfer means 'young lady', 'maiden' (often 'lady's maid'), M.H.G. 'junc-vrouwe', 'young noblewoman'. Eine alte Jungfer is 'an old maid'. The word Jungfrau 'maiden', 'virgin' is used in higher style, e.g. tie heilige Jungfrau 'the holy virgin', tie Jungfrau von Orleans 'the maid of Orleans'. The corresponding masculine noun to Jungfrau would be Junfer, m., M.H.G. 'junc-herre'. But Junfer means 'young master', 'young nobleman', 'squire', and the word corresponding to Jungfrau, Jungfer is Jüngling 'young man'. The word Ju'nggeſell, m. lit. 'young companion', 'young fellow' now designates a 'bachelor'.

14. wollte stands for fommen (or gehen) wollte, cf. 30, 11.

19. Zu tienen, ja! 'at your service, yes!' 'yes, madam, at your service!' The complete phrase would be in German Ihnen zu tienen, 121, 30.

21. mein ahnungsvoller Geiſt 'my presaging spirit', 'my prophetic soul'; the opposite is ahnungsles 'without any misgiving', 'unsuspecting'.

28. Geißel, f. (more correctly spelt Geiſel) 'scourge' must be carefully distinguished from Geiſel, m. 'hostage'.

Sati're, f. (also, but wrongly, spelt Satyre) 'satire', from the Latin *sátira* (older *sátura*) 'mixed dish', from Lat. *satur* 'satiated', 'full'. The word has nothing to do with the Greek Σάτυρος, German Sa'tyr, but it was early confused with this and the y with which the word is often spelt is due to this confusion. Cf. the note on Stil 4, 23.

PAGE 23.

1. zu Felte ziehen 'to take the field', ziehen is one of the most common verbs of motion and is used in various combinations. Its original meaning is 'to draw'. The substantive Zug, m. lit. 'draught', has also very many different meanings; 91, 17 it means 'feature'. Cf. Aufzug, m. 2, 1.

2. Wangen, f. plur. 'cheeks'. Wangen is a somewhat more refined

expression than Backen, m. and f. plur. Of a child one would say e6 hat rothe Backen, but of a young lady sie hat blühende Wangen.

spricht für, lit. 'speaks for', transl. 'tells of'.

4. Sonette, n. plur. 'sonnets', from the Italian *sonetto* (the *nn* in English is due to the influence of the French *sonnet*), a short poem or song of fourteen lines, consisting of two stanzas of four lines each followed by two others of three lines each with a particular arrangement of rimes. The proper home of the sonnet is Italy, the first poems of this kind were written about 1200.

10. eine Geistesverwandte 'a person congenial in mind', 'kindred spirit'. Cf. 71, 23 eine gleichgestimmte Seele.

12. Apollo, the sun-god; he was the patron of the fine arts, especially music and poetry. He was the leader of the chorus of the Muses, and the poets were fond of calling themselves priests of Apollo or priests of the Muses (cf. line 17).

17. Weihe, f. 'consecration' is derived from weihen 'to consecrate' (cf. geweiht 24, 1) and this again from the adjective weih 'holy' which in literary German is only found in compounds, for instance in Weihnacht, f. (mostly Weihnachten) 'Christmas' (lit. 'holy night'); the form Weihnachten is a dative plural, M.H.G. 'ze wîhen nahten', 'in the holy nights'); Weihrauch, m. 'incense' (lit. 'holy smoke'). In South German dialects the form weich 'holy' (not to be confused with weich 'soft', etymologically 'weak') is still used. A compound of Weihe is Weihestunten, f. plur. 77, 20. Another subst. Weihe, m., but occasionally also f. 'hen-harrier' has nothing to do with this word.

18. Musen, f. plur. 'Muses'. The nine Muses were daughters of *Zeus* and *Mnemosyne.* The muse of epic poetry was *Kalliope*, of lyric poetry *Euterpe;* of comedy *Thalia;* of tragedy *Melpomene.*

19. Tragö'tie, f. 'tragedy'. The accent in this word falls on ö, the e of the last syllable has its proper sound. The same pronunciation is found in many other words of foreign origin, e.g. Komö'tie, f. 'comedy' 55, 17; Stu'tie, f. 'study'; Fami'lie, f. 'family'; Gra'zie, f. 'grace' 99, 7; Li'nie, f. 'line' 39, 15; Folie, f. 'foil' 55, 9. Also in Christian names, e.g. Emi'lie 'Emily'; Ama'lie 'Amelia'; Euge'nie 'Eugenia' etc.; except Marie' 'Mary' and Sophie' 'Sophia'. In names of animals, plants, and trees, we also find the pronunciation 'i·e, e.g. Amphi'bie, f. 'amphibious animal'; Li'lie, f. 'lily'; Fu'chsie, f. 'fuchsia'; Peterfi'lie, f. 'parsley'; Pi'nie, f. 'sweet pine-tree'. On the other hand, in many abstract nouns, names of sciences etc. the ending ie takes the accent, and is pronounced as long i, e.g. Aristofratie', f. 'aristocracy'; Phantasie', f.

'fancy' 122, 20; Akademie', f. 'academy' 14, 10; Aſtronomie', f. 'astronomy';
Melodie', f. 'melody'; Parodie, f. 'parody'; Partie, f. 'part' 39, 23; etc.
On the pronunciation of the foreign words in ‑ie cf. note to Lyrifer 3, 8.

23. Fräulein oder Frau 'Miss or Mrs'. Fräulein, n. is a diminutive
of Frau. Frau originally meant a 'lady', hence Fräulein 'a young
lady' or 'dear lady'. In Modern German Fräulein means a single and
Frau a married lady; cf. 34, 24. Frau, M.H.G. 'frouwe' is the fem.
to 'frô' 'lord' a word which has gone out of use in Modern German
and which is only preserved in derivations and compounds such as
fröhnen 'to do compulsory service', etc.; Frohndienſt, m. 'service done in
socage', 'compulsory service'; Frohnleichnamsfeſt lit. 'the feast of the
corpse of (our) Lord' (the feast of Corpus Christi), a festival day of
the Romish Church celebrated on the Thursday after Pentecost.

24. der Name scil. Frau. A strong stress must be laid on der, 'that'.

PAGE 24.

2. müſſen Sie 'you are sure'.

5. einer ſchönen Seele, lit. 'of a beautiful soul'. The expression
ſchöne Seele meaning a person of highly refined feelings was very often used
in the times of Schiller and Goethe. In a similar way one spoke of a
ſchöner Geiſt, imitated from the French phrase 'bel esprit', now
generally Schöngeiſt '(fine) wit'.

• 11. leugnen 'to deny' is very often spelt läugnen, the latter being
historically the more correct spelling, but leugnen more universally
accepted. A similar case is the double spelling täuſchen and (more
rarely) teuſchen 'delude', cf. täuſchte 56, 26; Greuel and Gräuel 43, 8.

15. beengend, lit. 'narrowing', translate 'with cramping effect';
ſich belongs to drängen, 'press' or 'thrust themselves in'.

18. The usual order of words would be vergönnen Sie mir, Jhnen
einen Beweis meiner Achtung zu geben.

19. Zeigefinger, m. 'forefinger', 'index'. The other fingers are
called thus. The third finger is called Mittelfinger. The fourth Gold‑
finger, mostly Ringfinger; the fifth der kleine Finger. The thumb is called
Daumen, m.

26. Sapperme'nt or Sackerme'nt 'Zounds'. The latter is derived
from the Lat. *sacramentum* applied to the consecrated Host (cf. Ital.
corpo di Cristo). Sacrament or Sackerment was disguised into Sapper‑
ment in order to avoid the sound of the holy word, cf. the French
sacrebleu etc. Adam is fond of the word Sapperment cf. 44, 10;
53, 8; 58, 28. Cf. Taufentſapperment 109, 28.

PAGE 25.

1. genia'l 'ingenious'. Cf. Ge'nien 102, 10. The g is to be pronounced in the German and not in the French way; cf. note to genereß 11, 12.

PAGE 28.

7. steht mir 'suits me'. One could also say steht mir zu Gesichte, or kleitet mich. The phrase die Müße steht mir would mean 'the cap suits me well'.

10. Was Maskerade! lit. 'What masquerade!' translate 'Don't talk about masquerade'. It stands for Was (soll der Ausdruck) Masquerate? 'For what purpose do you say masquerade', and in this and similar cases the Was is pretty much the same as Warum, only it is stronger and mostly denotes anger on the part of the person who uses it.

23. dir nachahmen werden 'will follow your example'. There is a difference between einem n. and einen n. The dative case is used with the meaning 'to imitate', 'to follow one as a pattern or example'; with the accus. the verb means 'to mimic'.

PAGE 29.

3. Es kommt nur darauf an 'it is only necessary'. A similar phrase is Es handelt sich nur darum. But 11, 6 Es kommt mir auf einige Louisdor nicht an 'I do not mind a few louisdors'.

4. schon 'no doubt', 'certainly'. schon, the ordinary meaning of which is 'already', has often, as here, the sense of 'sufficiently', 'nothing more is required', hence 'amply', 'fully', 'doubtlessly'; e.g. Es wird schon gehen 'It will no doubt be all right'; Schon gut (116, 16) 'Well, well'. With another meaning schon is (like freilich) used in concessive phrases (cf. also obschon, wennschon 'though'), e.g. das ist schon wahr 'that is, no doubt, true', and in such cases mostly another phrase with aber 'but' follows. schon is originally the adverb belonging to the adjective schön 'beautiful'.

15. Sinnenwelt, f. 'the world of sense', 'external world', or Sinnenall, n. is the world whose objects can be perceived by our senses. The opposite term is Ideenwelt 'ideal world', 'world of thought'. Cf. the note on Sinne 5, 27 and on Welt 3, 11; and Männerwelt, f. 30, 6 'all the male sex'.

20. Kunde, f. 'knowledge', M.H.G. 'künde' must be carefully distinguished from Kunde, m. 'customer'. The latter word is the adj. kund 'known' used substantively 'an acquaintance', hence 'customer'.

28. der ewigen Mutter 'of our eternal mother' viz. Natur (line 27).

PAGE 30.

5. in bie Schranken tret 'entered the lists'. The usual meaning of Schranke, f. is 'railing', 'bar', and in a figurative sense 'limit', 'bounds'. From Schranke, f. must be distinguished Schrank, m. (plur. Schränke) 'cupboard', 'buffet', which originally also meant 'a thing that contains', 'chest'.

6. Fehdehandschuh, m. lit. 'glove of feud'; ben Fehdehandschuh hinwerfen 'to challenge'.

7. für uns zu streiten, say 'to become our champion'.

9. ich halte mich an Wespe 'I stick to Wespe', 'I stand by Wespe'. Wespe is the accusative case. With the dative sich halten means 'to cling to', e.g. sich an einem Aste halten 'to cling to a bough'.

11. wollte ich. A verb of motion e.g. reisen or kommen is understood, translate 'I wished to come'. Cf. 22, 14; 38, 29. helfen is put at the beginning of the phrase in order to make it more emphatic.

17. fahre hin lit. 'drive on', here 'have your own way!' In older German the verb fahren was used to designate motion, 'to go', 'to come'; the meaning 'to drive' is relatively modern, but is now much the more usual. Cf. also fahr wohl 'farewell'.

Verblendete 'infatuated girl'; cf. Undankbare 'ungrateful girl' 46, 11; bie Arme 'the poor girl' 47, 2. Unartiger 'naughty man' 73, 15, etc.

25. Urtheile, n. pl. 'judgements'. From the substantive Urtheil, n. (cf. Engl. 'ordeal') the weak verb urtheilen 'to judge' is derived (line 28). Urtheil itself is formed from ertheilen 'to impart', 'to give'. In the same way Urlaub, m. 'leave of absence' from erlauben 'to permit'; Ursprung, m. 'origin' from an old verb erspringen 'to spring from' etc. In each case the prefix took the form ur- when it was accented. In other words, subst. as well as adj. the prefix ur- means 'first', 'primaeval', e.g. Urquell, m. 'primitive source'; Urtext, m. 'original text'; Ursache, f. '(first) cause'; Ureltern, pl. 'forefathers'; Urgroßeltern, pl. 'great-grandparents' etc. In all words given here, with the only exception of Urtheil, the u in ur is to be pronounced long.

PAGE 31.

7. erhabenen 'elevated', 'sublime'. The adjective erhaben is originally the past participle of erheben 'to raise up' which was subsequently replaced by erhoben. Cf. (gediegen and) getiehen 97, 13.

Plänen, m. dat. plur. 'designs'. The form Planen without modification is used as well. The original meaning of Plan (derived from the neuter of Lat. *planus* used as a substantive) is 'level', 'ground-plan', hence figuratively 'plan', 'scheme', 'design'. Occasionally Plan has the meaning of 'field'.

26. es is used pleonastically and need not be translated.

27. hat sich...bei mir gemeldet 'has applied to me', 'has presented himself'.

28. sich...malen lassen 'have your portrait taken'.

PAGE 32.

1. Antwort, f. but Wort, n. The difference of gender in these two words is accounted for by the fact that Antwort is no proper compound of Wort but represents the M.H.G. 'antwurt' and 'antwürte'. The English 'answer' is not connected with 'word', but with 'swear', Germ. schwören.

2. ein billiger Mann 'a reasonable man', 'a man who asks a moderate price'. billig (the historically more correct spelling would be billich) has a twofold meaning in German, either 'equitable', 'just' or 'cheap', the latter being developed from the former.

3. in die Louister hinein fordert. The notion is that his demands dive deep into the Louis d'or; translate 'makes extensive demands upon the Louis d'or'.

6. Wallenstein. Cf. note to 18, 14.

10. Was instead of Warum or Weshalb is often used in similar colloquial phrases. Was stands elliptically instead of zu was 'for what purpose', 'what was your reason'; cf. note to 28, 10. was instead of wie 100, 13.

26. das Weitere 'further particulars'.

PAGE 33.

3. willkommen 'welcome' is in older German 'willekumen', 'wille-kommen', an adj. with the meaning 'come according to one's will and wish'. The 'wel' instead of the original 'wil' in English is due to Scandinavian influence. Cf. 97, 3.

5. Dame, f. 'lady' from the French *dame*, from the Lat. *domina* 'mistress' means originally exactly the same as the German Frau, cf. note to Weib 7, 7 and Frau 23, 23. Wespe addresses the ladies by preference with the French word Dame (cf. on this page the lines 1, 30). In speaking of ladies he uses the word Weiber (cf. 54, lines 4, 7, 26) in a somewhat contemptuous tone. Cf. 34, 7 meine Damen.

17. Obenhin (or O'berflächlich) 'superficially', 'slightly'.

18. aٺein of course belongs to ten and not to id which must not be emphasized at all.

29. erlauben Sie mir viz. die Bemerfung 'allow me to observe'.

31. wofl 'I suppose'.

6. werden es auch nidt, viz. thun.

7. meine Damen (cf. 33, 1) is an imitation of the French *mesdames* which is now pretty common in German, but the sing. meine Dame (cf. *madame* 'madam') which one occasionally hears should be avoided. A young lady should be addressed Mein Fräulein (37, 17; 75, 28; 120, 19), or Gnädiges Fräulein; a married lady is mostly addressed: Gnädige Frau (never meine Frau) or Frau B.; Frau Doctor (or Doctorin) B.; Frau Geheimrath (or Geheimräthin) W.; Frau Assessor (or Assessorin) H. etc.

8. Preis, m. 'prize' (also line 15). The same word also means 'price' (line 16) and 'praise'. They are all ultimately derived from the Lat. *pretium*, 'price', 'value'.

12. Paris. The reference is of course to the well-known story of Paris, son of Priamos, king of Troy, who was called upon to decide which of the three goddesses Hera, Pallas or Aphrodite was the most beautiful.

18. mäkeln (mostly makeln) 'to perform the business of a broker', 'to bargain', here 'to make...trouble about'. This verb must be distinguished from another mäkeln which is derived from Makel, m. 'stain' from the Latin *macula* 'stain', hence 'to find fault with'.

24. Mädchen, n. pl. 'girls'. Mädchen, n. which stands instead of Mägdchen, is a diminutive of Magd, f. It always means an unmarried person, a girl. (Cf. note on Jungfrau, Jungfer 22, 13, and Fräulein 23, 23). Mädchen often means a 'servant-girl' (cf. Jungfer 'lady's maid'). Another diminutive of Magd, Mägdelein, n. is used in higher style. The word Magd, f. originally meant 'maid', 'virgin', but in this sense it is now obsolete, its usual meaning is now 'maid-servant'. The form Maid is now used only poetically. In line 24 Mädchen stands in contrast to Frauen 'married women'.

26. nimmermehr is very emphatic. It does not mean 'nevermore', but simply 'never', 'by no means'.

31. jeden, ber auch nicht Maler ist. Two constructions are mixed up here, viz. jeden, ber Maler ist and jeden, wenn er auch nicht Maler ist. The latter phrase would be the best to employ in this case 'everyone though he be no painter', that is 'even him who is not a painter'.

Künftler, m. 'artist' from Kunft, f. 'art', a verbal abstract which is derived from fönnen 'to be able' scil. 'to produce'.

PAGE 35.

10. Schürze 'apron', originally something 'shortened'. Another form of the word is Schurz, m. The compound Schurzfell, n. means 'leather apron'.

31. Ihnen fitzen 'sit for you', say 'give you a sitting'. Cf. 36, 2. Another meaning of fitzen is 'to be in prison'. Cf. 114, 1 er fitzt and 114, 19 er fitzt fest.

PAGE 36.

1. Nicht tech 'by no means'; cf. 40, 17.

13. Alle Teufel, cf. 101, 26. Wespe is fond of using strong expressions e.g. Alle Wetter 56, 12; 57, 12. Verdammte Lage 58, 4. der verdammte Wechsel 102, 7. in's Teufels Namen 37, 28.

17. tech 'really'. wirklich might be said as well.

PAGE 37.

8. Frauenzimmer, n. 'woman' or 'lady'. Originally Frauen-Zimmer signified a separate room destined for the women of a royal or noble household. Afterwards it took the meaning of 'all women who live together in such a room' (a similar change of meaning we find in the English 'fellow', the French 'camarade', the German Bursche, cf. note to 43, 29), and then collectively 'women', whether they live in the same room or not. For inst. das fürstliche Frauenzimmer meant all the ladies and women in attendance on a princess, just as der Hof 'the court' i.e. 'the courtiers'. From this the word came to mean any woman of rank or good education and das fürstliche Frauenzimmer could also be said of a princess. In this passage it means 'lady'. A German lady of to-day would not like to be called Frauenzimmer, but either Frau or Mädchen, or in more formal style Dame. Cf. 51, 25.

10. Ich werde irre an Ihnen lit. 'I become confused with regard to you', translate 'you perplex me'. Cf. ich werde nicht klug daraus 108, 27.

24. wahr und wahrhaftig 'most certainly'. An alliterative phrase instead of which gewiß und wahrhaftig is also used. wahrhaftig is derived from wahrhaft 'true'. The German principle of accentuation viz. the laying of the chief stress on the root-syllable as on the most important syllable of the word is in this case not applied. Another instance is lebendig 'alive' instead of the older lebendig from Leben, n. Instead of wahrhaftig the word wahrlich 99, 26 is used.

28. in'ß stands for in ɪes. Cf. 113, 22. um'ß for um ɪeß 93, 7.

31. Freiheit unb Gleichheit is an allusion to the French 'Liberté, égalité, fraternité', the watch-word of the first French revolution in 1789 and the following years.

PAGE 38.

2. Aufsätze, m. pl. 'essays', 'articles'. Aufsaß, m. means originally 'something set on', then 'set down on paper', hence 'article', 'essay'.

22. Hätelei'en, f. pl. 'quarrels'. Hätelei' is formed with the suffix ei (which is always accented) from the weak verb häteln 'to catch with a hook', 'to catch with a claw' (said of cats and birds of prey) from Haten, m. 'hook'. Another meaning of häteln is 'to do crotchet work', hence Hätelei also means 'crotchet work'.

23. im Spiele waren 'were at stake'.

29. bin über...hinauß. A verb of motion, e.g. gefommen, is omitted. Translate 'I have passed', 'I have outgrown'. Cf. 22, 14; 30, 11.

PAGE 39.

1. zu Worte fommen 'to put in a word'. This is a very common phrase; cf. 116, 1.

6. In mir steht es fest 'my mind is made up'.

15. in ei'ne Linie treten lit. 'enter into one line', 'be on the same level'. A similar expression is gleichstehen (line 28) 'to be equal to'. On the pronunciation of Li'nie, f. cf. note to 23, 19 Tragödie.

18. sclavische 'slavish', 'servile'. The word is derived from the subst. Sclave (also spelt Sflave), m. 'slave'. The c is inorganic, the older form of the word, preserved in English, being Slave, Low Latin *Slavus*, a 'S(c)lavonian'; the change of meaning is accounted for by the fact that during the great wars between the German and the Slavonic tribes the Slavonians who were captured became the servants of their conquerors. The English 'slave' and the French 'esclave' were introduced from the German.

22. aufgeben instead of aufgeben werden or aufgeben fönnen. vollbrächte 'could accomplish'.

23. Partie', f. (also but less correctly spelt Parthie) 'part' is originally the same word as Partei', f. 'part', 'party', both being derived from the French *partie*. Partei is an instance of the German treatment of the accented vowel which changed the M.H.G. î regularly to N.H.G. ei (as M.H.G. û to N.H.G. au). The stress however remained on the

ending as in the French *partie* and was not thrown back according to the Teutonic principle which was more strictly carried out in English than in German, e.g. 'párty'. After the model of words like ارtei, Melotei (the more usual form now is Melotie') the numerous German substantives in -ei were formed by false analogy as Jägerei, f. 'hunting'; Fischerei, f. 'fishing' etc. in which a German word received a French ending. Not only the peculiar accentuation of these words but also the gender (which is always feminine) is accounted for by the French ending. In a similar way must be explained the word Polizei', f. 43, 13 'police' from mediæval Lat. *policī a*, etc. The form Partie (disyllabic) instead of Partei is comparatively modern. It was introduced just as Melobie, Phantafie etc. instead of Melobei, Phantafei etc. with the object of making the foreign word look foreign again. Cf. Lantpartie, 69, 7; 105, 13.

25. Alles refers to alles in line 19.

es gilt die Probe 'let us try it'. Es gilt alone is often said if a wager is accepted, 'done', 'be it so'. Es gilt means also 'is at stake', e.g. es gilt das Glück meines Lebens 109, 17. Cf. also 44, 26. Another phrase very similar to this is Es kommt auf die Probe an 'it is worth trying'. Jemanten auf die Probe stellen means 'to put a person to the proof' 40, 3 and 6.

30. den Degen führen 'to handle the sword', say 'to fence'. In a figurative sense Degen means 'swordsman', 'champion'. An old general is often called ein alter Degen or Haudegen.

PAGE 40.

11. auch remains untranslated.

19. Ich dächte doch 'I should really think'.

PAGE 41.

10. Murrkopf, m. 'grumbler'. Kopf, m. 'head' very often stands instead of 'person' as the second part of a compound; cf. Schlaukopf 'clever fellow'; Dummkopf (or Schafskopf) 'stupid fellow'; Graukopf 'gray-headed person', Trotzkopf 'obstinate fellow', etc. Instead of Murrkopf the words Murrbart, Murrjan are used as well.

11. ich hätte ihm schon dienen wollen 'I should have served him out', 'I should have given him the proper answer'.

18. Küßt ihr die Hand 'kisses her hand'. This is another instance of the so-called dative of interest. This combination of the dat. of the person interested and the accus. of the part affected (often

governed by a preposition), is used instead of a possessive genitive qualifying a noun, or instead of a possessive pronoun. Cf. in French *Je me suis fait mal au pied*, or, without preposition, *Je me suis lavé les mains.* In some cases, however, this construction is used with the purpose of bringing into greater prominence the person concerned.

24. mein Töchterchen 'my dear daughter'; cf. Schwesterchen 108, 7.

25. gesprochen 'seen'. sprechen with the accusative (instead of mit and the dative) is less usual and means 'to see'; cf. 118, 4.

26. Er soll...sein 'he is said to be'. This use of sollen is very common in German, cf. 57, 17; 69, 1 and also 49, 15.

Patro'n, m. has various meanings in German; it is in many cases not 'patron', 'protector', but is used, as here, in a contemptuous sense, 'fellow'. Especially the phrase ein sauberer Patro'n does not mean 'a clean protector' but ironically 'a nice fellow'; cf. ein sauberer Herr 115, 18.

PAGE 42.

8. von Kindesbeinen an 'from her infancy'. A common phrase instead of which may also be said either von Kindesbeinen auf or von Kindheit auf (or an).

12. mir is merely expletive and is not to be translated in English. It is another instance of the so-called dative of interest. Cf. note to 41, 18.

13. die dreiprocentigen 'the three per cents'.

14. Herr Principa'l, lit. 'Sir Principal', translate 'Sir'. The head of a mercantile firm, of a shop or a warehouse is called Principal (also spelt Prinzipal) and addressed as Herr Principal. Cf. Herr Doctor and note to 9, 3 and die Herren Dichter 63, 7; der Herr Doctor 101, 4.

22. Weiß 'I know'. In the following conversation the phrases are as short as possible, personal pronouns or verbs which are easily understood, especially the auxiliary ones, being left out, e.g. (Wir) wollen uns verbinden (line 25); (Ich) kann's (43, 19); (sie) hat (43, 19); (Ich) lasse (43, 31); jetzt (laß uns sprechen 42, 16); Alles (ist) klar und bündig (43, 1); müssen es (thun 43, 16); wollte kein Geld (haben or nehmen 43, 25); (Das ist) gut überlegt (44, 4) etc.

PAGE 43.

1. klar und bündig 'clear and concise'. bündig originally means 'binding', hence 'convincing', also 'concise' and 'valid'. It is mostly used together with the adjective kurz in the common phrase kurz und bündig 'bluntly'.

4. im vollen Ernste refers to will nicht (line 2) and is said of Elisabeth. Translate 'she is quite serious'.

8. Greuel, m. 'horror' (also spelt Gräuel). This subst. is derived from the intrans. verb grauen 'to cause horror', to which also belongs the adjective graulich, usually gräulich or greulich 'awe-inspiring', 'abominable'. In order to avoid the confusion of these words with gräulich (also graulich) 'grayish' derived from grau 'gray' the Modern German orthography spells the former words with eu: Greuel, greulich.

17. ist mir etwas über ten Kopf gewachsen 'she has got a little beyond my control'.

26. Mehr geboten 'offer more'. The past participle is in German often used instead of the imperative. Cf. gehalten 64, 5.

29. Börse, f. 'exchange'. Die ganze Börse 'everyone on 'change'. Another meaning of Börse is 'purse'. The latter meaning is the older, but the M.H.G. 'burse' has both meanings. (Cf. also the French *bourse*.) The word is derived from the Low Lat. *bursa* 'purse', from Greek βύρση 'hide', 'skin' of which purses were made. The word Bursche, m. 'fellow' (45, 10) is originally the same word, M.H.G. 'burse', being applied to a society of men having a common purse, hence 'a student's club', and hence (only N.H.G.) 'member of such a society', hence 'student', 'fellow'. An old student is in the student's language often called altes Haus. A similar change of meaning has been noticed in the word Frauenzimmer, cf. note to 37, 8.

PAGE 44.

1. ihn bearbeitet. Jemanten bearbeiten means 'to work on a person so as to make him pliable for one's own or another's purposes'. bearbeitet stands instead of bearbeite or bearbeiten soll. daß ter ihn bearbeitet translate 'in order to try to win him round'.

17. Du bist nicht klug 'you are not quite right in your head', say 'nonsense'. Cf. Du bist nicht gescheit 70, 21 and also ich werbe nicht klug daraus 108, 27.

26. ta gilt's vorbauen lit. 'there it is necessary to obstruct', that is 'we must prevent that'. Es gilt lit. 'it is valid', hence 'it is of importance', 'it is necessary' (instead of which the phrase es handelt sich tarum might have been used) takes either the infinitive with ju or without ju. If a person is added it is placed in the dative case, e.g. Es gilt uns heut ju rühren tes Königs steinern Herz 'To-day our aim is to move the king's cruel heart'. Cf. 39, 25.

31. ihn bei Seite schaffen (or bringen 45, 4) 'get him out of the way',

'get rid of him'. Instead of bei Seite one also says über Seite and though more rarely auf die Seite.

4. allerhand Foppereien 'all sorts of tricks'. The ordinary meaning of Fopperei is 'raillery', 'mockery'; the substantive is derived from the verb foppen 'to fop', 'to mock'. On the substantives in ei cf. note to 39, 23 Partie.

8. ein paar Tage 'a few days'. ein paar must be distinguished from ein Paar, the former meaning 'two or three', 'a few', the latter 'a couple which belong together' e.g. ein Paar Hunde 'a couple of dogs', also ein Brüderpaar 'two brothers'; die beiden Paare 'the two couples' 121, 19; ein paar Jahre 'a few years' 90, 2; ein paar Worte 'a few words', 'a word or two' 111, 26.

16. Kerl, m. 'fellow'. The word Kerl is not a very elegant one in Modern German and Goethe tried in vain to introduce it again into the literary language. The original meaning of Kerl is 'a man of low rank' (cf. Engl. 'churl') and also 'a vigorous man', 'lover'. Kerl is a middle and low German form instead of M.H.G. 'karl' which has been preserved in the very common Christian name Karl. Karl being originally an appellative was Latinized *Carolus*, hence 'Charles'. The German name should not be spelt Carl, but Caroline should have the initial C on account of its foreign origin. Kerl is used in contempt or anger as in 69, 27; 112, 23, or in the vulgar speech of an uneducated person as here, or again in the colloquial phrase ein guter Kerl 'a good fellow'. Cf. ein dummer Kerl 93, 4.

19. 3. B. is the abbreviation of Zum Beispiel 'for instance'.

21. der Wespe. Cf. 69, 12. The definite article before proper names (and Christian names) may just as well be omitted. It is added chiefly in South and Middle Germany. Cf. also 44, 1 den Wellstein, but 45, 9 Wellstein. Cf. note to 62, 8.

29. am Ende means here 'at last', 'in the end'; in several passages before it meant 'perhaps' e.g. 39, 27; 44, 16. Cf. note to 20, 22. lief...hinaus 'terminated in...'.

11. bei meinem Trauerspiele 'in listening to my tragedy'.

17. Backzähne, m. plur. 'molar teeth'. Instead of Backzähne one also says Backenzähne.

18. Ohnmacht, f. 'swoon'. The word is not a compound of ohne 'without' and Macht, f. 'might', but represents the older On-macht

(the n being inserted perhaps with reference to oͤne) for 'Dmaͤt', M.II.G. 'âmaht'. The 'â' in this case gives to the compound the opposite sense of 'maht'. In Luther's language Ammacht (from 'âmaht') and the more recent Onmacht are found. On the change of 'â' to 'ô' cf. note to 120, 27.

20. laſſe ich gelten 'I allow to be valid', 'I will admit'.

27. Staaroperationen, f. plur. 'couchings for the cataract'. The word Staar, m. 'cataract' (disease of the eye), is connected with the verb ſtarren 'to stare', 'to look fixedly' and must not be confused with the name of the bird Staar, m., historically more correct Star, 'starling'. It has strong and weak inflections, the latter being the older. The middle Engl. 'stare' 'a starling' exactly corresponds to Star; and from it the modern form 'starling' is derived with double suffix 'l-ing'.

PAGE 47.

4. Fenella in der Stummen 'Fenella in the opera called Die Stumme'. This is an allusion to the finale of the first act of Auber's great historical opera *La muette de Portici* the text of which was written by Scribe. Cf. note to 3, 19. Die Stumme is often said in German instead of Die Stumme von Portici. The dumb girl is Fenella the sister of Masaniello who was the leader of the fishermen of Naples against the Spanish viceroy. Fenella utters a heart-rending cry when she sees her faithless lover the son of the viceroy married to a princess.

8. forta'n 'henceforth'; cf. wohla'n 17, 10 and 112, 4.

12. Brav (or Brave) 'That is right'.

31. ſchnell, say 'soon' and cf. 48, 16 raſch 'soon'.

PAGE 48.

13. etwas zu Gute halten 'to make some allowance for'.

25. umſonſt mostly means 'for nothing', but also, as here 'in vain', 'vainly'.

PAGE 49.

15. ſoll 'do you consider'. Cf. 41, 26; 57, 17 and also 69, 1.

25. und der wäre 'and that is'. wäre, lit. 'would be' (scil. in your opinion).

29. forgente 'careful'. One might equally well use the adjectives forglich and forgſame. forgent is the present participle of forgen (derived

from Sorge, f. 'care', 'anxiety') the meaning of which is either 'to care', 'to take care', or 'to feel anxiety'. Cf. 50, 3.

PAGE 50.

3. gezogen. The auxiliary haben is left out, as is quite common in dependent clauses. Cf. note to 5, 9; and 65, 13.

6. turchwa'chte unt turchwei'nte Nächte 'sleepless and tearful nights'.

8. wackere 'brave', 'excellent'. The original meaning of wacker is 'awake', hence 'watchful', 'lively', 'active', 'brave', 'upright'. The Modern German wach 'awake' is of comparatively recent origin. Cf. 117, 26.

15. Wollen Sie tas verkennen? 'will you be blind to this?'

24. Was...alles 'all that'.

30. Ich sprach...tarüber 'I talked it over'.

PAGE 51.

3. Warum so eilig? 'why are you in such a hurry?' The auxiliary sint Sie is to be understood.

6. so möchte ich...herausplatzen 'I might burst out'.

9. Das geht ja nicht 'That is out of the question'.

10. will 'is about to'.

11. Schreier. The name of the student is well adapted to his character. He is fond of using strong expressions cf. lines 14, 19 and 52, 12.

14. Donnerwetter, lit. 'thunderstorm'; 'Zounds'.

20. nehmen Sie es nicht übel 'do not take it amiss', 'I beg your pardon'.

24. Was soll tas scil. heißen or beteuten.

27. tas ist Beleibigung, more usual would be eine Beleibigung.

PAGE 52.

1. Stutiosus is the older form instead of which Stute'nt is now more generally used.

18. Raufbolt, m. 'brawler'. The first part of this compound Rauf belongs to raufen 'to pluck', 'to pull', used as a reflexive sich raufen 'to fight', 'to scuffle'; -bolt is originally an adjective, meaning 'quick', 'brave' (etymologically corresponding to the English 'bold') and its older form is balt. The modern German adv. balt 'quickly', 'soon' (in its older form balte) is the same word. -bolt as the latter part of a compound means a person whose characteristic is given by the former, e.g. Witzbolt 'a witty fellow', Trunkenbolt 'a drunkard' etc. The

W. 12

hero of an epic poem Der Renommiſt by Zachariae representing German student's life of the former part of the 18th century in a satirical way is called Raufbolt. In the list of Dramatis Personae of this play Schreier is described as Renommiſt.

19. gleichviel stands for es iſt gleichviel 'it is all the same', 'it does not matter'.

21. tarturch is the older form instead of which tadurch is now used. tar, etymologically corresponding to 'there' appears before words beginning with a vowel, e.g. taran, tarauf, tarin, tarum etc., but tarbei has become tabei, tarvor now tavor, tarzu now tazu etc.

25. oter, supply iſt es from Sind es (line 24).

26. ſchreiben is placed at the beginning of the phrase for emphasis.

PAGE 53.

4. Leibrock, m. is a coat that fits close to the body, a 'frock-coat'.

6. Bu dem Ringe 'by this ring'.

wie 'in the same manner as', that is: 'to my surprise' or 'unawares'.

jener 'that man', 'the man in the story'; an allusion to one of the various anecdotes in which a man quite unawares got a box on the ear.

Ohrfeige, f. 'box on the ear' is really a compound of Ohr, n. 'ear' and Feige, f. 'fig'. It is said in mockery just as Dachtel, f. 'box on the ear' instead of Dattel, f. 'date'. In Kopfnuß, f. which appears to be a similar word Nuß means 'a blow', not 'a nut'. Cf. Abenteuer 7, 4. Instead of Ohrfeige which is now the usual word for 'box on the ear' in older German 'ôrslac' (Ohrſchlag) was used.

7. Mamſe'll, instead of Matemeiſelle, cf. 58, 27. Plural: Mamſells, 59, 10.

10. gefochten, say 'gesticulated'.

12. fällt...ab lit. 'falls off' (for me), translate 'I shall get'.

19. gebaut 'built', 'based'. One might say in German gegründet 'founded'.

PAGE 54.

1. es ſchadet auch nicht (or nichts) 'nor does it matter', lit. 'do harm'.

6. Maske, f. 'mask', say 'pretence', 'hypocrisy'; but line 15 'mask'.

13. Feuer und Flamme, lit. 'fire and flame', is a very common alliterative phrase, translate 'full of enthusiasm'. Cf. note to zittern und zagen 4, 8; Schwank und Scherz 9, 17.

17. Nove'lle, f. is a 'novel', but of very small compass. It originally means 'a short new tale'. A novel of greater length and more compli-

cations is called in German Roma'n, m.   In a Novelle the action goes on
rapidly and the persons are introduced in dramatic situations, their characters are not developed before the reader's eyes.   A Roman traces the development of the characters in most cases very minutely, and the narration
goes on slowly in the truly epic style.   The Novelle was for the first time
treated artistically in Italy (by Boccaccio), from whence it was introduced
into the literatures of the other European nations.   A Novelle of very
small compass is called Novellette, f.

23. ich nicht...gesonnen bin 'I have no intention'.

25. This line is an allusion to the well-known words *veni, vidi,
vici* by which Julius Caesar is said to have announced to his friend
Amintius his victory at Zela, in Asia Minor, over Pharnaces, son of
Mithridates, who had come to the aid of Pompey.

28. ba'fta 'enough'; the word is the Italian imperative 'basta' of
'bastare', 'to be sufficient'.

Hören Sie einmal (often Hören Sie 'mal), 'By the way'.

29. Seitenhiebe von wegen 'innuendoes about'.

PAGE 55.

4. terlei 'such'. terlei is a compound of two genitives sing. of
feminine gender, viz. ter and lei (leie). This latter word which only appears as the second part of many compounds the first part of which is
either a numeral or a pronoun (e.g. zweier-lei, hunterter-lei, vieler-lei, allerlei, mancher-lei, solcher-lei etc.) is not of German but of Romance origin.
It is the Old French and Provençal *ley*, Mod. French *loi*, meaning 'kind', 'manner' in the phrase *a ley*, 'according to'. So terlei
originally means 'of such a kind'; mancherlei, M.H.G. still 'maneger
leie' 'of many a kind', 'many'.

5. was man sagt or wie man sagt 'as the saying is'.

21. toch 'I hope'.

22. Zur Sache stands for Lassen Sie uns zur Sache kommen. Zur Sache
means 'to the point'.

PAGE 56.

8. Morgen früh 'to-morrow morning'. Cf. 58, 15 and note to 114,
18.

9. mit Schlägern 'with rapiers'. Schläger, m. has the same meaning
as Rappier, n. 55, 22 and 23. In case the duel is very serious it is not
fought mit Schlägern but mit Säbeln 'with sabres'. Schläger is of course
derived from the verb schlagen 'to strike'.

10. 3$ werte Sie zeichnen 'I shall mark you'. zeichnen also means 'to draw', 'to make a sketch', and the same words might mean 'I shall make a sketch of you'.

12. Forterung, f. 'challenge'. The compounds Aufforterung, f. 56, 20, and Herausforterung, f. have the same meaning.

24. ja 'indeed'.

PAGE 57.

4. Ly'rik coupled in rime with Geschick, Kriti't, Scha'rfblick, Unglück, zurück is very bad poetry. Not only is the rime not pure (i rimes with ü), but in order to make rimes at all, many words must be pronounced wrongly, viz. with the stress laid on a syllable on which it cannot rest, e.g. Lyri't, Scharfblick, Unglü'ck. For these as well as other reasons the verses are ridiculous.

19. Ew. read Euer. Ew. Wohlgeboren 'Sir'.

21. belletristische Zeitschrift, f. 'periodical relating to the belles-lettres', 'literary magazine'. The adj. belletri'stisch is derived from the subst. Belletri'st, m. 'one who is fond of or versed in *belles-lettres*', generally 'an author'. The literature referring to the *belles-lettres* is called Belletri'stik, f. The words were introduced into the German language in the eighteenth century from the French expression *les belles-lettres* meaning 'polite literature'. Instead of belletristisch the adj. schönwissen= schaftlich (14, 13) or schöngeistig might have been used.

29. hin viz. reisen 'go there'.

30. sehne ich mich...heraus 'I am desirous to get out of'.

PAGE 58.

3. auf der Stelle, lit. 'on the spot', 'at once'. Sofort, sogleich or gleich might have been used equally well.

4. Liebesgeschichte, f. 'love-affair'. Cf. note to 2, 12 verzweiflungs= voll.

18. besorgen 'do'; but line 22 besorge 'take'. In many cases besorgen means 'to procure', 'to get'. The verb sorgen means 'to take care of', its various meanings being all derived from the general meaning 'to look after', 'to attend to'.

22. Eisenbahn, f. lit. 'railway', here 'station'.

25. es gilt...einen Besuch 'it concerns a visit', 'it is...for a visit', 'I want to pay...a visit'. Cf. notes to 39, 25 and 44, 26.

27. nach Herzenslust 'to my heart's desire'.

PAGE 59.

8. Einmal 'on the one hand' corresponds to line 10, auf ter antern Seite (or anterseits and, instead of einmal, einerseits) 'on the other hand'.

12. tie liebe Sonne 'the sun'. Cf. note to ums liebe Brot 10, 20.

13. gar so faul 'so very lazy'.

angriffen. angreifen means in this case 'undertake'. Another very usual meaning of angreifen is 'to attack'; another 'to affect badly', hence 'to weaken' (often said of the health, the nerves, etc.). The original meaning is in each case 'to seize upon'.

PAGE 60.

6. wie ist mir tenn, 'what is the matter with me?' After ist mir tenn something as zu Sinne or zu Muthe might be added.

PAGE 61.

1. eigentlich 'really', but line 4 'duly'. It is derived from the old verb eigen 'to possess', the present participle of which is eigent, 'owning', 'holding as one's property'. So eigentlich is a compound of eigent and lich, an adj. and adv. 'proper' and 'properly'. Hence 'really', 'duly', 'truly', etc.

7. bereitwillig is a compound of bereit 'ready' and willig 'willing', either of which would be sufficient in this case, 'quite ready'.

10. mich...heißt 'bids me'. Beside the meaning 'to bid', 'to command', heißen means also 'to name', 'to call', and again 'to be called'. The past participle should be geheißen, not gehießen, a form often heard in the north of Germany (from false analogy with gemieten from meiten, geschieten from schieten, geliehen from leihen, etc.). After heißt mich we find as object the infin. without zu.

11. Zwiespalt, m. 'discord', 'quarrel', translate 'war'. zwie- (historically correct zwi-) is found as the first part of many compounds. It means 'two', and often corresponds to the prefix 'dis', e.g. zwiefältig twofold'; Zwietracht, f. 'discord'. In several cases there exist compounds with zwei as well, e.g. zwiefach and zweifach 'twofold'. Germ. zwie- corresponds to Engl. twi- in Zwielicht, n. 'twilight'. On Spalt, m. cf. note to 4, 19.

PAGE 62.

8. ter Christoph instead of Christoph. In some parts of Germany the definite article is prefixed to a Christian name, as here, or to a family name e.g. ten Wellstein 44, 1; ter Weise 69, 12. Cf. note to 45, 21.

12. unter 'in less than'.

25. am hellen, lichten Tage 'in clear daylight'.

spuken 'to walk about as a ghost'. The u is of course long.

27. ja 'you know'.

PAGE 63.

7. die Herren Dichter 'poets'. Cf. note to 9, 3.

9. Fechtstunde, f. 'fencing-lesson'. fechten is etymologically 'to fight', but it often means a special kind of fighting, viz. 'fencing'; 'to fight' is to be translated by either kämpfen or streiten.

PAGE 64.

5. gehalten 'keep'. On the use of the past participle instead of the imperative cf. note to mehr geboten 43, 26.

Oberkörper, m. 'upper part of the body'.

vor viz. gebengt 'bend forward'.

9. auf das linke Auge (viz. gerichtet), 'direct'.

13. derb 'hard'. The adverb heftig might have been used equally well.

16. Hieb von oben herunter 'blow (directly) downward' on the middle of the other's head is called Kopfhieb (65, 5) or Prime (line 18).

17. Deckung, f. 'protection', 'guard', here 'way of parrying', cf. 65, 3.

22. Legen Sie sich aus 'stretch yourself out', that means 'stand upon guard'.

27. zum Hiebe 'for a blow'.

29. treffe ich Sie 'I shall hit you'.

PAGE 65.

3. decken Sie sich 'protect yourself', 'guard yourself'. Cf. 64, 16.

8. ich mag nicht mehr viz. fortfahren or fechten, translate 'I do not like to go on'.

11. das läßt sich lernen lit. 'that allows itself to be learned', 'that can be learned', 'that can be acquired'.

14. im letzten Kriege 'in the last war' refers to the great war against Napoleon I. in 1813 and 1815. In the Befreiungskriege several women fought in the German armies against the French.

21. in's Auge...sehen lit. 'to see into the eye', translate 'to face', 'to meet'.

30. bedingt 'involves'.

PAGE 66.

4. tafür gelten laſſen 'consider as such'; tafür that is 'as fetters'.

9. tafür 'in compensation for this'.

16. auf ten Hänten getragen, lit. 'carried on the hands', say 'adored'. The phrase auf Hänten getragen is equally common.

20. alſo 'well then'. alſo stands elliptically instead of alſo habe ich Recht 'therefore I am right' or something of the sort.

22. beſſer 'rather'.

PAGE 67.

2. rauh 'rough', 'unpleasant'. rauh stands instead of older rauch, M.H.G. 'rûh', etymologically corresponding to Engl. 'rough' and preserved in the terms Rauchwaaren 'peltries', 'furs', lit. 'rough articles'; Rauchwerk 'furs'; etc. Another Rauch, m. 'smoke' must be carefully distinguished from this word.

4. Laune, f. 'whim', 'fancy' means much the same as Grille, f. the name which old Zündorf gives to his daughter's ideas. Laune, M.H.G. 'lûne', comes originally from the Lat. *luna* 'moon'; in M.H.G. it means 'phases of the moon', 'changeableness of fortune', 'instability of humour', 'whim'. Cf. in French *avoir des lunes*, and the English 'lunacy' etc. The word is an illustration of the mediæval belief of the influence of the moon on the disposition of the mind.

Sie angewantelt hat 'has come upon you', 'has befallen you'. Sie is the accus. case governed by an. anwandeln originally means 'to walk near'.

12. wirt...in Schranken gehalten, lit. 'is kept within bounds', translate 'is checked'.

19. angeboren 'innate', 'hereditary', say 'an inherent quality of'. Instead of angeboren the word eingeboren for older 'ingeboren' is used, which must not be confused with another eingeboren 'only-begotten'. The subst. ein Eingeborener means 'a native'. The opposite of angeboren is anerzogen 'inculcated by education'. ſo is not to be translated.

21. zittern unt beben, cf. zittern unt zagen 4, 8.

PAGE 68.

25. Da haben wir tie Beſcherung, lit. 'there we have the gift', translate 'there is the business', 'a pretty piece of business indeed'. Beſcherung originally means 'apportionment', 'destination', 'fate', hence also 'what has been destined for a person', 'gift', 'presents', e.g. Weihnachtsbeſcherung 'Christmas presents'. In the above phrase Beſcherung is

used ironically. Beſcherung is derived from the weak verb beſcheren 'to destine something for', 'to bestow something on'. There exists another beſcheren 'to shear' which is a strong verb: beſchor, beſchoren.

PAGE 69.

1. ſoll das geben 'will that be'.

7. Landpartie'en, f. pl. 'excursions into the country'. Cf. 105, 13 and Partie 39, 23.

15. fortfahren 'depart'. Cf. also line 24. Another meaning of fortfahren is 'to continue'.

19. Polizeidiener, m. 'servant of the police', 'policeman'. The word Poliziſt is used with the same meaning, and again Schutzmann, m. 'policeman'.

20. ſicher zu gehen 'to make sure'.

25. Papperlapa'pp 'nonsense!' This expression originally designates useless chatter. Cf. 106, 15.

27. So kann der Kerl hexen 'Then this fellow must be a sorcerer'. hexen 'to practise witchcraft' is derived from Hexe, f. 'witch'.

PAGE 70.

10. ſchon 'anyhow', 'without your interference'.

11. unter der Hand means 'secretly', 'in a quiet way', and is often used with the verbs ſich erkundigen, nachfragen, Jemanden benachrichtigen etc. It has not at all the offensive meaning of the English 'underhand'. On phrases with Hand cf. note to 19, 23.

12. er wäre 'he is'. wäre because it is oratio obliqua.

20. Thaler, m. plur. 'thalers'. A Thaler is worth about three shillings. Thaler is an abbreviation of Joachimsthaler 'a coin made in *Joachimsthal*' (in Bohemia), a word used since the end of the fifteenth century; hence 'dollar'. In Modern Germany the Thaler-system has been given up and the Mark-system introduced. A Mark is worth about a shilling and is subdivided into a hundred Pfennige, m. plur. There are copper-pieces of one and two Pfennige, nickel-pieces of five and ten Pfennige, silver-pieces of twenty and fifty Pfennige. Again there are silver-pieces worth one Mark, two Marks and five Marks. Ten Marks are called eine Krone, twenty Marks eine Doppelkrone. Both pieces are of gold and there is also another small piece of gold worth 5 Marks which is called eine halbe Krone. The official term Krone however is not very much used in Germany, one generally says Zehn Mark, Zwanzig Mark etc. The Prussian Thaler consisted of thirty Silbergroſchen each of which had

twelve Pfenninge. In other parts of Germany other coins were in circulation, but in 1876 the Mark-system was introduced throughout
Germany. Silbergroſchen and Pfenninge as well as Louiëbor (cf. note to
11, 6) have disappeared, but the Thaler are still in circulation.

    21. Du biſt nicht geſcheit has the same meaning as Du biſt nicht klug,
cf. 44, 17. The historically more correct spelling of geſcheit (or the
worse geſcheitt) is geſcheib; the spelling geſcheut which is occasionally found
(as if the word were a past participle of ſcheuen) should not be imitated.
The original meaning of geſcheib is 'capable of discerning', hence
'quick', 'clever'.

    23. hinta'ngeſetzt 'slighted'. hintan stands instead of hinten an 'at
the back', 'in the back-ground'.

    31. fünf Treppen hoch 'on the fifth floor'. unterm Dache, lit. 'under
the roof', means in Dachſtübchen, n. plur. or Dachkammern, f. plur. 'in
garrets'.

PAGE 71.

    14. Schön, say 'very well'.

    22. ſäumen 'to delay' from M.H.G. 'sûmen' must be distin-
guished from another ſäumen 'to seam' from Saum 'seam'.

    23. gleichgeſtimmte, lit. 'equally tuned', fig. 'congenial'.

PAGE 72.

    13. verlegen 'perplexed' is originally a past participle of verliegen
'to become spoiled by lying too long'.

PAGE 73.

    6. wohl remains untranslated.

    16. Tintenflecken, m. pl. 'ink-spots', a compound of Tinte, f. 'ink'
(gen. ter Tinte, but in compounds Tinten- as Tintenfaß, n. 'ink-stand',
Tintenfleck, m. 'ink-blot') and Flecken, m. 'spot'. Another subst. with
the same meaning is Fleck, m., plur. Flecke. Tinte (which should not
be written in the Low German way Dinte), is derived from the
Latin tin(c)ta (scil. aqua) 'coloured (water)', M.H.G. 'tinte', and also
'tinkte'.

    20. gefaßt, say 'set'.

    21. ein Pensée, but more usually eine Pensée. Its German equi-
valent is Stiefmütterchen, n. 'pansy', 'herb trinity' (Viola tricolor).

    23. wichtigthuent 'assuming an air of importance'.

PAGE 74.

13. edle, lit. 'noble', translate 'precious '.

14. zu Ende zu lesen 'to read the rest of', lit. 'to read until the end'.

26. angst und bange is a common phrase, both words being of the same origin and meaning (angst is originally a subst. ang-est derived from O.H.G. 'angi', N.H.G. enge 'narrow'. bange stands for 'be-ange' and is originally the adv. belonging to enge, O.H.G. 'angi'). mir ist angst means originally 'fear is to me', 'I am afraid'. mir ist angst und bange 'I am terribly afraid'. Cf. 114, 23.

29. Inquisition, f. was the name of a tribunal in some Roman Catholic countries, especially in Spain, for examining and punishing heretics, founded as such in the beginning of the thirteenth and abolished mostly in the eighteenth and beginning of the nineteenth century.

PAGE 75.

19. Wohin denn? 'But where?'

27. feine Ahnung davon hat 'has no suspicion '.

PAGE 76.

10. bald 'nearly' 'almost', lit. 'soon'. Instead of bald the word beinahe might have been used. Cf. 97, 11.

21. unterwegs 'on my way', 'on my journey'. Compare the English 'under way'. unterwegs has taken the place of the older unterwegen, M.H.G. 'under wegen', 'on the ways or on the journey'. An older form of unterwegs is unterwegens, the s being inorganic and only added in order to make the word look more like an adverb. Cf. note to 9, 5.

28. Vorte'm 'before this', 'formerly'.

29. im Fluge, lit. 'in the flight', translate 'in a moment'.
Es leben die Eisenbahnen. leben is the pres. subj. implying a wish.

PAGE 77.

16. wie glücklich viz. bin ich 'how happy I am'.

22. blieb weit hinter meinem Willen zurück, lit. 'remained far behind my will', 'fell far short of my wish'.

26. sprichwörtlich 'proverbial' is derived from Sprichwort, n. (not Sprüchwort) 'proverb'.

PAGE 78.

3. warf...auf tas Papier 'jotted down'.

8. gewitterträchtigen 'charged with electricity'. This compound is altogether unusual, made up from Gewitter, n. 'tempest', 'thunder-storm', and trächtig, an adj. derived from tragen 'to bear', 'to carry', meaning 'carrying', 'full of'.

9. rittermächtigen, lit. 'mighty in knights', that means 'powerful on account of valiant knights'. der sonst rittermächtigen, translate 'which in times of old was the home of valiant knights'.

10. flitterknechtigen is again a word made up for the occasion from Flitter, m. (rarely f.) 'tinsel' and knechtig (mostly knechtisch) an adj. derived from Knecht, m. 'servant', 'slave'. flitterknechtige Sitten may be rendered by 'customs full of sham and servility'.

11. splitterprächtigen, lit. 'magnificent in (its) splinters'. die noch splitterprächtige (viz. Burg) means 'the castle which is still magnificent even in its ruined state'.

12. gitterflechtigen from Gitter, n. 'lattice' and flechtig an adjective which does not in fact exist but is clearly formed from flechten 'to plait', 'twine'. So gitterflechtig means 'twining round the lattice' referring to Epheu (ph to be pronounced f).

16. ausgebeutet 'worked out', 'cultivated'. The verb ausbeuten is derived from Beute, f. 'booty' and means that all that is worth having has been carried off.

22. ü'berglücklich 'more than happy', that is 'excessively happy'. Compare übervoll 'too full'; übergenug 'more than sufficient'. In all such words the stress falls on über.

PAGE 79.

9. es bringt mich um...'it makes me lose'; absolutely this would mean 'it kills me', 'it makes me lose (my life)'.

19. der Gott der Träume was Morpheus (lit. 'the Shaper'). He was the son of Sleep and gave to dreams their various characters.

23. schönes, translate 'pleasant' (angenehm).

26. Wespen has here the weak inflexion, but the strong form Wespe would be equally good.

31. Kleeblatt, n. lit. 'leaf of trefoil' is often used in a figurative sense 'triplet', 'trio'.

PAGE 80.

3. artig 'well-behaved', 'polite' is derived from Art, f. 'kind', 'sort', hence it means 'of a certain kind', 'of the right sort', 'in a good

way', 'agreeable' etc.   In compounds artig means 'being of the nature (kind, quality) of', e.g. ſteinartig, glaſartig; bösartig, gutartig, großartig. Cf. Unartiger 'naughty man' 73, 15.

PAGE 82.

24.   Chriſtenmenſchen, lit. 'christian man', translate 'christian soul', 'good Christian'.

PAGE 83.

13.   mir is the ethical dative and need not be translated.

14.   fo'pfhängeriſch is applied to a person who allows his head to hang down in either a hypocritical or a sentimental way, hence 'hypo- critical', 'sentimental'.   The latter meaning the word has in this case.

16.   muß mir aus tem Wege (scil. geſchafft werten) 'must be got out of the way'.   Cf. 44, 31 bei Seite ſchaffen.

18.   gegen baar 'for cash'.   baar (historically more correct but less usual bar) stands for baar Gelt, baares Gelt.   baar originally means 'uncovered', 'bare', 'exposed to sight'.   Hence baar Gelb 'money laid openly on the counter', 'ready money', 'cash'.

22.   laß ihn einſtecken 'have him arrested'.   einſtecken stands for in (tas Gefängniß hin)ein ſtecken 'put into prison'.   Cf. einſperren 101, 24.

24.   Verſtanten stands for Ich habe verſtanten 'I have understood', say 'I understand'.

26.   ein ſchweres Gelt, lit. 'a heavy [sum of] money', translate 'a great deal of money'.   ein is often left out in this phrase.

28.   Aßungskoſten 'charges for maintenance'.   Aßung, f. or Äßung, f. 'food', 'maintenance' are derived from the weak verbs aßen and äßen 'to give to eat', 'to feed' which are causatives of eſſen 'to eat'.   Another meaning of äßen is 'to cause to eat away', 'to corrode', 'to etch'.

29.   in ten ſauern Apfel beißen 'to bite into (i.e. to eat) the sour apple' is a very common phrase for 'to be obliged to do something disagree- able'.

PAGE 84.

10.   Liegt an mir tie Schulb or Liegt tie Schulb an mir 'is it my fault?'

20.   tas alte Verhältniß wieter eintreten laſſen 'allow the old relation to come on again', translate 'renew our former intimacy'.   Cf. 83, 26.

PAGE 85.

3.   es geht mir...im Kopfe herum 'there run...in my mind', 'my mind is troubled with'.

9. Nimm...nicht fo hoch auf 'do not attach so much importance to'.

15. fchuld an 'the cause of'. fchuld is an adj.; more ordinary is fchuldig, cf. unfchuldig 116, 15. Instead of ift fchuld the phrase hat Schuld might have been used, Schult, f. in the latter case being a substantive.

24. dich...mit gleicher Münze bezahlen, lit. 'to pay you off in your own coin', 'to retaliate on you in kind'.

30. einmal 'some day'.

PAGE 86.

16. wir kennen uns erft feit wenig Tagen 'we have only known one another a few days', 'our acquaintance is only a few days old'. It is a peculiarity of the German idiom to use the present tense in this phrase. Instead of wenig the inflected form wenigen might have been used in which case the word would have a greater stress than without inflection.

PAGE 87.

20. Du zum Theater? is an elliptical phrase something like willft... gehen being understood.

21. wandte ich mich...an 'I addressed myself...to', 'applied to'. The form wendete (of wenden) mostly means 'turned'. In the past participle we find gewandt ('turned about', but mostly used as an adj. 'versed', 'skilled') and gewendet (only 'turned'). Similarly of fenten there exist ich fandte (which form is to be preferred) and ich fendete. Some other verbs have only a (the original vowel) in the pret. and past part. e.g. brennen, kennen, nennen, rennen. Cf. wendete...an 97, 21.

PAGE 88.

1. verbiffen is the past partic. of verbeißen lit. 'to bite off', in a figurative sense it means 'to suppress the utterance of a feeling by closing one's teeth', 'suppress'; verbiffen used absolutely always means 'with suppressed anger'.

8. fühlt fich nur 'is only felt', 'can only be felt'.

PAGE 89.

3. mag stands here in its old sense 'can' for which now the compound vermag is used. The simple mag means in Mod. Germ. 'likes to'.

28. nafeweis or nafeweise (in older German occasionally nafenweife), now signifies only 'pert', 'impudent'. In M.H.G. 'nasewîse' had originally the meaning 'wise with the nose', 'having a keen nose' i.e. 'endowed with a keen sense of smell', and was especially used of blood-hounds. But in M.H.G. it was also used in descriptions of human

beings, and this in no uncomplimentary sense, e.g. a poet calls himself 'nasewise', that is 'clever'. In Mod. Germ. nafeweis is always used in an uncomplimentary sense, 'someone who puts his nose into everything', 'forward', 'conceited'.

PAGE 90.

9. wo, one would expect wie 'how'. wo would be 'where', hence 'in what particular', 'in what respect'.

15. schnippisch 'snappish', 'pert'. schnippisch or schnippig is of Dutch origin (Dutch *snebbig* from 'sneb' 'beak', 'quick with one's beak') and means 'of a quick tongue', 'saucy'.

16. daß er sich...selbst eine Ruthe bände. This is a common phrase, 'that he was...preparing a rod for his own back'. The expression eine Ruthe binden is used because eine Ruthe 'a rod' often consisted of several slender switches tightly bound together.

PAGE 91.

17. Zug des Gesichtes or Gesichtszug (or simply Zug, cf. note to 23, 1) 'lineament'.

21. sträube ich mich 'do I resist', 'do I struggle against', translate 'am I unwilling'.

PAGE 92.

12. Hundeangst, f. lit. 'fear of a dog', say 'agony of fear'. Hunde- is used in colloquial or vulgar speech as the first part of a compound in a contemptuous sense 'wretched', 'miserable', e.g. Hundeleben, n. 'a dog's life', 'wretched life'; Hundearbeit 'very hard work'; hundemüde 'extremely tired; Hundemusit, n. 'bad music' instead of which latter mostly Katzenmusik is said.

18. Das Letzte, more correct would be Das Letztere 'the latter'.

19. ärgern 'to vex' is derived from ärger the comparative of arg 'bad', originally 'cowardly' or 'avaricious'. So ärgern properly signifies 'to make worse', hence 'to put out of temper'.

PAGE 93.

2. Redensarten, f. plur. lit. 'modes of speaking', transl. 'expressions', 'phrases'. In the same way is formed Lebensart, f. 'mode of life', 'manners', Redens and Lebens being the genit. of Reden, Leben which are infinitives used substantively.

7. versteige dich nicht so hoch. steigen is 'to climb', sich versteigen 'to climb too high' mostly used figuratively. sich hoch versteigen means 'to be ambitious'.

18. er verſteht...auß tem ﬀ 'he knows...thoroughly'. ﬀ stands for the sign *ff* used in music for the Italian term *fortissimo*, 'very strongly', 'very loud'. One also says er verſteht...auß tem ﬀunrament and this was what Benedix originally wrote here.

taß Pumpen 'to take on credit', lit. 'to pump' is a colloquial expression used chiefly in University slang instead of the ordinary expression borgen. In the same way the subst. Pump, m. stands instead of Berg, m. used in phrases as etwaß auf Berg nehmen.

26. ta merte ter Henfer trauß ﬂug is vulgar instead of tarauß merte t. H. ﬂug. The phrase means 'understand who may, I can't'.

2. thun and laſſen are frequently put together in this and similar phrases.

14. ta iſt 'there is' that is 'in this world', here 'exists'.

18. Nichtß ta, lit. 'nothing there' means 'there is nothing in it', 'certainly not'. ta often stands merely to emphasize the preceding or following word, cf. He ta! Der ta. Da ter? etc., but in most cases its original meaning 'there' is still felt.

18. bloß (also spelt bloß) 'only' the original meaning of which is 'bare', 'naked' is often used in colloquial German instead of nur, either absolutely, as here, or it is placed before a substantive preceded by the article, e.g. ter bloße Anblid 'the mere view'; eine bloße Erﬁntung (or bloß eine Erﬁntung) 'a mere invention'.

19. tanfen, more usually vertanfen 'to owe'.

20. Boten...gewinnen, lit. 'to win ground' is the same as feſten ﬀuß faſſen 'to gain a firm footing'. ’

30. ein tummer Streich, lit. 'a foolish stroke', translate 'a piece of folly'. Streich often means 'trick' e.g. ein loſer Streich 'a roguish trick', or 'story', e.g. Waß ſint taß für Streiche 'What stories are these?' 117, 14.

8. Jawort, n. lit. 'the word yes', hence 'consent'. taß Jawort geben is always used with the sense 'to accept (an offer of marriage)'.

22. Woran liegt eß tenn (scil. taß eß nicht ſo raſch geht) 'What is the cause', 'Where is the hindrance?' Cf. 96, 6.

3. Daß tech... is elliptic instead of Wie ſchate, taß (tech)... 'What a pity that...'.

9. ꞇꞇ ſi̇ẞ ꞇurẞꞇreu'ꞁꞁuꞇꞇn Ʋerẞältniſſe 'of the intricate affairs', here 'of the contending interests'. Instead of ſiẞ the reciprocal pronoun einanꞇer might have been used.

19. ꞇränge...ꞁur Ʋerlobung 'urge...to the betrothal' that is 'to publish the betrothal'. Instead of Ʋerlobung the word Ʋerlöbniſ, n. might have been used.

PAGE 97.

13. geꞇiẞen 'thrived', 'succeeded'. wie weiꞇ ſiꞇb Ɛie geꞇieẞen means 'what progress have you made?' The original past part. of geꞇeiẞen (in one of its old senses of 'to grow firm') is geꞇiegen which is now only used as an adj. (or adv.) 'solid', 'genuine', 'true'. Cf. erẞaben and erẞoben 31, 7.

16. Ɗaɞ wäre! is often said with a sense of wonder, 'really', 'indeed!' as if something like ſeltſam were understood. But it can also be taken to be a very cautious expression avoiding to give a definite judgement (guꞇ, ſẞleẞꞇ, etc.) and at the same time encouraging the speaker to go on.

PAGE 98.

10. Übrigenɞ, lit. 'as for the rest', 'moreover' (cf. 99, 21), then 'I may add', 'however'. The word is formed from the adj. übrig 'remaining' being the weak genit. sing. of the masc. or neuter, übrigen, with the ɞ added in order to make the word look more like an adverb. Cf. notes to 9, 5 and 76, 21.

PAGE 99.

2. in iẞren beſten Jaẞren 'in her prime'.

6. Ɛie fönnen niẞt verꞇerben 'you cannot go to ruin', say 'you are a lucky person'.

27. Ʋeẞſelarreſt, m. is the confinement for non-payment of a bill of exchange when due; translate in this context simply 'imprisonment'.

PAGE 100.

3. fintiſẞ 'childish' is always used with a sense of blame which is not implied in fintliẞ 'childlike', 'filial'.

7. Ɛi nun, with a strong stress on nun, 'well, well'.

miẞ...ꞇu'rẞlügen, lit. 'lie myself through', translate 'get out of the difficulty by some plausible lie'.

13. waɞ instead of wie 'how'.

25. Ob...wohl...finret 'is...likely...to find'. Ob stands elliptically instead of some phrase like ich möchte wiffen, ob 'I should like to know if'. Cf. line 16.

27. beftellt is used elliptically ' I will have posted'. The old participle beftallt occurs still in the phrase wohl beftallt 'well invested'.

PAGE 101.

17. zum Incasso ·for encashment', 'for getting it cashed'. Instead of Incasso the word Eintaffierung, f. is used which is formed from eintaffieren, from ein 'into' and Kaffe, f. 'cash-box'. Kaffe comes through the Italian *cassa* from the Latin *capsa* 'chest'. Incasso, n. is really the first pers. sing. of the Italian verb *incassare* ' to cash'.

18. nöthigenfalls ' in case of need', say 'if necessary'. It is originally the genit. sing. of nöthiger Fall used adverbially. Such compounds the second part of which is -falls are very numerous in German, cf. jedenfalls, allenfalls, keinenfalls, anternfalls etc. instead of which also the strong forms jedesfalls, allesfalls, keinesfalls, anteresfalls are used. These latter are the historically more correct but the former the more usual forms. The old rule was that the genitive of an adj. took the strong form in case it was not preceded by the article e.g. gutes Muthes, reines Herzens. This old rule is still observed in Modern German with feminine substantives e.g. froher Hoffnung, and with subst. in the plural e.g. glücklicher Empfindungen, but in the sing. of the masc. and neuter the usage is fluctuating and on the whole the weak form preferred alles and allen Ernstes, gleiches and gleichen Alters etc.

28. das in Gedult fich faßt, lit. ' which composes itself in patience', transl. ' which submits patiently'. fich might have been placed before in Gedult.

PAGE 102.

3. Gerichtsperfonen, f. plur., lit. 'persons connected with a court of justice', hence mostly ' magistrates', 'judges', here ' bailiffs'.

5. Durfte instead of Ich turfte. Cf. note to 7, 10.

8. beforge 'take', line 25 'deliver'.

10. Genien (the g to be pronounced hard as in genießen) 'genii' is the plural of Genius (said of a woman as well as of a man). The plural Genies (the s to be pronounced) means ' men of genius'. On the pronunciation of Genie cf. note to 11, 12 generös.

14. fpazieren 'to walk'. The word was adopted in the M.H.G. period from the Italian *spaziare* 'to walk about', from the Lat. *spatiari*

W.   13

'to walk about for one's pleasure', derived from Lat. *spatium* 'space'. In modern German spazieren is often used instead of gehen; spazieren gehen means 'to take a walk'; spazieren fahren 'to drive for one's pleasure'; spazieren reiten 'to have a ride', etc.

15. Sicherheitscommissarius, m., lit. 'commissary of safety', translate 'precautious fellow'. A man is in jest called S. who thinks too much of the safety of all his steps as if this were his commission. In a similar way the compound Umstandscommissarius designates a person who is very circumstantial and fond of ceremonies.

18. was schere ich mich drum 'Why do I trouble myself about it?' is a vulgar expression instead of the ordinary was geht mich das an or was tümmert das mich 'what is that to me?'

24. Patsche, f. 'strait'. The word is derived from the onomato-poetic interjection patsch 'splash' and means originally 'puddle', 'mud', figuratively 'dilemma'.

PAGE 103.

1. Aller guten Dinge sind drei, lit. 'of all good things there are three', translate 'Three is a lucky number'. A very common proverb in German. Some other proverbs occur 8, 4 and 122, 28.

PAGE 105.

8. Bürgergehorsam, m. lit. 'obedience of citizens', translate 'city-jail'. Gehorsam signifies 'prison' because it is the place in which obedience is enforced. Instead of Bürgergehorsam the word Bürgergewahrsam might have been used. Gewahrsam, n. means originally 'watch', 'super-vision', hence the place where such supervision is practised, 'prison'.

PAGE 106.

12. Heraus (instead of Komm heraus) mit der Sprache 'come out with what you have got to say', translate 'speak out !'

23. Ei, so schlage das (Donnerwetter drein). The rest of the phrase is suppressed on account of Thekla.

24. ist denn der Mensch nicht tot zu machen is a common saying if one wants to get rid of a person and cannot: 'are we never to hear the last of this fellow?'

25. das kommt mir ja gelegen 'that suits me well indeed'. gelegen originally the past partic. of liegen used as an adj. means 'situated', hence 'well situated', 'agreeable'. The phrase etwas kommt (or ist) jemandem gelegen is very common.

PAGE 107.

6. ᵉᵗᵗᵉⁿᵗˡⁱᶜᵗᵉᵗ, lit. 'orderly', translate 'respectable'.
11. Ꮐᵉſⁱⁿⁿᵘⁿᵍᵉⁿ, f. plur. lit. 'intentions', 'character'.
13. ᵗⁱᵗ...ᵃᵇſᵗᵃᵍᵉⁿ, lit. 'question...out of you', 'question you about'.
The phrase ᵗⁱᶜᵗ ᵃᵘˢſᵗᵃᵍᵉⁿ üᵇᵉᵗ...might have been used as well.
16. ᵘˢſᵗᵉᵘᵉᵗ, f. 'trousseau'. This is a compound of ᵃᵘˢ and ᵉᵗᵉᵘᵉᵗ,
f. 'support', 'help', hence 'support of the common welfare' i.e. 'tax',
in ᵘˢ-ſᵗᵉᵘᵉᵗ 'help in getting a girl off' i.e. 'outfit', 'trousseau'. ᵃˢ
ᵉᵗᵉᵘᵉᵗ 'steering apparatus', 'helm' must be distinguished from this
word. From ᵘˢſᵗᵉᵘᵉᵗ is derived the verb ᵃᵘˢſᵗᵉᵘᵉᵗⁿ (ᵉⁱⁿ ᵃˢᵗᶜᵗᵉⁿ).

PAGE 108.

2. ᵉᶜᵗᶻᵉⁱᵗ, f. 'wedding'. ᵉᶜᵗᶻᵉⁱᵗ (the ᵒ being pronounced short in
this word and those derived from it) is a compound of ᵉᶜᵗ (with long ᵒ)
'high' and ᶻᵉⁱᵗ, f. 'time'. It was M.H.G. 'hôchzit' and 'hôchgezît'
and designated originally a high festival, either ecclesiastical or secular,
e.g. ᵉⁱᵇⁿᵃᶜᵗᵗᵉⁿ, ᵉſᵗᵉᵗⁿ, ᵗſⁱⁿᵍſᵗᵉⁿ and ᵘᵉᵗᵇᵉⁱˡⁱᵍᵉⁿ were the four great
'hôchzîte' of the year; but also great tournaments etc. were called
'hôch(ge)zîte'. Later on the word took the special meaning of 'great
festival on the occasion of a wedding', hence 'wedding'. The phrase
ᵉᶜᵗᶻᵉⁱᵗ ᵐᵃᶜᵗᵉⁿ (without the definite article) 'to marry' is very common
in German and properly means 'to arrange to have the wedding'.
Another very usual phrase is ᵉᶜᵗᶻᵉⁱᵗ ᵇᵃˡᵗᵉⁿ 'to hold the wedding', 'to
wed'.

5. mit ᵉᵗᵗ instead of mit ᵉᵗᵗᵉˢ üˡſᵉ or mit ᵉᵗᵗᵉˢ ᵉᵍᵉⁿ.

6. ᵐⁱᶜᵗ ᶻᵘ ᵗᵉᵗᵐäᵇˡᵉⁿ is a term of the higher style instead of the
ordinary ᵐⁱᶜᵗ ᶻᵘ ᵗᵉᵗᵇᵉⁱᵗᵃᵗᵇᵉⁿ or ᵗᵉᵗᵇᵉˡⁱᶜᵗᵉⁿ. ſⁱᶜᵗ ᵗᵉᵗᵐäᵇˡᵉⁿ 'to celebrate
one's nuptials', 'to marry', is a compound of ᵗᵉᵗ and ᵐäᵇˡᵉⁿ, M.H.G.
still without ᵗᵉᵗ simply 'mehelen', O.H.G. 'mahaljan' derived from
'mahal', N.H.G. ᵃᵇˡ, n. 'public assembly'; hence 'mahaljan' is 'to
give together in public assembly' 'to marry' as was the custom in old
times. The words ᵉᵐᵃᵇˡ, m. and ᵉᵐᵃᵇˡⁱⁿ, f. are derived from ᵃᵇˡ
in this sense. Another ᵃᵇˡ, n. 'meal' is of different origin; compounds of it are ᵃſᵗᵐᵃᵇˡ, n. 'banquet' and ᵃᵇˡᶻᵉⁱᵗ (also spelt ᵃˡᶻᵉⁱᵗ),
f. 'repast'. A third ᵃˡ, n. (without ᵇ) means either 'token', 'sign'
(in the compound ᵉⁿᵗᵐᵃˡ, n. 'monument') or 'mark', 'mole'. On
ᵐᵃᵇˡᵉⁿ and ᵐᵃˡᵉⁿ cf. note to 8, 19.

17. ᶻᵘ ᵗᵉᵗᵐᵘⁿᵗᵉᵗⁿ instead of ſⁱᶜᵗ ᶻᵘ ᵗᵉᵗᵐᵘⁿᵗᵉᵗⁿ 'to be surprised at'.

13—2

Was iſt ta followed by an infinitive with zu often means 'what (reason) is there', something like welches veranlaſit being understood. Cf. line 24.

19. geht...los a colloquial phrase instead of geht...an or beginnt. von neuem (or von friſchem) loegehen 'to recommence'.

21. böfer Engel or böfer Genius 'evil genius'.

24. Was iſt ta zu irren stands again (cf. note to line 17) elliptically instead of was iſt ta (welches mich veranlaſſen tönnte) zu irren, lit. 'what is there (that might cause me) to err', 'what mistake is there possible?'

27. Ich werte nicht flug taraus 'I do not understand that'. Cf. 44, 17.

PAGE 109.

11. räume ich Ihnen...tas Feit 'I (shall) quit the field to you', say 'retreat before you'.

24. zurücktreten, lit. 'to step back', say 'to give way'.

PAGE 110.

13. in aller Form 'in due form'. Another phrase is in gehöriger Form, but the former is the more usual.

18. Klärt ſich's auf or Klärt es ſich auf. es stands instead of a substantive, e.g. tas Verhältniß or something similar. aufklären from auf and klären is originally 'to clear up', cf. 112, 18; es klärt ſich auf 'the matter is explained'; cf. also 113, 18. Cf. ſich verklären 20, 15.

PAGE 111.

7. Elis'chen 'Lizzy'. It is a diminutive of Elife which is one of the many abbreviations of Elifabeth. Instead of Elieschen the form Lieschen (also spelt Liesschen) is often used, and Life (Liefe) or again Elfe instead of Elife.

17. halttofen is derived from Halt, m. 'hold', 'support'. halttos (or unhaltbar) 'untenable', 'unsustainable'; here 'empty'.

27. mir Achtung abzwang, lit. 'forced respect from me', translate 'enforced my respect'.

PAGE 112.

16. Wahl, f. 'choice', M.H.G. 'wal', with short a, belongs to the same root as wollen 'to wish'. This Wahl must be distinguished from another Wahl, n. which is obsolete but found in several compounds. Its historically correct spelling is Wal (the a being short) and its original meaning 'a fallen warrior', also 'fallen warriors', subsequently 'all the

warriors fallen on one battle-field', at last 'battle-field'. Hence
Wahlſtatt (Walſtatt), f. 'battle-field', lit. 'stead of the battle-field' and
the two terms Walhalla (halla is 'hall') which is the place of immortality
for the souls of fallen heroes according to Teutonic mythology; and
Walküre, f., Old Norse 'valkyrja', 'an immortal maiden who had to
choose among those slain on the battle-field'. A third subst. Wal, m.,
more usually in the compound Walfiſch (occasionally spelt Wallfiſch
on account of its short a, although the a of the simple Wal is long and
the word has nothing to do with Wall 'wall'), means 'a whale'. It
appears from the English that the initial w is not the original sound in
German, but hw. Cf. Etym. Comp. § 41.

PAGE 113.

5. reißt mir...die Geduld means 'I lose all patience'. reißen 'to
rend' is properly said of a thread and the phrase der Geduld(s)faden reißt
(or bricht) with the above meaning is equally common.

6. toll is etymologically the English 'dull', but it means now
'mad', cf. 118, 28. Das Ding wird mir zu toll 'This is going too far for
me'. Ein Tollhaus (or Narrenhaus 118, 28 or again Irrenhaus), n. is 'a
lunatic asylum'.

22. verliere ich mein bißchen Verſtand noch, lit. 'I shall yet lose my
little bit of understanding', that means 'I shall lose my last remnant
of understanding', 'you will drive me perfectly mad'.

PAGE 114.

6. in Ketten und Banden, lit. 'in chains and bonds', translate 'in
prison'. This phrase is very common in German and belongs to the
great class of those in which one thing for greater emphasis is expressed
by two similar terms. Such phrases are often peculiar on account of
the alliteration of the principal words. Cf. Schwank und Scherz 9, 17;
Feuer und Flamme 54, 13; zittern und zagen 4, 8; angſt und bange 114, 23;
wahr und wahrhaftig 37, 24.

9. Macht mir den Kopf nicht toll 'Do not drive me mad'. Another
phrase is Jemandem den Kopf warm (or heiß) machen, but the former phrase
is much stronger.

14. geſtern nachmittag 'yesterday afternoon'. The substantives
Morgen, m. Mittag, m. Nachmittag, m. Abend, m. are spelt with a capital
in case they are preceded by the article or a pronoun and they have the
character of a noun, e.g. dieſen Nachmittag etc., but if they are preceded
by an adverb of time, viz. geſtern, heute, morgen, they are considered to

form one idea with them and consequently not spelt with a capital, e.g. line 16 geſtern abent 'yesterday evening'; line 18 ḥeute morgen etc.

18. ḥeute morgen (or tiefen Morgen) 'this morning'. Instead of ḥeute morgen or geſtern morgen the expression ḥeute früḥ or geſtern früḥ is equally common; morgen früḥ (cf. 56, 8) is the only expression for 'to-morrow morning', the repetition morgen morgen being avoided and for the same reason übermorgen früḥ is said.

28. auf meinem Zimmer 'in my room'. The preposition auf means in this case as in many others 'up at', e.g. auf tem Schloſſe 'in (or at) the castle'; auf ter Hochſchule 'at the university'; etc.

PAGE 115.

6. tech shows that Adam follows very unwillingly; ſo before an imperative remains often untranslated, but in 30, 17 So faḥre ḥin the force of ſo is 'in this case', 'then'. The ſe which frequently occurs before an imperative may perhaps be regarded as an ellipse instead of ſo (...wie ich es wünſche or wie es recḥt iſt). The phrase with ſo and tech is much stronger than the simple imperative.

13. wåren 'are'. The subj. of the preterite stands as if some clause like the following preceded, Wenn ich genauer nachforſchte 'if I inquired into the matter more accurately'. Cf. 117, 6.

15. Ne 'No' is only said in very colloquial German or by uneducated people, especially in the North and Middle of Germany. It is derived from Nein 'No' which properly stands for neein 'not one (thing)', 'not at all', and instead of which in some parts of Germany the form nen (with long e instead of the diphthong ei) was used. The nasal at the end was subsequently given up and the word became ne (with a long and sometimes open e-sound). In other German dialects the nasal was dropped as well and instead of the literary nein there exist nei (Silesian), nai, nei (Swabian and Alemannic), na (with long a which is again changed into a diphthong, the first element of which is strongly accented, viz.) noa (Bavarian, Austrian).

18. ſich unterſteḥen 'to be so bold as to...', 'attempt'. The verb is separable (u'nterſteḥen) in the intrans. sense of 'to stand under'. The reflexive is always inseparable and never means 'to understand'. verſteḥen is 'to understand'.

26. Aufwårter, m. 'servant' is derived from aufwarten (jemantem) 'to wait upon', e.g. er wartet tem Herrn auf 'he waits upon that gentleman'. But er wartet auf ten Herrn is 'he waits for that gentleman'.

PAGE 116.

3. $\mathfrak{H}$ernács, lit. 'hereafter', translate 'afterwards'. nachhér (or später) 'later on', would be more usual. Vorhér is 'beforehand', but hervór 'forth', 'forward'.

6. Er (in case of a female, Sie) is used in older German in addressing a servant or a person in an inferior position. In Modern German in such cases mostly Sie (plur.) is used except in cases where the familiar Du is still preserved. Er is now very contemptuous.

9. Gefallen, n. 'pleasure' is the infin. of gefallen 'to please' used substantively. Gefallen finden an einer Sache means 'to be pleased with a thing', 'to take a fancy for a thing'.

13. Elender 'miserable fellow'. elend 'miserable', 'wretched' stands for older 'ellende', O.H.G. 'eli-lenti', originally 'living in another land', 'exiled'. From the notion that he who had to live in a strange land in exile led a miserable life the word came to mean 'wretched'. The original meaning of 'wretch' is likewise 'exiled', 'outcast'.

27. da is strongly emphatic, 'with all this'.

PAGE 117.

8. Elisabeths, in older spelling Elisabeth's. The present rule is that it is not necessary to separate the s of the genitive from the proper name e.g. Weißes Hand 119, 18; Schillers Gedichte, etc. In such proper names as cannot form a genitive in s the gen. case is marked by an apostrophe Benedir' Lustspiele; Voß' Louise; Demosthenes' Reden.

PAGE 118.

16. Knoten, m. 'knot'. Der Knoten löst sich means 'the difficulty is solved'.

übernéhmen 'undertake'. unternéhmen is likewise 'undertake' but is used in such phrases as einen Ausflug unternehmen. The original meaning of übernehmen is 'to take over' e.g. eine Arbeit übernehmen is 'to take over a work from another', but eine Arbeit unternehmen is 'to undertake a work of one's own accord'.

20. sind...zur Sprache gekommen 'have been discussed'. zur Sprache bringen means 'to make the subject of discussion'. Sprache, f. 'speech' means in these phrases 'conversation' or 'discussion'. A similar phrase is aufs Tapet bringen or kommen. Cf. also jemanten zu Worte kommen lassen.

PAGE 119.

9. Der bewußte Brief, lit. 'The (well-) known letter', often also 'The letter in question'. The adj. bewußt (historically more correct bewußt) is originally a past partic. of the verb bewissen, a compound of wissen, which has gone entirely out of use.

Ihrer Fräulein Tochter instead of which Ihres Fräulein Tochter is used as well. The nom. Ihre Fräulein Tochter seems to deserve the preference to Ihr Fräulein Tochter because the important noun is Tochter; Fräulein is merely added by courtesy and is nothing but a title. For this reason the pronoun should be made to agree with Tochter.

14. wart, the more usual form is wurte, derived from the plural wurten where the n is historically right. There existed in the older state of the German as well as of the English language a difference in the radical vowel of the sing. and plural of the preterite of most strong verbs. This old Teutonic distinction was subsequently given up, but cf. the English 'was' and 'were'; and compare 'began' and 'begun'; 'drank' and 'drunk' etc. in which the forms in *a* originally were peculiar to the sing., those in *u* to the plural. Cf. Etym. Comp. § 1, sub *a* and *e*.

26. Ich bin's zufrieten or Ich bin damit zufrieten 'I have no objection'. 's stands instead of es. Cf. 120, 1.

PAGE 120.

6. Billet, n. 'note', 'letter', is pronounced Billjét and has the double plural Billette and Billets. The t is in all cases quite distinctly heard. Billet is one of the many words borrowed from the French in which the French accent has been preserved entirely and the French pronunciation to a certain degree. Cf. note on genieß 11, 12.

11. ist's an Ihnen (or ist die Reihe an Ihnen) 'it is for you'. Cf. 121, 6.

17. Doch 'nevertheless', 'after all'. Cf. 121, 22.

Schwiegerpapa, m. 'father-in-law', as Zündorf had acted as a father towards Thekla.

23. ob 'on account of'. The prepos. ob (instead of über) occurs now mostly in higher style and takes either the dative (as here) or the genitive case. In ordinary conversation the preposition wegen (with the genit.) is now more usual. It must be distinguished from the adv. ob (= oben) 'above', and the conjunction ob 'if'.

27. wähnten 'imagined', wähnen means 'to be of opinion', 'to think', cf. the English 'to ween', but in most cases it has the additional meaning of 'having a false belief', 'to be mistaken in thinking'. This verb is derived from the subst. Wahn, m. which originally signified 'notion', 'belief', 'expectation' (of either good or evil), hence 'hope'. Its modern meaning is 'mistaken belief', 'illusion'. A compound of Wahn is Argwohn, m. lit. 'bad belief', now always 'suspicion'. The change of older a into o (and vice versâ) is not without analogies in Modern German. Cf. Ohnmacht 46, 18.

PAGE 121.

9. unbescholtener 'unblamed' with the sense of 'unblamable'. Ein unbescholtener Mann is 'a man of blameless reputation'. Bescheltten 'to blame' is very rarely used in Modern German but its past part. bescholten and its opposite unbescholten are very common. ungescholten means 'unrebuked' and never 'blameless'.

22. Finte, f. 'feint', 'trick' is a term originally used in fencing and introduced into Modern German from the Italian *finta* (French *feinte*) 'cunning', 'trick', 'artifice'. The Romance words represent the Latin past partic. of *fingere* 'to invent', 'to delude' used as a fem. substantive.

PAGE 122.

9. läßt sich...machen, lit. 'allows itself to be made', hence 'can be made'; say 'you are able to make'.

27. sich...nach vorne gezogen, lit. 'drawn himself into the foreground', translate 'advanced'.

28. Undank ist der Welt Lohn 'Ingratitude is the reward of the world' (that is 'the reward given by the world') is a very common German proverb. Cf. 8, 4 and 103, 1.

INDEX TO THE NOTES.

CAMBRIDGE: PRINTED BY C. J. CLAY, M.A. AND SONS, AT THE UNIVERSITY PRESS.